밀차 장편소설

그녀가
공작저로 가야 했던
사정

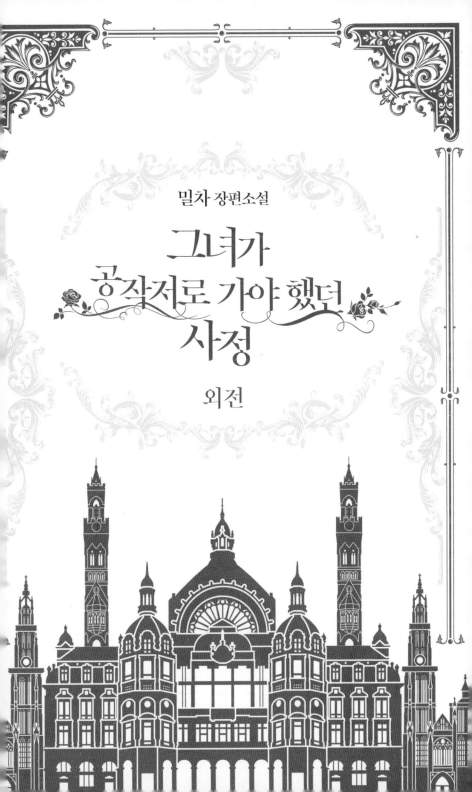

밀차 장편소설

그녀가
공작저로 가야 했던
사정

외전

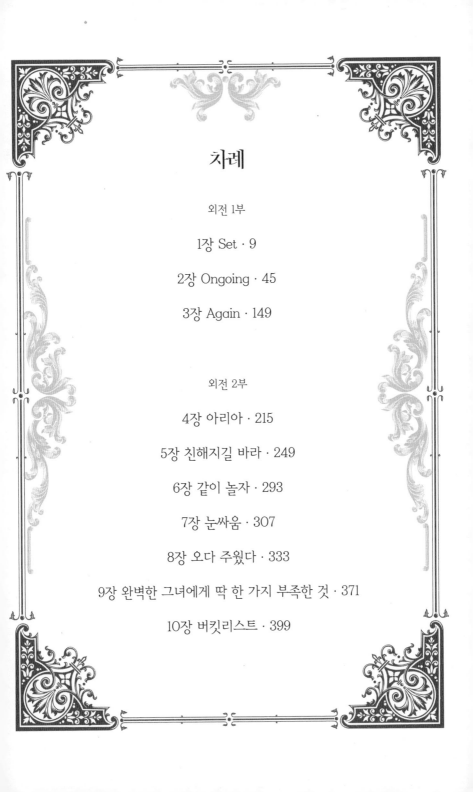

차례

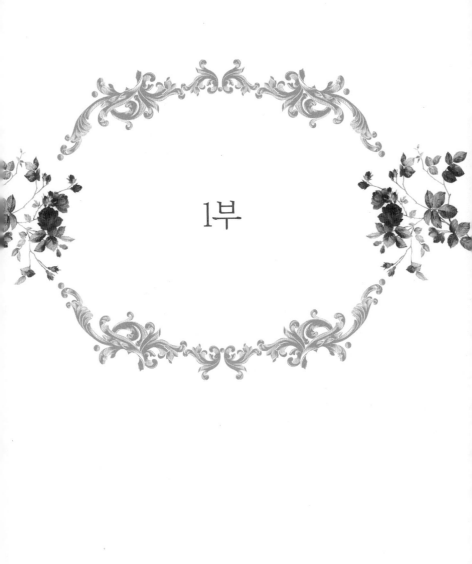

1부

1장

Set

Set

라떼에서 김이 올라왔다. 남자가 등장한 이후, 소란스러웠던 카페 안은 시선과 수군거림으로 변한 지 오래였다.

박은하는 주변에서 힐긋대는 시선에 잠시 입을 다물고 가만히 손목을 쓰다듬었다.

그녀의 맞은편에 앉은 남자는 여전히 은하를 사랑스럽다는 눈길로 응시하고 있었다. 애써 눈빛을 피해 보았지만 그의 존재감은 사실 좀 지나칠 정도였기에 부질없는 몸짓이었다.

은하는 건널목에서 만난 이 남자를 물끄러미 바라보았다. 아마도 그녀 인생 최고로 멋진 남성 앞에 앉아 있는 것이리라.

그가 꺼낸 말만 아니었다면.

남자는 은하와 눈이 마주치자 빙긋 웃었다. 그의 접힌 눈매를 바라본 은하는 저도 모르게 입꼬리를 올렸다.

그래, 내가 잘못 들은 게 아니었을까? 이렇게 비현실적으로 생겼으니 내가 잠시 정신을 놓는 바람에 말을 곡해해서 들었는지도 몰라. 그래, 분명 그거다.

가슴 아픈 현실에서 외면하기 위해 은하는 다시 묻기로 했다.

"그러니까. 음…… . 다시 물어 죄송하지만, 그쪽분께서는, 성함이 어떻게 되신다고요?"

"노아 원나이트."

남자는 목소리도 훌륭했다. 대답은 그리 훌륭하지 않았지만.

"아."

은하는 힘줄이 튀어나오도록 머그컵을 꾹 쥐었다.

'은하야, 울지 마. 울지 말자. 외국인이거나, 세례명일 수도 있잖아.'

남자는 그에 아랑곳없이 은하를 가리키며 말했다.

"레리아나."

"……아아."

열심히 세우고 있었던 '희망'이란 성이 먼지처럼 흩날리는 것만 같았다.

"제가요…… ."

"응."

응, 내가 레리아나. 그게 뭔데. 어느 나라 이름인데. 은하는 20년 만에 출생의 비밀이라도 듣게 된 표정으로 울음을 삼켰다.

"그리고 또. 우리가 결혼을 했다고요…… ."

"응."

남자가 웃었다.

이렇게 잘생긴 미친놈도 있나. 이제껏 불공평하다고 생각한 세상은 사실 참 합리적인 모양이었다.

"전생에서……?"

"여기와는 다른 세계에서."

"아……."

탄식한 은하는 머그잔 안에 든 카페라떼를 구국의 원수라도 된 것처럼 노려보았다. 우유가 듬뿍 섞인 라떼 위에 울상이 된 자신의 얼굴이 둥둥 떠다녔다.

그래, 이것이었다. 모든 문제의 시발점은.

이 겉으로 보기에는 아주 멀끔하고 잘생긴 남자의 머릿속 세상은, 자신이 아는 곳과는 아주 먼 곳에 있었다.

건널목에서 날 헌팅한 남자가 잘생긴 미친놈이다. 당황스럽다. 이를 어떻게 하면 좋지?

"그…… 이쪽 세계……."

은하는 그 입에 담기만 해도 사지가 오그라드는 지칭어에 혀를 씹었다가 재빨리 되물었다.

"이름은 어떻게 되시는지……."

"이원."

"아, ……원. 이원 씨."

은하가 그의 이름을 곱씹자 원이 사랑스럽다는 얼굴로 웃음을 보였다. 그 미소에 잠깐 홀릴 뻔한 은하가 필사적으로 고개를 저었다. 안 돼. 넘어가면 내 인생은 끝이야.

은하는 스마트폰을 은밀히 꺼내들었다. 그러고는 남자를 향해 어색하게 웃으면서 재빠르게 손가락을 광속으로 움직였다.

[박도진! 지금 오빠 동생이 미친놈한테 시집가게 생겼어! 빨리 와!!]

　　　　　　　　　　＊　＊　＊

　은하는 이원이라는 남자에 대해 많은 것을 알게 되었다. 이 남자
가 종교 생활은 하지 않는다는 것. 제게서 돈을 뜯어낼 생각은 없
다는 것.

　"박은하."

　"어-"

　익숙한 목소리가 들리자 은하가 반가운 얼굴로 고개를 들었다.

　도진은 남자가 일어서자 그의 큰 키를 올려다보다가 은하에게 조
그맣게 물었다.

　"야. 네가 이 남자 쫓아왔어?"

　"미쳤어?"

　"그럼 뭔데. 저 남자가 이제 쫓아오지 말래? 그래서 나 부른 거야?"

　"왜야? 왜 그렇게 생각해?"

　"거울 안 보냐?"

　도진이 인상을 찌푸리며 제 얼굴을 흘기자 은하가 목구멍까지 치
달아 오르는 화를 삼켰다.

　"아니라니까. 저 사람이 전생이 어쩌고 하면서-"

　전생? 도진이 알았다는 듯 고개를 한 번 크게 끄덕였다.

　"우리 은하는 사이비 안 믿습니다! 가자!"

　박도진이 어찌나 큰소리로 소리를 쳤던지, '사이비였어?' 하는 수
군거림이 카페 곳곳에서 터져 나왔다.

　싫어, 이 웬수야. 그냥 날 죽이지. 은하는 울상으로 끌려 나가며

이를 악물었다.

그때, 어느새 일어난 원이 도진의 팔목을 붙잡았다.

"손—"

그리고 도진을 막아선 채 낮게 말했다.

"—놓지."

도진이 걸음을 멈추고 남자와 눈을 마주쳤다. 원은 막무가내로 은하를 끌고 나가려는 도진을 차가운 얼굴로 응시했고, 도진은 정체도 모르는 남자가 제 앞을 막아선 것에 약간 화가 나 있는지 미간을 찌푸린 채였다.

그들 옆에 선 은하는 둘을 한 번씩 돌아보고는 입만 뻐끔거렸다.

'이게 무슨 일이야. 대체……'

뭐라고 말을 해야 하는데 눈앞이 팽팽 돌기 시작했다.

일단 말보다 주먹이 빠르고 쉽다는 게 인생 모토인 오빠부터 말려야겠지. 그래, 맞아.

은하가 도진의 손을 잡아당기며 그를 불렀다.

"오빠, 그만해."

하지만 도진이 가만히 있으라는 듯 눈짓했고, 은하는 '아니, 잠깐만.'이라며 더듬더듬 말하다 이내 입을 다물었다.

소란이 일던 카페는 순식간에 적막에 빠져 있었다. '치정 싸움인가, 양다리?' 속닥거리는 목소리가 귓가에 콕콕 박혀 들었다.

'아니야!'

누구나 오해할 만한 상황이 펼쳐지긴 했으나, 그건 아니었다. 지금 바로 옆에 있는 이 남자는 어떤 출생의 비밀도 없는 혈육 관계고, 저 남자는 '이 세계'에서는 아주 생판 초면이라고 광고라도 하고 싶은 심정이었다.

설상가상으로 은하는 한쪽 테이블에서 스마트폰으로 동영상까지 촬영하는 것을 보고 입술을 잘근 깨물었다. 도저히 이 수치스러운 상황을 견딜 수가 없다.

"오빠!"

은하가 도진의 손을 세게 잡아당겼다.

그때 원이 물었다.

"오빠?"

"내가 은하 오빠인데."

그 순간이었다. 무표정을 고수하고 있던 원이 아주 무해해 보이는 얼굴로 빙긋 웃으며 손을 뗐다.

"제가 은하 씨 오빠인 걸 모르고 실례를 했네요."

갑자기 손목이 해방되자 도진이 눈을 깜빡였다.

원은 마치 둘 사이에 아무 일도 없었던 것처럼 자연스럽게 명함을 꺼내 들었다.

"처음 뵙겠습니다. 이원이라고 합니다."

"……?"

그러자 어안이 벙벙해 있던 도진이 굽실거리며 명함을 받았다.

"아, 저는 아직 학생이라 명함이……. 박도진이라고 합니다."

긴장됐던 공기가 순식간에 누그러졌다. 둘은 반갑다는 듯 악수를 나누었다.

"……?"

은하는 한순간에 굽어진 오빠의 어깨를 떨리는 눈으로 응시했다.

오빠…….

이 쉬운 남자야…….

"그런데 우리 은하한테는 무슨 일로……."

도진은 얼빠진 얼굴로 물었고 은하가 주먹을 쥐었다.

그래, 빨리 말하라고. 본색을 드러내!

"은하 씨를 보고 한눈에 반했습니다."

"……네?"

"……뭐?"

도진과 은하가 동시에 되물었다.

'아까는 분명히! 레리가 뭐시기고 했으면서!'

졸지에 홀로 이상한 사람이 된 은하가 쏘아보자 원이 싱긋 웃어 보였다. 은하는 미간을 찌푸렸다.

'뭐야, 이 이중인격 같은 남자는…….'

그는 도진이 몇 가지 확인차 질문하는 것에 매끄럽게 답을 하고는,

"회사를 통해서 확인 전화 주십시오."

부담 갖지 말고 꼭 전화 달라며 당부했다.

도진은 생각보다 더 상식적인 원의 대처에 놀란 모양이었다. 내심 원에게 괜찮은 점수라도 내리는 듯한 도진을 보며 경악한 은하는 혹시 여기서 제일 이상한 건 자신이 아닐지 의문에 빠져야만 했다.

* * *

상황이 어느 정도 마무리되자 양해를 구한 원은 갑자기 한 테이블로 성큼성큼 걸어가기 시작했다. 그가 선 곳은 방금까지 그들의 동영상을 찍고 있던 남자 무리 앞이었다. 원은 테이블 위를 손으로

두드렸다.

"동영상, 지워 주시겠습니까?"

남자는 스마트폰을 손 아래로 밀어 넣으며 웅얼거렸다.

"무슨 동영상을 말씀하시는지······."

"그러게. 무슨 동영상?"

"저희 그런 거 안 찍습니다."

무리의 남자들이 너스레를 떨며 맞장구를 쳤다.

은하가 이를 악물었다. 뭐야, 저 사람들. 아까부터 찍는 거 전부
다 보고 있었는데.

원은 은하를 힐긋 바라보았다가 괜찮다는 듯 고개를 저었다. 그
러고는 스마트폰을 숨긴 남자의 어깨에 손을 살포시 얹었다. 남자
가 무시무시한 악력에 짧게 신음하며 몸을 뒤로 물리려는데, 원이
귓가에 무언가를 조용히 속삭였다.

순식간에 남자가 사색이 되자 원은 제 명함을 하나 빼서 그의 앞
에 내밀었다. 눈치를 보던 남자는 동영상을 지우는 듯 빠르게 손가
락을 움직였다.

"실례."

하지만 원은 부드럽게 웃으며 스마트폰을 빼앗아서는 바닥에 그
대로 내던졌다. 남자들이 어어! 소리를 치며 팔을 내뻗었으나, 그
손이 닿기도 전에 원이 스마트폰을 구두로 밟아 부쉈다.

파직─

그는 가게 점원을 불러 이를 치워 달라고 부탁하고는 남자에게
말했다.

"기기값은 이쪽으로 청구하십시오."

원이 손가락으로 명함을 두드렸다.

멀찍이서 이를 보고 있던 은하는 경악했고, 도진은 원에 대한 점수를 더 올린 것처럼 고개를 끄덕였다. 은하는 그런 도진을 보며 한 번 더 경악했다.

원의 핸드폰 부수기가 도진의 남성성, 그 무언가를 자극한 모양이었다.

'그래도 다행인가.'

은하는 작게 한숨을 내쉬었다. 저런 영상이 돌아다녔다간 학교에 얼굴 들고 다니기 쉽지 않았을 테니까.

은하가 짧게 감사 인사를 하며 고개를 까딱 숙였다가 들어 올렸다. 원은 다시 다정한 얼굴로 돌아와 인사를 받았다.

이후 도진은 원에게 이만 가 보겠다고 말했고, 은하는 도진의 손에 이끌려 카페를 나섰다.

도진이 세워 둔 차로 향하던 중 은하는 무심코 고개를 돌려 카페를 바라보았다.

그러자 그 건널목에서처럼 알 듯 말 듯 한 표정의 남자와 눈이 마주쳤다. 카페 앞 전면 유리창 너머에서 원이 입모양으로 말했다.

'다음에.'

* * *

'다음에, 는 무슨!'

은하가 상체를 일으켰다. 집으로 가는 차 안에서도 어른거리는 남자의 얼굴이 쉬이 지워지질 않았다.

　신호에 걸려 차를 세운 도진은 명함의 회사 이름을 곱씹더니 빽 소리를 질렀다.

“박은하—!!”

“왜……”

“여기, 거기 맞지? 그 외국계 금융 회사.”

“몰라.”

　은하가 관심 없다는 듯 손사래를 치곤 창으로 몸을 돌렸다. 하나 도진은 그녀에게 가까이 붙으며 말했다.

“야. 이사래.”

　도진이 명함을 눈앞에 들이밀었다.

　은하가 명함을 힐긋 보고는 입을 삐죽였다. 이렇게 다 가져서 그렇게 거창하게 돌았나? 그녀가 명함을 손날로 탁 쳐 냈다.

“됐어.”

“오빠는 말이다……”

“하지 마.”

“이 교제 찬성이다.”

“아, 하지 말라고……!”

　교제는 무슨! 소름이 끼친 은하가 두 손에 얼굴을 묻고 비명을 질렀다.

“야, 박은하.”

　도진은 은하의 머리를 장난스럽게 툭툭 두드렸다.

“장난이야. 알지?”

“알아.”

은하는 떨어진 명함을 주워서 못마땅하다는 듯 응시했다.

'다음에.'

이원의 목소리가 귓가에서 들리는 듯했다. 달리기를 하고 난 것처럼 이상하게 심장이 뛰었다.

아마 이런 일은 처음이니까. 그래, 그래서 그런 거야.

* * *

이원은 자리에 앉아 식어 가는 카페라떼를 가만히 응시했다. 그러고는 가늘게 떨리는 손을 마주 잡았다.

'역시.'

만나기 전부터 어렴풋이 예상은 하고 있었다. 기억하는 이는 아마 자신뿐이란 걸.

머리로는 알고 있었으나 봇물 터지듯 쏟아지는 감정을 가라앉히기에는 기다려야 했던 시간이 무척이나 길었던 모양이다.

전부 말하면 조금쯤은 기억해 주지 않을까 하는 일말의 기대가 말을 멋대로 조종했다.

그는 어안이 벙벙해 있던 은하의 얼굴을 떠올렸다.

맙소사, 전생이라니. 자신이어도 낯선 이가 그리 말한다면 믿지 못했을 터였다. 원은 자신의 멍청함을 탓하며 피식 웃음을 터트렸다.

이전에도, 이번에도.

그녀는 늘 그의 머릿속을 어지럽히고 모든 계획을 망가트렸다.

원은 다리를 꼬며 소파에 등을 기댔다.

그래도 그게 좋았다. 다시 만날 수 있어 좋았다. 돌아가면서, 자신을 바라보던 눈길이 좋았다.

그것만이 그의 위안이었다.

* * *

눈을 뜬 은하는 깊게 숨을 들이마셨다가 내뱉었다. 꿈의 여운이
아직 가시질 않았다.

이원을 만난 날부터 줄곧 꿈을 꾸었다.

왜인지 자신이 너덜너덜한 드레스를 입은 채 아귀 모양을 한 거
대한 괴물에게 쫓기는 꿈이었다. 집채만 한 괴물이 입을 벌리자 흉
험한 이빨이 드러났다.

아, 죽는구나. 언젠가 무당에게서 단명할 상이라는 이야길 들었
지, 라는 생각이 교차하는 그때…….

회색 머리를 가진 소년이 그녀를 낚아채 지켜 주었고, 살았나 싶
었더니 절벽에서 떠밀렸고.

이젠 진짜 죽나? 싶었더니 누군가에게 안기는 꿈.

팔과 가슴은 단단했고, 안도한 숨소리가 귓가를 간질였다. 고개
를 들었을 때는 시야에 금빛 눈동자가 반짝였다.

'뒤숭숭해.'

한숨을 쉰 은하는 화장실로 들어가 욕조에 몸을 담갔다.

꿈을 꾼 첫날에는 어렴풋하니 잘 기억이 나질 않아 대수롭지 않
게 여겼으나, 반복되는 꿈은 점점 선명해졌고 결국에는 그림자에
가려 보이지 않던 남자의 얼굴까지 확실하게 볼 수 있게 되었다.

아무렇지 않게 잊어버리기에는 이미 묘하게 '그 남자'와 닮아 있

다는 느낌을 받은 후였다.

'왜지.'

신경 쓰인 모양인지 이원의 회사에 전화까지 해 보았던 도진은 가짜 명함도 아니고 이상한 사람도 아니던데 맘 놓으라며 태평한 말을 늘어놓았다.

세상에 나 좋다고 쫓아온 첫 남자가 지나치게 미남인 데다, 지나치게 다른 세계의 인간이라니요.

전생에 나라를 구하긴 구했는데 다시 되팔았던 모양이다.

'다음에'라는 말이 뇌리에 남아, 그 후 며칠은 학교도 조심스레 다녔다. 등하교는 콜택시로, 학교에 있을 때는 절대 과방 밖으로 나서지 않았고, 혹시나 학관으로 가다 마주칠까 봐 점심은 편의점 샌드위치로 대신했다.

과 내에서는 엄청난 미남이 교정 앞에서 누군가를 기다리는 것 같더라는 흉흉한 소문이 돌았지만, 애써 모른 척했다.

그 이후로는 마주칠 일이 없으리라 여겼다. 어디에서 우연히 마주치지 않는 이상은.

그렇게 안심하던 차였다.

* * *

"야! 야! 야! 박은하-!!"

은하가 머리를 말리는데 도진이 쿵쾅거리며 방문을 열고 들어왔다.

"왜?"

"너 오늘 바쁘냐?"

"아니?"

"그럼 부탁 하나만 하자."

"뭘. 무슨 부탁."

이상하다. 이렇게 차려입고 부탁이라니. 은하가 도진이 세심하게 만진 머리를 흘기며 되묻자 그가 다급하게 말했다.

"이모가 이번에 호텔에서 자선 패션쇼 짜는 거 알지?"

"응, 그거 오빠가 도와주고 알바비 받는다느니 했으면서……."

설마……. 말을 흐린 은하가 이내 입술을 꿈틀거렸다.

"안 돼. 싫어."

"야. 한 번만."

"나한테 맡겨 놓고 또 데이트 가려는 거잖아! 엄마-!"

은하가 방문을 나서려 하자 도진이 그대로 목덜미를 낚아채 돌려 세웠다.

"그래서 네 오빠가 홀로 늙어 죽었으면 좋겠어? 아니지?"

"오빠 무슨 짓을 해서라도 그럴 일 없을 것 같은데."

"아영이는 내 운명이거든. 내 운명의 여자가 오늘밖에 시간이 안 난다잖아."

"지난 16명의 여자분들은 다 같은 운명이냐?"

도진이 말이 막힌 듯 불만스런 표정으로 입을 다물었고, 은하가 만족스럽게 웃었다.

그때 도진의 손안에서 벨소리가 울리기 시작했다. 은하는 액정에 '천사 아영'이라는 글자를 보고 고개를 절레절레 저었다.

도진은 간드러지는 목소리로 날개만 없는 천사 아영 씨에게 지금 가겠다고 말한 후, 스피커를 막고 낮은 목소리로 얘기했다.

"야, 내가, 알바비에 용돈까지 쳐준다."

"싫어."

도진이 앓는 소리를 내며 마른세수를 했다.

"일주일 동안 학교 태워다 준다."

태워 준다고? 은하가 눈을 가늘게 떴다.

지난 며칠, 마치 돈을 공중에 흩뿌리는 것같이 처참한 심정으로 냈던 택시비들이 떠올랐다.

"한 달."

"이 주."

"한 달."

"아, 박은하, 진짜."

"한 달."

"그래, 삼 주."

"콜."

* * *

소품 수선을 마친 은하는 박스를 안은 채 종종걸음으로 움직였다.

백 스테이지에는 무대를 준비하는 모델과 스태프들로 가득 차 있었고, 은하는 현란한 깃털 옷을 피팅하고 있는 그들을 피해 몸을 빙글 돌렸다.

"은하야! 앞에 보고 다녀야지."

이모 수련이 박스를 들어 주며 등을 몸으로 막았다.

"이모."

"벌써 끝낸 거야?"

"네."

수련이 박스 안에 손수건으로 만든 소품을 보고는 어쩜 손도 야무지다며 은하를 끌어안았다.

"조금만 힘내. 알바비는 두둑하게 쳐줄 테니까, 응?"

"네."

비실비실 웃으며 대답한 은하가 수련을 물끄러미 응시했다. 수련은 은하에게 뭔가 말하려는 듯 계속 입을 달싹이는 채였다.

"이모, 저한테 뭐 시키실 일 있는 거 아니에요?"

"아, 맞다. 은하야, 김주헌이라고 알아? 그 있잖아, 눈 부리부리하게 생긴 배우."

"알죠. 저도 봤어요, 드라마."

"그 사람, 무대에 서야 하는데 보이질 않아."

"그분 매니저님은요?"

"아직 시간 한참 남았는데 웬 호들갑이냐, 이러는 거 있지."

"그래요? 너무하네. 다른 사람들은 다 시간이 많아서 리허설하는 것도 아니고."

"그렇지? 그래서 말인데……."

눈을 반짝인 수련이 조심스레 말했다.

"화장실에 갔다고 들었거든. 혹시 모르니까 네가 한번 찾아봐 줄래? 미안해, 은하야. 여기가 너무 바빠서."

"이모. 저 알바하러 왔잖아요. 그냥 막 시키셔도 돼요."

"은하야, 너밖에 없다."

수련이 감동한 티를 내는데, 멀리서 누군가 수련을 찾으며 손을 흔들었다. 수련이 그쪽을 향해 마주 손을 들어 올렸다.

"정말 고맙다, 은하야. 이모 맘 알지?"

"네, 찾아볼게요. 가 보세요."

말이 끝나기도 전에 수련이 후다닥 달려갔고, 은하는 서늘하게 눈을 내리깔았다.

'잊지 않겠다, 박도진.'

삼 주로는 부족하다. 꼭 한 달 내내 운전기사로 써먹으리라 다짐하며 은하는 다시 사람들 사이에서 이리저리 치이며 호텔 로비로 빠져나왔다.

* * *

"다시 돌아가 보는 건 어때요? 이미 가 있을지도 모르는데."

은하를 돕던 호텔 직원이 지친 기색으로 말했다. 호텔 직원에게 부탁해 남자 화장실을 돌고, 다른 갈 만한 곳은 다 둘러본 후였다.

힘들겠지. 은하는 조그맣게 고개를 끄덕였다.

"그럴까요?"

풀 죽은 은하가 터덜터덜 걸어 돌아가려는데, 돌연 직원이 고개를 깊게 숙여 인사했다. 그에 은하가 무심코 고개를 돌렸다.

직원 앞에는 양복을 입은 무리들이 서 있었고, 무리들 중에서 확연히 키가 큰 남자와 눈이 마주쳤다.

"……?"

"……?"

은하가 마른침을 삼켰다. 길쭉하고 날카로운 눈매가 은하에게서 못 박힌 듯 움직이지 않았다.

'여기, 대체, 저 사람이, 왜……?'

은하가 아연한 기색으로 입을 뻐끔거리는데, 조금 놀란 기색이던 원이 곧 누그러진 표정으로 미소를 지었다.

"오랜만이네."

은하가 무의식중에 가슴에 손을 올렸다. 무언가가 심장을 옥죄는 것처럼 당긴다.

원이 조금 조급하게 은하의 옆으로 다가오기 시작하자 은하는 눈을 데굴데굴 굴리며 뒷걸음질 쳤다.

원은 은하가 뒷걸음질 치는 것을 보고 걸음을 멈추었다. 그 반응마저 묘하게 낯설지가 않다.

은하는 무슨 이유인지 쿵쾅거리는 심장 때문에 제가 더 당황스러워서 더듬더듬 인사를 건넸다.

"안녕, 하세요."

이런 곳에서 마주치다니. 옆에서는 직원이 어떻게 아는 사이냐는 의문이 가득한 표정으로 은하를 돌아보고 있었다.

곁에 선 남자들도 원의 다정한 얼굴에 놀람 반, 의아함 반으로 '아는 분이신가 봅니다.'라는 말을 꺼냈다.

"예."

원은 은하에게서 시선을 떼지 않은 채 짧게 답했다.

부담스러워. 은하는 자신이 뭐라도 된 양 바라보는 주위의 시선 때문에 순식간에 사색이 된 얼굴로 자꾸만 고개를 돌렸다.

그때였다. 부리부리한 눈을 가진 남자가 투숙객으로 보이는 사람들에게 손을 내젓더니 어디론가 빠르게 걸음을 옮기는 것이 아닌가.

천운이었다.

"아! 저, 죄송해요. 일이 있어서. 그럼 저는 이만!"

은하가 배우 김주헌의 뒤를 따라 후다닥 달려가기 시작했다.

"은하−"

뒤편에서 원이 그녀를 잡으려 하는 소리가 들렸지만, 은하는 전혀 들리지 않는 척 애처롭게 주헌을 불렀다.

"김주헌 씨!"

*   *   *

은하는 산책로로 향하는 호텔 외관까지 주헌의 뒤를 따랐다.

"김주헌 씨!"

어느새 앞에 멈춰 선 주헌이 내키지 않는단 표정으로 은하를 깔아 보았다.

"사인 안 됩니다."

"아뇨, 저는−"

그가 담배를 물고 은하를 흘기더니 얼굴에 연기를 내뿜었다.

"사진도 안 돼요."

은하가 눈살을 찌푸리는데 그가 귀찮게, 라는 말을 욕설과 함께 중얼거렸다.

드라마에서는 세상 다정한 모습이더니만. 은하는 떨리는 입술을 끌어 올리며 스태프 증을 들어 보였다. 참자, 참아.

"보시다시피 저는 스태프고요. 쇼 리허설 때문에 모시러 온 겁니다."

"알아서 가는데 또, 참."

주헌이 혀를 차며 담배를 빨았다.

"가서 전해. 시간 맞춰 간다고."

주헌이 빨리 꺼지라며 손을 내저었다. 은하는 숨을 다시 깊이 들이마셨다가 내뱉고는 억지웃음을 지으며 말했다.

"바로 그 시간인데요, 김주헌 씨."

"본 무대 시작에 맞춰 가겠다는 거잖아. 말귀가 어두워?"

와, 이 사람 보게. 은하가 눈을 질끈 감았다 뜨며 말했다.

"리허설 시간에 맞추셔야죠, 김주헌 씨."

은하가 팔짱을 끼고 고개를 옆으로 기울였다. 주헌은 그 고압적인 태도가 못마땅한 듯 담배를 발로 비벼 껐다.

"너, 내가 누군지 몰라?"

이 남자가 뭐라는 거야. 은하가 눈을 가늘게 뜨고 그를 훑어보며 말했다.

"지금 계속 말씀드렸잖아요, 김주헌 씨라고. 안 들리세요?"

은하가 생긋 웃자 주헌이 약이 오른 듯 콧방귀를 꼈다.

"이야─ 이거 진짜 웃긴 애네."

주헌이 검지로 은하의 머리를 밀었다.

"네가, 이 바닥, 룰을, 몰라서, 그러나 본데."

"지금 뭐 하시는 거죠?"

은하가 손가락을 잡아 주헌을 막았다. 당황한 얼굴의 주헌이 얼굴을 붉힌 채 미간을 구겼다.

"거참, 보자 보자 하니까."

목소리를 조금 높인 주헌이 손을 들어 올렸다. 은하가 바짝 긴장해 뒤로 물러섰다.

때리나?

여자를 때리려 하다니, 인내심이 제 몸만큼 가느다란 남자였다. 이를 악문 은하가 주먹을 움켜쥐었다.

대학에 입학하자마자 온갖 흉험한 대학가의 전설을 주워들었던 도진이 말했다.

'은하야, 누구든 손을 올리면 바로 인중이다. 인중을 날려라.'라고.

좋아. 선빵 필승이랬다. 은하가 인중을 날릴 준비를 하는데…….

"안 되겠다."

주헌이 든 손을 품에 넣고는 스마트폰을 꺼내 어디론가 전화를 걸었다.

몸도 가늘고, 인내심도 가늘고, 담력도 가느다란 모양이었다. 조금 안심한 은하가 꾹 쥐었던 손을 풀었다.

"형, 나 못 가겠어."

갑자기 무슨 일이냐며, 스피커 너머에서 매니저의 목소리가 쩌렁 쩌렁 울려 퍼졌다.

"아니, 여기 스태프라는 애가 나한테 막말을 하네?"

주헌이 은하를 흘기며 이죽거렸다.

"아니, 모델 대접을 이렇게 하는데. 어떻게 무대에 올라?"

차라리 때리는 게 나을지도 모르겠다. 그럼 같이 때려 주기라도 하지. 은하는 사람이 어떻게 저렇게 간사할 수가 있느냐며 감탄을 내뱉었다.

"야, 사과해. 그러면 올라갈 수도 있고."

한껏 빈정거리는 투였다.

와, 이 비실비실해 보이는 멸치 따위 확 때려눕혀 버릴까. 은하는 그의 인중을 빤히 바라보며 불끈거리는 손을 쥐었다.

안 돼, 은하야. 이모 일을 망칠 수는 없잖아.

하지만 은하야, 이모도 네가 이렇게 갑질을 당하는 건 원하지 않을 거야. 그렇게 생각하지 않니?

머릿속에서 저울이 왔다 갔다 하며 움직였다. 불의와 갑질은 참지 말라는 박씨 가문의 투철한 가정 교육이 자꾸만 주먹을 간질였다.

그러나 이내 이모의 얼굴이 어른거렸다. 내 일이었다면 김주헌 인중에 영원히 잊지 못할 손자국을 날려 줬겠다만.

"후─"

이모 일이니 할 수 없지. 은하가 심호흡을 하고 낮게 말했다.

"죄송합니다, 김주헌 씨."

"뭐? 누가 사과를 그런 식으로 해?"

은하가 눈을 가늘게 떴다. 내가! 나다! 이 멸치 자식아!

"너! 제대로 안 해? 아, 안 올라간다고!"

주헌이 스마트폰에 대고 고래고래 소리를 질렀고, 매니저의 비명과 애원이 불쑥불쑥 터져 나왔다.

이 얄디얄은 인내심과 구정물 같은 인성을 가진 남자 때문에 대체 몇 명이 고생을 하고 있는 건가. 자신은 한 번 지나쳐 갈 아르바이트생이지만 저 사람들은 생업인데.

끓어오르는 화를 내리누른 것은 그들에 대한 측은함과 미안한 감정이었다.

은하가 다시 진지한 투로 입을 열었다.

"죄송─"

탁.

그때, 누군가가 뒤에서 어깨에 손을 올려 은하의 말을 막았다.

"무슨 일입니까."

스마트폰을 들고 거들먹거리던 주헌이 와락 눈썹을 구겼다.

"······?"

은하는 저를 막은 사람을 확인하기 위해 고개를 들었다. 이젠 익숙한 남자의 턱 선이 가장 먼저 눈에 들어왔다.

여기까지 따라온 건가. 은하가 남자를 부르려던 때였다.

"당신은 또 뭐야?"

주헌이 짜증스럽게 물었다. 주제도 모르고 나대는 여자애에게 세상이 얼마나 혹독한지 알려 주는 건 이제부터가 시작이었다. 몇 번 사과를 받고 상사에게 깨지고 그래야 이런 애도 일을 좀 그럴듯하게 하게 되지 않겠는가.

그런데 타이밍 좋게 이런 방해꾼이라니. 주헌이 답답함을 이기지 못하고 다시 담배를 꺼내 불을 붙였다.

"'마이어&룰'의 이원입니다."

"마이어&룰?"

주헌이 눈을 굴리며 곱씹는데 원이 은하의 어깨를 잡고 제 쪽으로 부드럽게 잡아끌며 말했다.

"제 비서와는 만나 뵈었었죠."

그제야 담배 연기를 뱉던 주헌이 입을 떡 벌린 채 딱딱하게 굳기 시작했다. 마이어&룰 사의 CF 모델 건 이야기가 오가면서 원의 비서와 명함을 주고받은 적이 있었다.

"아—"

하필 이런 곳에서 만나다니. 속으로 욕설을 내뱉은 주헌이 고개를 숙이려는데, 원이 차갑게 물었다.

"그런데 은하 씨와는 무슨 일이십니까?"

"예?"

주헌이 원을 한 번 보고는, 입을 다물고 눈만 깜빡이고 있는 은하 쪽으로 시선을 내렸다.

"그게⋯⋯."

은하 씨라니. 이 여자애랑 무슨 사이기에? 머리가 어지러웠다. 스마트폰 너머로 매니저가 지금 갈 테니까 거기서 꼼짝 말라는 소리가 터져 나왔다.

주헌이 차마 말을 잇지 못하자 원은 차갑던 말투와는 아주 다른 모습으로 온화하게 물었다.

"은하 씨, 무슨 일 있으셨습니까? 방금 사과하시는 소리를 들었는데요."

은하가 그 태도 전환에 바로 답을 못 하고 입을 벌렸다.

주헌도 어안이 벙벙한 얼굴이었다. 저 여자가 대체 정체가 뭐기에 저 남자가 존칭으로 부르며 공주 대접을 하는가.

'그냥 스태프가 아니었나.'

여기까지 생각이 도달하자 여자에게 담배 연기를 내뱉고, 머리를 밀고, 사과하라 종용했던 지난 시간이 파노라마처럼 떠오르기 시작했다. 그 뒤로 수억대가 오가는 계약에 대한 생각이 꼬리를 물고 튀어나왔다.

매니저 형이 당분간은 조심하라고 그렇게 언질을 주었었다. 그런데 잘 보이진 못할망정 자칫하면 어린애 하나 교육하겠다고 일을 다 망칠 순간이 아닌가.

"무슨 일이 있었는지 말해 주시면 제가 대신 처리하겠습니다."

원이 재차 묻자 타들어 가는 담배처럼 주헌의 마음도 바싹 말라붙기 시작했다. 주헌이 마른침을 삼켰다.

"아니, 먼저 제가 상황 설명을 좀 드리겠습니다. 이, 이분 말씀만 들으시면 뭔가 오해가 있으실 것 같고……."

"오해라니요. 그렇습니까?"

원이 주헌과의 사이에 껴서 고개를 번쩍 쳐들고 있는 은하를 내려다보며 물었다. 원과 눈이 마주친 그녀는 생사의 기로에 놓인 것처럼 큰 고뇌에 빠져 있었다.

'김주헌이 괘씸하다고 해서 이 남자가 내려 준 줄을 잡아야 하나, 말아야 하나.'

은하가 눈을 가늘게 뜨고 주헌을 바라보았고, 그는 차마 은하와 눈을 마주치지도 못한 채 고개를 돌렸다.

은하가 미소를 지었다.

"우리 사이에 오해라고 할 만한 일이 있었나요. 리허설에 참석해 달라고 말씀드렸을 뿐이고. 김주헌 씨는 제 머리를 밀고 사과하라고 하신 것뿐인데."

원이 그렇습니까, 라고 말하며 주헌을 쏘아보았다. 새까만 눈동자와 마주친 주헌이 흠칫 몸을 물렸다.

"으, 은하 씨, 제 뜻은 그게 아니라……."

주헌이 은하에게 말을 걸자 원이 날이 선 말투로 말을 끊었다.

"김주헌 씨. 오늘 일은 다음에 아주 자세히 이야기할 날이 있을 겁니다."

"잠시만, 제 말 좀……."

주헌이 말을 잇거나 말거나 원은 은하를 데리고 떠나려 했고, 당황한 주헌이 당장이라도 떠나려는 그들을 만류하기 위해 손을 흔들었다.

한데 그때였다. 주헌의 손을 떠난 담배가 포물선을 그리며 떨어지기 시작했다.

"……?"

떨어지는 담배의 빨간 끄트머리가 은하의 얼굴을 향했다. 은하가 눈을 크게 뜨고 입을 벌렸다.

'아―'

은하가 피하려고 손을 들자 그보다 빨리 눈앞에 하얀 손이 다가왔다. 남자의 왼손은 불이 꺼지지 않은 담배를 손에 쥐고 있었다.

그녀가 눈을 한 번 깜빡였다.

'맨손으로……!'

은하의 눈동자가 흔들렸다. 원은 제 손에 쥔 담배는 아랑곳없이 은하에게 재가 튀지 않았는지 살폈다.

"이것까지 고려해서. 다음에 얘기하도록 하죠."

은하가 무사한 것을 확인한 원이 담뱃재를 털어 내며 말했다.

"……."

정신이 나간 것처럼 선 주헌은 식은땀까지 흘리고 있었다. 잠시 입을 다물고 있었던 그는 시뻘겋게 달아오른 얼굴로 원에게 괜찮으신지 물어 댔다.

그 사이에서 멍하니 굳어 있던 은하가 김주헌의 가슴을 밀어냈다.

"당장 비켜요."

주헌이 비틀비틀 비켜나자 은하가 원의 손목을 덥석 잡았다.

"따라와요."

은하가 원을 데리고는 문으로 빠져나와 산책로를 따라 급히 내달렸다. 별안간 그녀의 손에 잡혀 돌길을 달리게 된 원은 짐짓 놀란 기색이었으나 얌전히 뒤를 따랐다.

돌길은 분수대까지 이어져 있었다. 은하는 분수대 앞까지 원을 데리고 간 후에 물줄기에 원의 손을 집어넣었다. 둘의 손 위를 지나 분수대의 물이 아래로 흘러내렸다.

원은 제 손등을 꽉 감싸 쥐고 있는 은하의 손을 물끄러미 응시했다. 손 위로 흐르는 찬물보다 손등을 감싼 체온이 더 강하게 느껴졌다.

시선을 내리자 은하는 제 가슴께 앞에 서서 속상한 표정으로 입술을 깨물고 있었다.

제 심장이 이렇게 뛰는 걸 알면 은하가 손을 당장이라도 빼 버릴 것 같아서 원은 옆으로 조금 물러섰다.

은하는 물 안에서 원의 손을 이리저리 관찰하더니 화상을 입은 게 자신인 것처럼 화가 난 투로 말했다.

"물집 생길 것 같아요."

원은 웃음이 비집고 나오려는 것을 애써 참으며 작게 대답했다.

"응."

은하는 짜증이 나는지 연신 호텔 입구를 힐긋거리다가 말했다.

"그 자식은 사람을 다치게 했는데 따라오지도 않고. 여기 있어

봐요."

은하가 인상을 찌푸리며 돌아서려는데.

"아, 그대로 가려고?"

"네?"

"난 환자인데."

원이 싱긋 웃으며 제 왼손을 눈짓했다. 손바닥에는 불그스름해진 자국이 남아 있었고, 자국 안으로 물이 차오르기 시작하는 모양인지 봉긋하게 솟아올랐다.

"그러니까, 김주헌을…… 잡아서."

"아."

원이 고통스러운 것처럼 신음성을 내며 미간을 찌푸리자, 은하는 몸을 움찔움찔 움직이더니 곧 망부석처럼 멈춰 섰다.

무슨 일인지…… 정말 이해할 수가 없이 꼼짝도 할 수가 없다.

뭐야, 뭔데. 은하는 혼란스러운 정신을 달래며 움직이길 포기하기로 했다. 그러자 원은 만족스러운 얼굴로 돌아왔다.

"그으, 죄송해요."

다시 손을 붙들고 선 은하가 조용히 입을 열었다.

"죄송한 건가?"

원이 고개를 갸웃하며 묻자 은하가 눈동자를 데구루루 굴렸다.

"아니, 감사합니다……?"

"이게 감사한 거야?"

"아뇨, 아니, 맞아요."

"죄송하단 건지, 감사하단 건지."

"죄송하고 감사했던 것 같네요. 한 30초 전까지는."

은하가 입매를 일그러트리자 가볍게 웃은 원이 분수대에 걸터앉았다.

'은하 씨, 은하 씨 했던 때가 방금 전인데.'

못마땅한 기색을 숨기지 않은 채로 은하는 얼굴을 푹 숙인 뒤 그의 손을 이리저리 살폈다. 큰 화상은 아닌데, 가슴이 갑갑할 정도로 속이 상했다. 나 때문에 휘말려서 그런가. 그렇겠지. 은하가 손을 떼며 말했다.

"아무래도 의무실에 가야 하지 않을까요. 흉 지면-"

그러자 원이 떼어지려는 은하의 손가락을 살짝 잡았다.

"아니, 지금이 좋아."

원이 닿은 손을 놓지 않은 채 나지막이 말했다.

"그냥 이렇게 있어."

은하가 입을 다물었다. 제 귓가에 물이 뿜겨져 나오는 소리 너머로 쿵쿵 뛰는 심장 소리가 요란하다.

'심장 소리, 들리면 어쩌지.'

지금 이 상황을 한껏 의식하고 있다는 걸 들키고 싶지 않은 나머지, 불안하게 움직이는 눈동자가 잡혀 있던 손에 닿았다. 원은 잡은 손가락을 놓지 않은 채였다.

"손…… 놔주세요."

원이 제 손에 있는 손가락을 서서히 놔주었다.

은하가 가볍게 주먹을 쥐고서 크게 심호흡을 하는데 그가 장난기 어린 목소리로 운을 띄웠다.

"그보다-"

"네?"

"당신이 이걸 어떻게 갚으려는지 들어 봐야겠는데."

"……네?"

은하가 눈을 깜빡였다.

"갚, 으라고요?"

"응."

"뭐를 말씀하시는지."

"이거."

원이 왼손을 흔들었다.

"아니, 이건 아까 김주헌 씨가 그런 거고."

원흉은 그 자식인데, 왜 내가 갚아야 하나? 정말 말도 안 되는 계산법에 더듬더듬 말하니 원이 능청스레 말했다.

"죄송하고 감사하다며."

"와— 말도 안 돼."

"써먹을 수 있는 건 다 써먹자는 주의라서."

원이 어깨를 으쓱이며 말했다.

이 사기꾼 좀 보게. 돈 많은 사람들이 더하다더니. 은하가 어이가 없다는 기색이 완연한 얼굴로 입을 벌렸다.

"그럼 뭐, 치료비라도 드려요?"

"설마."

그가 정말 재미있는 이야기라도 들은 것처럼 웃었고, 은하는 조금 무안해진 얼굴로 입을 다물었다.

'그래, 아니겠지.'

시계부터 양복까지, 몸에 걸친 것만 해도 잘은 몰라도 누구네 연봉은 될 것 같은데.

그럼 뭘로? 가진 건 몸밖에 없는데.

'설마?'

은하가 최악의 상상을 떠올리는데 원이 입을 열었다.

"몸-"

역시 이 졸부 자식. 원하는 게 그거였냐!

은하가 사색이 되어 상체를 뒤로 물렸다. 원이 당장이라도 어딘 가에 신고할 듯한 은하를 바라보며 피식 웃음을 터트렸다.

"-이라고 얼굴에 쓰여 있네. 나로선 그것도 나쁘진 않은데."

"제가 무슨, 언제, 그런 생각을⋯⋯!"

하긴 했지만!

은하가 매섭게 뜬 눈으로 원을 쏘아보았다.

"지금 내 표정 보여요?"

은하가 원 앞으로 제 얼굴을 가까이 가져다 댔다. 원이 몸을 뒤로 조금 물리며 답했다.

"응."

"싫은 표정이에요."

"아닐걸."

"맞을걸요."

"아니야. 난 당신이 싫어하는 건 안 할 거니까."

원이 다정히 말했다. 전투력으로 가득 찼던 은하가 그 말에 갑자기 힘이 빠진 듯 입을 다물었다.

"⋯⋯."

이 사람, 말문 막히게 하는 데 재주가 있다. 아주 많이. 정말 많이. 무언가 되받아치려고 뻐끔거리던 은하가 이내 나직이 답했다.

"……그러시겠죠."

싫은 기색 보이면 가까이 다가오지도 못할 테니까. 그녀는 방금 호텔 로비에서 우연히 만났을 때, 제가 뒷걸음질 치자 걸음을 멈추던 원을 떠올렸다.

'아니야, 은하야. 말도 안 되는 생각하지 말자.'

은하는 이상한 기분을 애써 떨쳐 냈다.

"그래서요, 이원 씨. 이 은혜는 어떻게 갚아 드릴까요?"

은하가 그를 올려다보았다.

"나랑 어울려 줘."

원이 싱긋 웃었다.

"……아."

은하가 망설이는 기색을 보이자 원이 덧붙였다.

"손, 다 나을 때까지만."

장난기 어린 얼굴은 어느새 사라져 있었다. 목소리에는 아주 조그맣게 기대와 절박함이 새어 나와 있었다.

* * *

"그…… 안 돼요."

반듯하게 펴고 있었던 원의 손가락이 자그맣게 굽어들었다. 그러자 은하가 손을 저으며 빠르게 덧붙였다.

"아, 말을 잘못했는데. 오늘은 안 된다는 거예요. 알바 중이라."

원이 숨을 내뱉듯 긴장이 풀린 웃음을 터트렸다.

은하는 그가 웃는 모습을 보며 눈을 깜빡였다. 기쁜 듯한 원의 목소리와 긴장이 풀린 듯한 웃음소리에, 가슴속에 바람이 부는 것처럼 간지러워졌다.

은하는 방금까지 원이 잡고 있었던 손으로 주먹을 쥐고 손가락을 비볐다. 기묘하다.

자신이 좋다고 고백한 남자도 처음. 여중, 여고를 지나며 좋아하는 남자 한 번 없었는데. 이상하게 언젠가 느꼈었던 감정인 것처럼 기시감이 머리 한구석을 어지럽혔다.

'이상하게.'

그때 손에 들고 있던 스마트폰에서 진동이 울렸다. 수련이었다. 은하가 황급히 전화를 받으며 일어섰다.

"아, 지금 갈게요. 이모."

나 일하는 중이었지. 은하가 미간을 찌푸리며 전화를 끊었다.

"저 이만 가 볼게요."

"잠깐."

양해를 구하고 자리를 뜨려는데 원이 손바닥을 내보였다.

"네?"

"그거."

이거? 눈을 깜빡인 은하가 스마트폰을 손바닥 위에 올리자 원이 전화번호를 적기 시작했다. 그러고는 자신에게 전화를 걸어 은하의 번호를 따 냈다.

"말만 갚겠다 하고 떼어먹을까 봐요?"

"받을 건 정확해야지."

원이 미소를 지으며 그녀에게 폰을 돌려주었다. 전화번호부 위에 이름을 적는 란은 비워져 있는 채였다.

은하는 폰을 든 채 가 보겠다며 머리를 꾸벅 숙였다.

그렇게 잰걸음으로 백스테이지로 돌아가던 중, 공란에 '이원'이
라는 이름을 적고 잠시 고민에 빠졌다.

이원 씨? 오빠? 님?

끙, 소리를 내며 고민하던 은하에게 수련이 다가왔다. 은하는 황
급히 '짜리'라는 호칭을 추가한 후에 폰을 주머니에 넣었다.

즐거운 기색으로 돌아온 은하를 보며 수련이 고개를 갸웃거렸다.

"무슨 좋은 일 있었어?"

"아뇨, 없어요."

2장

Ongoing

Ongoing

오전 7시. 은하는 알람이 한참을 시끄럽게 울고 나서야 눈을 떴다.

다시 평일이었다. '왜 학생은 학교를 가야 하는가.'부터 '왜 사람은 가족과 국가에 매여 있는가.'에 대한 온갖 고뇌로 가득 찬 몸을 꿈틀거리다 폰을 확인하는데, 낯선 문자가 하나 와 있다.

[잘 잤어?]

누구지. 이렇게 살갑게 문자 보낼 사람이 없는데. 비몽사몽한 눈을 겨우 뜨고는 보낸 이를 확인했다.

이원짜리.

"이원짜리?"

은하가 웃음을 터트리며 몸을 일으켰다.

[지금 일어났어요.]

은하는 잘 잤느냐는 문자 옆에 오전 5:00이라는 표시를 확인하고 혀를 내둘렀다.

[학교 안 가?]
[당연 가죠……. 손은요? 아파요?]
[아파.]
[엄살 부리지 마요. 병원 가 볼 거예요?]
[그 정돈 아니야.]
[그럼 안 아파요?]
[아파. 많이.]

문자 끝마다 꼭 온점 찍는 거 봐. 은하가 피식 웃음을 터트렸다.

[김주헌이요. 어제 그대로 잠적했대요.]

백스테이지로 돌아갔으나 김주헌은 어디로 갔는지 사라진 상태였다. 매니저는 거의 울 것 같은 얼굴로 그를 찾는 듯했지만 결국 찾지 못했다고 들었고, 이모인 수련은 저렇게 자기 커리어를 꼬는 사람들이 있다며 혀를 찼다.

그러나 원은 제 손을 지져 놓은 남자의 거취에 대해서는 그다지 관심이 없는 모양이었다. 그보단 은하의 학교가 몇 시에 끝나는지, 언제가 공강인지에 대해 질문을 해 댔고, 그녀는 손을 그렇게 지져

났는데 신경도 안 쓰냐며 웃음을 터트렸다.

그렇게 폰에 시선을 고정한 채 화장실로 향하는데 앞에 선 무언가에 몸을 부딪혔다.

"야야, 앞 좀 보고 다녀. 아침부터 뭐냐, 실실 웃으면서. 기분 나쁘게."

"어? 어. 미안."

뭐? 미안? 은하가 곧이곧대로 미안하다고 말하고는 화장실로 쏙 들어가자 도진이 눈을 가늘게 떴다.

* * *

강의를 마치고 동기 둘과 함께 카페에 앉은 은하는 진동이 울리자 액정을 확인했다.

[저녁은 먹었어?]
[아직이죠. 이제 5신데ㅋㅋㅋ]

은하는 다시 울리는 진동을 느끼며 액정을 밀어 그간 보냈던 문자들을 확인했다. 어찌나 문자를 주고받았는지 스크롤이 끊이질 않았고 몇 장의 사진 또한 오간 채였다.

20살 먹고 학교에서 악기인 장구를 친다는 걸 믿지 못하는 것 같아 찍어 보내 준 것이 시작이었다.

자, 봐라, 진짜 100% 장구다! 라며 보냈더니 원은 자신도 회사 안을 찍어 보내 주었다. 비서인지 부하 직원인지가 사색이 된 채 질겁을 하고 피하려는 얼굴이 적나라해서 이젠 찍어 보내지 말라고 전할 정도였다.

생전 쓰지도 않았던 문자비용만 상당할 것 같은데, 톡은 안 하나. 은하가 다시금 문자를 적는데 머리꼭지로 누군가 그녀를 부르는 소리가 들려왔다.

"은하, 은하야. 박은하!"

"응? 응?"

고개를 들자 서희가 묘한 표정으로 은하를 바라보고 있었다. 은하 옆에 앉은 미연이 그녀를 가리키며 말했다.

"얘 좀 이상하지 않아? 오늘 하루 종일 폰만 만지고."

"박은하 수상해."

은하가 어색하게 웃으며 두 손으로 폰을 감쌌다. 서희가 눈썹을 들어 올렸다.

"미연아, 쟤 폰 좀 봐 봐. 누구랑 그렇게 열심히 연락하나."

"아니, 아무것도 아닌—"

은하가 막기도 전에 미연이 폰을 빼앗아 들고는 문자를 보낸 이를 확인했다.

"이원짜리?"

"뭔데. 이원짜리는."

서희와 미연이 웃음을 터트리니 은하가 난감한 기색으로 미간을 찌푸렸다.

"누군데?"

"썸남?"

"오—"

죽이 잘 맞는 둘이서 몰아가기를 시작하자, 은하가 숨을 내뱉었다.

"아냐. 절대 그런 사람 아니고―"

"뭔데, 아니면."

아, 신음성을 낸 은하가 입을 다물었다. 무슨 사이라고 해야 하지. 은하가 미간을 찌푸렸다.

친구? 절대 아니지.

따지자면 그쪽에선 열심히 당기고, 나는 열심히 미는 사이. 전생에서 인연인 사이라고 저쪽에서 혼자 믿는 사이.

그러니까 그냥…….

"……그냥, 아는 사람?"

은하가 뚱한 얼굴로 고개를 옆으로 기울였다.

"그 의문형은 뭔데. 남자야?"

"생물학적으로는……."

그러자 미연이 확신하듯 말했다.

"썸남이네."

"아니라니까."

장난기 많은 미연이 확인해 보자며 문자를 적기 시작했다.

"뭐라고 하려고!"

은하가 손을 뻗는 사이에 미연이 순식간에 타자를 쳤고, 그 후에 은하를 피해 폰이 서희에게로 넘어갔다. 서희가 웃으며 전송까지 완료하자, 은하가 하얗게 질린 채 보낸 문자만 하염없이 바라보았다.

[보고싶어용.]

이게 뭐야. 저도 모르게 눈물이 고였다. 죽을까. 그냥 죽자.

그리고 몇 초가 지났을까, 바로 전화가 울렸다.

"전화 왔는데?"

"그러니까 하지 말랬잖아."

은하가 목을 가다듬고 전화를 받았다.

"여보세요."

— 어디야?"

"네? 어디냐니. 여기…… 학교 앞 탐앤탐스요."

— 지금 갈게. 기다려.

"네? 네?"

온다고? 여기?

은하가 그와 함께한 지난날들을 떠올렸다. 함께 있기라도 하면 시선이 꽂히던 나날들. 동영상이나 찍혀 돌아다닐 뻔했던 그 카페. 그리고 지금 눈앞의 미연과 서희까지.

금세라도 조용한 학교생활이 멀어지는 것 같았다. 그녀들을 떨리는 눈으로 응시하던 은하가 침을 삼켰다.

"……나."

그녀는 겨우 운을 떼며 주섬주섬 짐을 챙겼다.

"나 지금 가 봐야 될 것 같아."

"왜? 그 남자가 뭐라는데?"

"벌써 가?"

"그게 좀 그렇게 됐어."

갑작스러운 은하의 태도에 미연이 슬쩍 그녀의 손을 붙잡았다.

"혹시 우리 때문에 화났어?"

그러자 서희마저 놀란 기색으로 매달렸다.

"진짜? 아, 미안해, 은하야. 가지 마."

"미안해, 장난이 좀 심했나 봐."

아니야. 괜찮으니까 좀 놔 봐. 빨리 가야 돼. 째깍째깍 시간은 가는데 사과를 받아 달라며 놓지 않는 손 때문에 은하의 마음만 계속 타들어 갔다.

'사과든 뭐든 받아 줄게. 제발 좀 놔줘 봐!'

그리고 실랑이 중에 몇 분이나 지났을까. 카페 계단을 오르는 소리가 들려오기 시작했다. 구두 굽 소리에 찔끔한 은하가 서서히 고개를 돌렸다.

그곳에는 양복을 입은 장신의 남자가 계단 위에 서 있었다. 사람을 찾는 것이 명백한 남자의 시선이 매장 안을 휘 돌더니 금세 한 곳에서 멈췄다. 그와 함께 남자를 보던 시선과 맞부딪쳤다.

은하가 미연과 서희의 손을 뿌리치고 한숨을 쉬며 원에게로 다가갔다.

"문자는 저쪽이?"

"아, 네……. 어떻게 아셨어요?"

원이 머리를 쓸어 넘기며 작게 숨을 내쉬었다.

"놀라게 하지 마."

살짝 심술이 났는지 웃는 낯의 그가 손바닥으로 은하의 정수리를 아프지 않게 꾹 눌렀다.

"제가 언제 놀라게 했다고……."

하긴 했나. 은하가 말끝을 흐렸다.

"방금."

그가 정수리를 재차 꾹, 꾹 눌렀다.

"하지 마요. 키 안 자라거든요."

부루퉁하게 손을 떼라고 하자 그가 정말 놀란 듯 되물었다.

"더 클 거란 기대를 아직도 안 버렸어? 이쯤 되면 버릴 만도 한데."

은하가 이를 악물며 답했다.

"25살까지 성장판이 열려 있는 사람도 있어요. 전 갓 20살 됐고."

"아. 난 15살에 닫힌 줄 알았지."

그가 짓궂게 말하며 손날로 가슴께까지 오는 은하의 키를 재는
척했다.

이 남자, 나 좋아하는 거 맞아? 순식간에 불신과 의심에 휩싸인
은하가 눈을 가늘게 떴다.

"문자 때문에 여기까지 오신 거예요?"

원이 말했다.

"다른 사람이 문자를 하니까."

"그건 어떻게 아셨는데요."

잠시 짧게 공백을 가진 그가 입을 뗐다.

"그냥."

"그냥?"

"감으로."

"감으로?"

원이 절 올려다보는 은하와 눈을 마주쳤다. 그가 은하의 눈을 손
바닥으로 가렸다.

"이제 그만."

원이 달래듯 말하고는 동기들이 앉은 테이블로 다가갔다.

* * *

원이 그들에게 가까이 오자, 둘을 멍하니 보고 있던 미연의 빨대가 테이블 위로 툭 떨어졌다. 서희가 은하에게 왜인지 조심스레 물어 왔다.

"……누구셔?"

"그……."

은하가 뭐라고 소개해야 할지 난감해하는 중에 원이 먼저 입을 열었다.

"이원입니다."

"그 이원짜ㅡ"

그리고 미연이 무심코 중대한 비밀을 발설하려 들자 은하가 재빠르게 다가가 그녀의 입을 틀어막았다.

"이원 씨야. 오빠가 아는 사람의…… 친구……?의 친척쯤 되는."

옆에 선 서희가 눈을 가늘게 뜨고 그게 대체 무슨 사이인데, 라며 물었지만 은하는 시선을 피할 뿐이었다.

* * *

은하는 초조한 기색으로 눈을 굴렸다. 옆에 앉은 원은 계속 웃는 얼굴이었고, 서희와 미연은 눈을 반짝이면서 그에게 이것저것 캐묻는 중이었다.

나이, 키, 직업, 기타 등등.

더군다나 연신 스마트폰을 만지작거리는 걸 보니, 과 단체 톡방이든 어디든 얘기하고 싶어 안달이 나 있는 모양이었다.

둘은 부럽다는 기색이었으나 은하는 홀로 폭탄을 옆에 둔 것처럼 참담한 얼굴이었다.

'제발 그 질문만은 하지 마라. 제발.'

기도하는 것처럼 손을 모으고 중얼거리는데 역시 우려했던 질문이 직구로 쏘아 들어왔다.

"그럼 은하랑은 어떻게 만나셨어요?"

은하가 눈을 부릅떴다. 그것만은 안 돼. 첫눈에 반했다고 하든, 전생의 인연이라고 하든, 뭐라고 말하든 절대 안 돼!

"우리 그만 가 볼게!"

한 손으로 가방을 챙긴 은하가 다른 쪽으로 원의 손목을 잡으려 손을 뻗었다. 테이블 밑으로 허우적거리는 은하의 손을 발견한 원이 생글생글 웃으며 손을 맞잡았다.

은하가 눈을 휘둥그레 뜨는데 그가 손가락 사이로 깍지를 꼈다.

"……!"

은하가 커다란 손에 싸인 제 손을 어찌해야 할지 모르겠어서 주춤거리는 사이, 원이 시계를 한번 보더니 부드럽게 말했다.

"은하랑 같이 저녁을 먹기로 해서요. 오늘은 제가 좀 빌려 가겠습니다."

언제?

당사자는 전혀 모르는 약속이었지만 그는 전혀 개의치 않는다는 기색으로 일어섰다. 그러고는 아주 자연스럽게 깍지 낀 손을 제 쪽으로 당기며 몸을 움직였다.

은하는 친구들에게 빠르게 인사를 하곤 카페 계단을 내려가면서 작게 속삭였다.

"우리 저녁 약속했었나요?"

"응."

"언제요?"

"지금."

"……아."

그는 카페 앞에 세운 자신의 차로 은하를 데려가 차문을 열었다.

"어울려 주기로 했잖아."

그가 그때 다친 손바닥을 보이며 흔들었다.

은하가 차에 타자 원은 깍지 낀 손을 아쉬운 표정으로 풀고는 운전석에 앉았다.

* * *

"박은하, 미쳤다."

"나라면 폰 손에 안 놨어."

"난 몸도 안 놓는다."

"너도 미쳤냐."

미연과 서희가 까르륵 웃으며 이야기하는데, 돌연 테이블 옆으로 한 남자가 다가섰다.

"잠시만 여쭤볼 게 있는데 괜찮습니까?"

SNS며 단체 톡방을 돌아다니며 은하와 이원짜리의 만남에 대해 신나게 떠들던 미연이 고개를 들었다.

"누구신데요?"

"난 이런 사람인데. 저 친구랑 아는 사이예요?"

남자가 둘 앞으로 명함을 한 장 내밀었다. 서희가 명함을 집어 들자 미연이 되물었다.

"누구요?"

"저 친구."

남자가 창문 아래에서 차에 타고 있는 이를 가리켰다. 명함을 살핀 서희가 남자의 손이 가리키는 쪽을 향해 시선을 돌렸다.

＊　＊　＊

조수석에 앉은 은하는 양손을 다소곳하게 모으고는 정면에 시선을 고정했다.

이건 그건가.

데이트.

은하가 고개를 슬쩍 기울였다. 사귀지도 않는데 데이트라고 하나? 하지? 하지, 보통은.

그렇게 자문자답한 후에 두 손을 꼭 모아 잡았다.

20살, 첫 데이트.

은하가 숨을 길게 내뱉으며 뛰는 심장을 진정시켰다.

별거 아니야. 별거 아니지. 별거 아닌 척하자. 이런 거 많이 해 본 사람처럼.

그사이 원은 운전석에 앉아 핸들을 잡은 채 은하를 바라보고 있었다. 정면에 시선을 고정하고 있던 은하가 왜 출발 안 하느냐며 시선으로 묻자, 원이 어깨 너머를 가리켰다. 은하의 고개가 손을 따라 돌아갔다.

"매야지."

"아."

원이 다가와 벨트를 매 주려 하자 당황한 은하가 손을 내저었다.

"제, 제가 할게요."

그리고 벨트를 잡아 확 잡아당겼다.

턱.

"어."

이게 왜. 긴장한 나머지 빠르게 빼내려고 하니 안전벨트가 턱턱 걸려 나오질 않았다.

턱. 턱. 턱. 턱.

왜이래. 평소엔 잘했잖아. 왜 안 돼. 은하가 웃으며 벨트를 빼내길 반복했다.

어디까지 하려는지 구경하던 원은 은하가 패닉에 빠져 영혼이 나갈 지경이 되자 불쑥 말했다.

"그거 망가지면."

"네?"

"갚아야 돼."

"또?"

"또."

……뭘 시키려고?

"차는 좀 비싸."

이 남자, 악마인가. 은하는 힘이 확 풀려 손을 놓았다. 안전벨트가 스르륵 말려 올라가 탁 소리를 내며 제자리로 들어갔다.

원이 싱긋 웃으며 물었다.

"해 줄까?"

"네에……."

은하가 배꼽 위에 손을 모으고 시트에 바짝 기대며 말했고 원이 미소를 지으며 다가갔다.

지나치게 잘생긴 얼굴이 가까이 다가오자 은하가 필사적으로 고개를 창으로 돌렸다.

신이시여. 제가 이 악마의 얼굴에 홀리지 않게 하옵시며…….

그때, 요란하게 벨소리가 울렸다. 원은 작게 혀를 찼고 은하는 호흡을 내뱉으며 물었다.

"안…… 받으시나요?"

원이 자리로 돌아가 무성의한 손짓으로 통화 버튼을 눌렀다.

"무슨 일입니까."

— 이사님! 그렇게 갑자기 어딜!

원이 바로 전화를 끊었다. 그리고 잠시 뒤 또다시 벨소리가 요란하게 울렸다. 화면에 '정 비서'라는 이름이 팝업돼 있는 것을 확인한 원이 또 가차 없이 전화를 끊었다.

"안 받으셔도 되나요?"

"응."

"바쁘신 것 같은……."

"전혀."

오늘 일이 없어서 일찍 끝났어. 원이 다정하게 답했다. 그 순간에도 원의 스마트폰 액정에서는 줄곧 정 비서의 슬픈 문자가 쌓여 가는 중이었다.

제발 돌아오라는 정 비서의 문자를 힐끔 보며 은하가 조용히 물었다.

"그…… 사진의 그분이신가요?"

"신경 안 써도 돼."

원이 웃으며 스마트폰을 껐다. 그는 벨트를 매 준 후에 바로 출발했고, 은하는 이름 모를 그분에게 진심 어린 사과를 전했다.

'미안해요. 정 비서님.'

* * *

데이트니까 이탈리안 레스토랑에 가는 건가, 라는 은하의 빈곤한 상상과는 달리 원이 차를 댄 곳은 거대한 한옥이었다.

나무와 연못이 있는 정원을 지나 정문으로 들어서자 개량 한복을 입은 직원 둘이 허리를 숙여 인사하고는 그들을 안쪽으로 안내했다. 마루와 정원이 보이도록 유리로 된 폴딩 도어가 달려 있는 넓은 방이었다.

생각지도 못했던 고급 한식당에 은하가 무릎을 꿇고 앉아 이곳저곳으로 시선을 돌렸다.

비싸겠지.

먹은 만큼 내겠다는 말은 꺼내 보지도 못하겠다.

은하는 일단 메뉴판이라도 한번 보자는 생각에 이리저리 메뉴판을 찾아보았으나, 상 위에는 예쁜 꽃만 자리할 뿐이었다.

"원래 이런 곳은 메뉴 주문을 안 받아요?"

"먼저 주문했어."

"네?"

"실례하겠습니다."

그와 동시에 문이 열리고 직원이 하나씩 요리를 놓고 가기 시작했다. 식기에 정갈히 담긴 음식들을 보며 은하가 더듬더듬 말문을 열었다.

"제가 좋아하는 건, 어떻게 알았어요?"

"내가 좋아하는 거야."

"아……. 좋아하는 거라서 시키신 거구나."

"응. 우연이네."

그가 어깨를 으쓱였고 은하가 이상하다 여기면서도 역시 그럴 리가 없지, 라며 웃었다.

"우리 취향 비슷한가 봐요."

"그래?"

"저도 한식 좋아하고 구운 생선 좋아하거든요."

"못 먹는 건?"

"날것. 육회 같은 거. 원 씨는요?"

"나도."

"거짓말."

은하가 웃었다.

"그래서 안 시켰잖아."

"그건 그런데……."

이상한데? 눈을 가늘게 뜬 은하가 고개를 갸웃거리는데, 원이 조기 살을 발라 앞 접시에 올려 두었다. 그에 은하가 눈을 끔뻑였다.

뭐지. 이거 설마, 나 먹으라고?

원이 조기 한 마리를 다 바를 기세로 움직이자 은하가 젓가락을 물고서는 손놀림을 빤히 응시했다.

원래 이런 건가. 데이트할 때 남자들은 다 이런가? 이게 매너인가? 낯간지러우니 하지 말라고 할까.

아니, 너무 이러지 마라, 저러지 마라 하는 거 아냐?

사실 별거 아닌 건데 오버하면 더 이상하잖아. 데이트 처음인 거 티 내는 것도 아니고.

그렇지만 엄마도 나한테 이렇겐 안 하는데. 물론 엄마랑 데이트를 하는 건 아니지만.

은하가 눈을 이리저리 굴렸다. 저걸 먹기에는 그림이 이상하고, 안 먹고 다른 반찬을 먹어도 그림이 요상하지 않은가.

저녁식사가 이렇게 어려운 건가. 단언컨대 수능 수리 영역 때 답을 바꿀지 말지 고민하던 시간과 비슷했다. 친구들에게 도움을 청하려고 폰을 꺼냈지만 배터리가 다 됐는지 액정에 로고만 떴다가 꺼지길 반복했다.

먹자. 그냥.

그렇게 은하가 고민의 고민을 거쳐 원이 발라 준 조기를 집어 들었다. 얼른 먹어 치우자.

바로 입에 욱여넣자 하얀 살이 혀에서 눈처럼 녹았다.

맛있다.

환상 같은 그 맛에 정신없이 조기를 입에 넣던 은하는 문득 제정신을 차렸다.

"안, 안 드세요?"

"먹고 있어."

원이 그제야 수저를 들자 은하가 냉큼 몸을 일으켜서 조기 살을 집어다 수저 위에 올려 두었다.

"많이 드세요."

원이 멀뚱히 바라보았고, 은하는 이런 발상을 해낸 자신에게 조금 뿌듯했다.

그리고 원이 뭔가 눈치챘는지 생글생글 웃으며 앞 접시에 갈비를 뜯어 올려 주었다. 그러자 그걸 다 입에 물고 게 눈 감추듯 먹어 치운 은하가 다시 원의 수저 위에 갈비를 올려 주었다.

그런 후에 '자, 이거 맞지?'라는 얼굴로 의기양양해 보이자 원이 입을 가리고 얼굴을 돌렸다.

"왜, 그러세요?"

원이 웃음기 섞인 목소리로 아니라고 답했다.

* * *

원은 굉장히 즐거운 저녁이었으나 은하에게는 조금 사투의 시간이었다. 이것저것 챙겨 주기에 다 맞춰 주려고 아등바등하다가, 나중에 이게 다 놀리는 거란 걸 깨달았을 때는 이미 저녁은 끝마친 상태였다.

"원래 그렇게 성격이 나빠요?"

"음, 아니?"

맞구나. 은하가 홀로 생각하며 고개를 주억거렸다.

집으로 돌아가는 길에 은하는 이원이란 사람이 굉장히, 굉장히, 성격이 나쁜 사람이란 특징을 하나 새겨 넣었다.

* * *

번호 키를 누르고 집으로 들어서자 방의 불은 모두 꺼져 있었고 웬일로 냉장고 가동 소리만 가득했다.

"불은 왜 꺼 놓고."

은하가 더듬더듬 스위치를 찾아 누르자 형광등이 깜박거리며 텅 빈 거실을 비췄다.

"엄마?"

엄마와 오빠의 방 안을 차례대로 둘러보며 그들을 찾던 은하는 소파에 쓰러지듯 누운 후에 스마트폰을 충전했다.

둘이 같이 저녁이라도 먹으러 나갔나.

전화를 해 볼 생각에 아무 생각 없이 폰을 켜는데, 그때를 기다렸다는 듯 진동이 쉴 새 없이 울리기 시작했다. 은하가 그런 휴대폰을 보고 깜짝 놀랐다.

"뭐야. 이게 다."

SNS는 물론, 문자에 메신저에 전화까지. 온갖 확인하지 않은 연락이 연달아 쌓인 상태였다.

이러니까 배터리가 나가지.

용건은 화제의 '그 남자'부터, '무슨 사이냐'를 이미 지나쳐 있었다. 어디까지 소문이 부풀었는지, 부모님의 옛 인연으로 약혼한 사이인 게 맞느냐는 메시지도 와 있었다.

"애들이 드라마를 너무 봤네."

고개를 내저으며 폰을 확인하는데 진동이 울렸다. 도진의 전화였다.

"오빠. 엄마랑 어디 갔어?"

— 넌 전화를 왜 안 받냐.

"아, 미안. 배터리가 나가서. 어딘데? 엄마랑 같이 있어?"

— 지금 엄마랑 시골 좀 내려왔어. 할머니 쓰러지셨대서.

"······뭐?"

은하가 몸을 벌떡 일으켰다.

"할머니 어떠신데?"

− 잠깐만. 엄마 바꿔 줄게.

− 은하야.

"엄마! 할머니는?"

− 괜찮아. 그래도 혹시 모르니까 병원에서 상태 보고 며칠 있다가 올라갈게.

"오빠도?"

− 네 오빠 상황 봐서 먼저 올려 보낼 거야. 그동안 문단속 잘하고.

"응. 할머니 진짜 괜찮지?"

− 괜찮아. 나이 들면 다 그래. 그리고 넌, 좀 늦게 올 거면 연락을 해야지. 걱정하게.

"네."

은하가 얌전히 대답하는데, 수화기 너머에서 깐족거리는 도진의 목소리가 들려왔다.

− 엄마, 은하 남자 생겨서 그래−

"아니야! 오해하지 마! 오빠가 헛소리하는 거야! 내가 무슨!"

− 저거 봐, 저거 제 발 저려서 저러는 거라니까.

"엄마 아니야! 나 박도진 좀 바꿔 줘."

− 뭐래? 남자 생겼대?

"아니라고!!"

− 둘 다 시끄럽다.

어머니의 단호한 일갈에 도진과 은하가 입을 다물었다.

- 밥은 먹었어?

"응."

- 문단속 잘해. 잊어버리지 말고.

"응, 알았어."

몇 번이나 문단속 잘하고, 커튼 치는 것도 잊지 말라는 말과 함께 전화가 끊기자, 은하는 박도진을 향한 저주를 곱씹으며 통화를 하던 중에 온 문자를 확인했다.

[전화해!]

서희에게 온 메시지였다.

[은하야, 오늘 기자라는 사람이 너 찾았는데, 뭐 짚이는 거라도 있어?]

[왜 전화 안 받아.]

[우리 사촌 언니가 기자라서 연락해 봤는데, 자기 회사에는 그런 사람 없대. 네 얘긴 안 했는데 뭔 일 있어?]

[은하야, 집 도착하면 전화해.]

[박은하아아아아아! 뭐 해!!!]

"기자?"

은하가 미간을 찌푸렸다. 그런 사람이 자신을 찾을 리가 없는데. 은하가 통화 버튼을 누르자 다이얼이 한 번 가기도 전에 서희가 전화를 받았다.

- 은하야! 너 이상한 사람이 찾아!

"누구?"

– 자칭 기자!

"기자가 날 왜 찾아? 나 뭐 사고 쳤대?"

– 그걸 내가 아니? 아니, 근데 그 사람 이상해. 기자 아냐. 우리 사촌 언니가 거기 기자잖아. 연락해 봤는데 회사에 그런 사람 없대. 언니가 그러는데 그런 사람들 중에 흥신소 사람이 많다고 했어. 기자 사칭해서 주변 사람들 탐문한다고.

"흥신소?"

– 뭐 감 잡히는 거라도 있어?

"음, 전혀? 사람 착각한 건 아니고? 내 이름 말했어? 박은하 찾는다고?"

– 그건 아니고. 그냥 저 친구 아냐고 하던데. 그게 상황이 어땠느냐면 딱 와서 저 친구 아냐면서 손가락으로 너희 쪽을 가리키는데.

"우리?"

서희가 잠시 입을 다물었다가 무언가 깨달은 듯 말했다.

– 아, 그럼 그 이원짜리 씨인가?

"그래?"

확실히, 하는 거 봐서는 누구한테 원한 샀다고 해도 이상하지 않아. 은하가 고개를 주억거렸다.

서희는 이미 그 수상한 인물이 원을 찾는다고 확신을 했는지 조심스럽게 말했다.

– 일단 너무 수상해서 별 얘긴 안 했는데…… 아무튼 조심하라고 전해 줘.

"응. 알았어."

별일이네, 은하는 통화를 마친 후 베란다 너머를 한 번 둘러보았다. 캄캄해진 아파트 놀이터에는 옆길로 제집을 향하는 행인 몇이 걸어가고 있을 뿐이었다.

"설마."

은하는 커튼을 치고 원에게 문자를 보냈다.

*　*　*

"기자라……."

원이 짜증스럽게 책상 위를 두드렸다. 은하에게 연락을 들은 지 몇 시간이나 지났으나 아직도 화가 가시질 않는다. 그는 왼손에 옅게 남은 화상 자국을 보며 한숨을 내쉬었다.

시간이 별로 없는데.

"정 비서."

"예?"

"사진 잘 찍습니까?"

정 비서가 어리둥절한 얼굴로 그를 바라보았다.

*　*　*

"비서 정민성입니다."

은하가 명함을 받으며 눈을 깜빡였다. 그리고 새카만 벤츠와 반듯하게 머리를 넘긴 남자를 한 번씩 돌아보았다.

"아, 네. 정 비서님."

"이사님께 얘기 들으셨나요?"

"네, 데리러 오실 거라고."

은하가 고개를 끄덕이자 정 비서가 차문을 열었다. 은하가 뒷좌석 중앙에 자리를 잡자 정 비서가 차를 운전하기 시작했다.

어지간히 바쁜가 보구나. 데리러 오라고 따로 사람을 보낸 걸 보면. 은하는 차 안을 이리저리 둘러보다 물었다.

"저, 그런데 어디로 가는 건가요?"

"백화점이요."

"백화점에 계시나요?"

"아뇨. 따라붙은 사람이 있어서 오늘은 만나기 힘들 것 같다고 하셨습니다."

"네? 그러면……."

비서가 한 번 미소를 지었다. 그러고는 차를 세운 후 은하를 백화점 안으로 안내했다.

은하와 명품관으로 향하는 통로를 지나며 정 비서가 말했다.

"……저보고 사진을 찍으라고 하시더군요."

"무슨 사진을요?"

"쇼핑하는 은하 씨 사진이요."

"네?"

그게 무슨 개소리람. 은하가 얼굴을 일그러트렸다.

"저도 압니다. 그런데 제가 무슨 힘이 있겠습니까. 가시죠."

정 비서가 처연하게 웃으며 말했다.

이건 뭐지, 원격 데이트? 너무 참신한데? 은하가 어이없는 기색으로 그의 뒤를 따랐다.

정 비서가 저쪽으로 가자며 한 매장 안으로 들어갔다.

"이건 어떠십니까?"

그가 가리킨 것은 마네킹에 걸린 노란색 원피스였다.

예뻐요, 라고 답한 은하가 마네킹에서 택을 보고는 그에게 조용히 말했다.

"정 비서님, 여기 0이 엄청나게 많은데요……."

"괜찮습니다. 제 카드가 아니니까요."

정 비서가 지갑에서 카드를 하나 뽑아 보이면서 흐뭇하게 웃었다.

"아주 백화점 다 털어 버릴 정도로 사셔도 됩니다. 이거 한도 무제한이거든요."

"아니, 그래도 좀."

"자…… 뭘 사야 이사님 등골을 뽑을 수 있을까요."

이거 설마 카드로 복수하는 건가. 정 비서님……!

은하가 경악하는데 정 비서가 해맑게 웃으며 여기서부터 입어 보겠다고 말했고, 직원이 사이즈가 어떻게 되냐며 물어 왔다.

"사이즈가 어떻게 되시죠?"

그러자 정 비서가 은하를 돌아보며 물었다.

"……스몰?"

그가 멍하니 말하는 은하를 폰으로 찍었다.

"정 비서님?"

은하가 후다닥 물러나자 그가 생긋 웃었다.

"귀여우시네요."

그는 바로 원에게 보내는 문자에 은하의 사진을 첨부했다. 사이즈는 스몰이시랍니다, 라는 사족을 덧붙여서.

원은 아주 만족한 듯했다.

은하가 원피스를 입고 나오자 정 비서는 제 일을 착실히 수행했다. 연신 사진을 찍더니 원에게 보내는지 액정 위에서 손을 빠르게 놀렸다.

은하는 거울 한번 보라는 직원의 말에 따라 거울 앞에 섰다.

'예쁘긴 한데.'

부담이잖아. 정말 많이. 게다가 옆에는 당사자도 없다.

옆에서 스마트폰에 시선을 고정하고 있던 정 비서가 나직이 말했다.

"은하 씨, 이사님께서 너 때문에 웃질 않는다고 성화시네요."

"……네? 웃으라고요?"

정 비서가 '제가 무슨 힘이 있겠습니까.' 하고 또 처연하게 입을 열었고, 은하가 입꼬리를 파들거리며 웃었다. 정 비서는 다시 핸드폰으로 은하의 사진을 찍었다.

"잘 어울리십니다. 다음엔 저거 입어 볼까요?"

*　*　*

은하는 물론 평범한 사람들처럼 쇼핑을 좋아한다. 예쁜 옷부터 가방, 구두, 보석 등등 전부.

'그래도…… 이런 건 아니잖아.'

은하가 억지로 입꼬리를 틀어 올렸다.

"은하 씨, 손 좀 이렇게. 네가 사진을 못 찍어서 가방이 제대로 안 보인다고 성화시네요."

옆에서 가방을 들어 주던 직원이 작게 웃음을 터트렸다.

은하가 슬쩍 고개를 피하며 이를 악물었다. 계속 이런 식이었다.

"은하 씨, 이사님께서 왜 신발은 그대로냐고 성화시네요."

"은하 씨, 이사님께서 손이 허전해 보인다고 성화시네요."

원격 데이트는 아주 참신하다 못해 성가신 데다 이렇게 당사자와는 연락조차 오가지 않았다.

살짝 부담스러웠던 은하가 원에게 직접 문자를 보냈지만, 곧 정 비서가 '은하 씨, 저 때문에 은하 씨가 부담스러워한다고 성화시네요.'라고 말해서 더 이상 항의할 수조차 없었다.

이원은 알면 알수록 얄미웠다.

"정 비서님, 우리 좀 돌아가면 안 될까요? 이제 백화점 마감 시간도 다 됐고."

정 비서에게서 쇼핑백을 조금 건네 들고 있던 은하가 조심스럽게 물었다. 그는 잠시만 기다려 달라고 말하더니 이원에게 허락까지 받았다.

"정말 이래야 돼요?"

"제가 무슨 힘이 있겠습니까."

정 비서는 '은하 씨, 졸업하면 절대 비서는 하지 마세요.'라고 신신당부하며 그녀를 집까지 바래다주었다.

집 앞에서 양손에 백을 잔뜩 들고 선 은하는 고개를 끄덕였다.

"오늘 정말 감사했습니다."

"아닙니다, 들어가세요."

은하가 민망한 웃음을 지으며 돌아섰다. 그때 멀찍이서 작은 기계음이 들렸다.

'기계음?'

은하가 고개를 돌리자 정 비서가 돌아서는 그녀를 폰으로 찍고 있는 중이었다. 그가 손을 내리고 다시 깍듯하게 인사했다.

"들어가세요."

이원짜리의 비서는 죽어도 하지 말자. 은하가 다시 한번 다짐하며 몸을 돌렸다.

* * *

집으로 돌아와 샤워를 끝낸 원은 오전 2시인 것을 확인하고 눈을 비볐다.

기자가 아니라던 은하 친구의 말은 사실이었는지, 인상착의나 명함에 써 있던 기자의 이름은 어디서도 찾아볼 수 없었다.

'누구지.'

원은 의자에 앉아 검지로 책상 위를 두드렸다. 한국에서 이런 식으로 자신에게 접근할 사람이 있던가. 몇몇의 이름을 떠올리던 그는 수건을 내던지고 스마트폰을 들었다.

정 비서가 보낸 문자를 켜자, 제일 먼저 [집에 들어가십니다.]라는 문자와 함께 집으로 향하는 은하의 뒷모습이 찍혀 있었다.

원은 쇼핑백을 잔뜩 든 은하의 모습을 보며 미소를 지었다. 자신이 따라갔으면 이렇게 사 주게 하지도, 사진을 찍지도 못하게 했으리란 걸 생각하면 만나지 못해도 수확은 있는 셈이다. 다시는 이러지 말라며 잔소리는 좀 들었지만.

원은 만족스럽게 웃으며 사진을 저장했다. 사진이 갤러리로 옮겨지는 버퍼링을 응시하던 중, 그는 문득 상체를 일으켰다.

'뭐지?'

사진 귀퉁이에 한 중년 남자의 옆모습이 찍혀 있다. 순간 이상한 기시감이 느껴진 참이었다.

그가 사진을 확대해 남자를 확인했다. 그리고 빠르게 사진을 넘겼다. 백화점에서 은하가 이제 그만 좀 하라며 손으로 카메라를 가리는 사진이었다. 그 옆, 유리에 같은 얼굴의 남자가 반사돼 있었다.

사진을 더 빨리 넘겼다. 구두를 신고 걸어 보는 은하의 사진, 그리고 그 한쪽에서 검은 카메라를 든 그 남자.

원이 초조한 기색으로 은하에게 전화를 걸었다. 오래 지나지 않아 잠긴 목소리의 은하가 '여보세요.'라며 전화를 받았다.

원이 다급하게 말했다.

"집이야? 혼자 있어?"

* * *

이게 무슨 일이야. 아직 꿈인가.

은하가 거실 중앙에서 무릎을 꿇고 앉은 채 베란다를 응시했다. 베란다 창 너머에는 절대 이곳에 있어선 안 되는 남자가 서 있었다.

아직 안 깬 건가. 깨자, 깨자. 은하가 볼을 찹찹 때리고 다시 베란다를 응시했다.

그러나 이질적인 미남이 자꾸만 눈앞에서 사라지질 않는다.

"원 씨."

"응?"

자신을 부르는 소리에 베란다에서 원이 그녀를 돌아보았다.

"그 사람. 정말 절 따라다니는 거예요?"

"응."

낮게 답한 원이 커튼을 닫았다.

근 10년을 살아온 익숙한 집이었다. 그러나 저 남자가 서 있다는 것 자체로 상당히 이질적으로 느껴졌다.

원은 기다란 눈매로 집 이곳저곳을 살피다 은하에게로 다가왔다.

"짚이는 곳은 있어?"

그가 바짝 다가와 얼굴을 마주하자 살짝 젖은 머리에서 진한 샴푸 냄새가 풍겨 왔다. 은하가 멍하니 눈을 깜빡이다 옆으로 고개를 돌렸다.

"전혀 모르겠어요."

그래. 금방 알아볼 테니까 너무 걱정하지 말고, 까지 말한 원이 고개를 모로 기울였다.

"왜 그래?"

"……아뇨."

왜 괜히 의식하고 그래, 박은하! 정신 차리자! 은하가 벌떡 일어섰다.

"뭐 드실래요? 커피라도……."

은하는 괜찮다는 원의 말을 흘려들으며 주방으로 들어갔다.

깨어난 지 얼마 되지 않아서인지 줄곧 머릿속에 부옇게 안개가 낀 듯했다. 일단 정신을 좀 깨워야 했다. 누군가 자길 따라다닌다는 일 자체가 현실감이 들질 않았다.

은하는 스틱 커피를 집었다가 내려놓고, 티백을 들었다 내려놓고, 예전에 어머니가 해외여행에 갔다 사 온 이름 모를 커피를 들었다. 포트에 물을 올리고 스마일이 그려진 투박한 머그잔을 바라보다가 고개를 저었다.

좀 더 좋은 컵, 제일 좋은 컵. 엄마가 손님용으로 사 두었던 포트메리온 커피 잔을 찾아 찬장을 뒤졌다.

그러다 자꾸만 감기는 피곤한 눈을 비볐다. 발꿈치를 들고 손으로 찬장을 뒤지는데, 돌연 등에 인기척이 들리며 단단한 가슴이 맞닿았다.

"이거?"

뒤로 다가온 원이 찬장에서 커피 잔을 잡아끌어다 손안으로 건넸다. 갑작스러운 접촉에 깜짝 놀란 은하가 비명을 지르며 손을 뺐다.

"엄! 마— 야—"

그와 동시에 잔이 미끄러져 바닥으로 수직 낙하했다.

"어!"

그때 원이 컵을 가볍게 받아 들었다.

"사, 살았다."

은하가 잔을 들고 거의 울먹이는 목소리로 말했다.

"이거 깨졌으면 저 죽었어요."

"그렇겐 안 놔두지."

원이 웃으며 잔을 들어 싱크대에 올려놓았다.

"커피는요?"

"안 먹어도 돼."

그가 어깨에 손을 올리고 거실 쪽으로 몸을 빙글 돌렸다. 그에 따라 은하도 빙글 몸이 돌아갔다.

"방 어디야?"

"내 방이요?"

"응."

"저기."

은하가 눈짓하자 원이 고개를 끄덕이더니 가자며 몸을 살짝 밀었다. 그에 따라 같이 발을 옮기던 은하가 고개를 들었다.

"잠깐만. 어딜 가요?"

"자러."

"네? 누가?"

"내가."

"내 방에서요?"

내 방인데?

"음, 아니니까 너무 기대하진 말고."

은하가 눈을 가늘게 떴다.

"아, 제가요?"

원이 어깨를 으쓱였다. 그는 은하를 방으로 밀어 넣었다.

그러고는 잠시 방 안을 보며 멈춰 서 있다 싶더니 은하를 침대 앞까지 데려가 앉혔다.

"지금 새벽 2시야."

"네에."

"얌전히 있다 갈 테니까 좀 자."

"자라니."

원이 그렇게 은하를 남기고 방문을 닫았다.

"아니……."

은하가 닫힌 문 앞에 멍하니 서 있는데 다시금 문이 열렸다. 그가 빙긋 웃었다.

"문 잠그고."

그리고 자기가 문고리를 잠근 후에 다시 문을 닫았다. 은하가 다시 닫힌 방문 앞에서 입바람으로 앞머리를 불었다.

* * *

문을 닫은 후, 원은 바로 정 비서에게 연락했다. 그는 은하에게 사람을 몇 명 붙일 것과 사진에 있는 인물을 조사하라 지시했다.

원이 소파에 앉아 보고를 확인하다 문득 문으로 시선을 옮겼다. 하지만 이내 고개를 절레절레 젓곤 소파에 등을 묻었다.

원은 가끔 자신이 참을 수 없이 멍청하게 군다고 생각할 때가 있었다.

보육원 시절, 조금만 더 꿈을 꾸고 싶어서 잠도 오지 않는데 자겠다며 화장실에서 눈을 감고 있었을 때나.

한국을 떠나면 볼 수 없을까 봐 미국으로 떠나지 않겠다며 고집을 부리던 때나.

꿈속의 그 횡단보도 하나 찾겠다고 몇 년 동안 한국과 미국을 오갔던 때.

그리고…… 지금.

얇은 문 하나를 사이에 두었다고 묘한 기분에 휩싸이는 지금.

"후-"

숨을 내뱉은 원이 두 손으로 얼굴을 쓸었다.

'혈기왕성한 18살짜리도 아니고.'

그가 속으로 욕설을 내뱉으며 짧게 혀를 찼다.

거실은 고요했다. 원은 집 안을 둘러보았다. 방이 세 개. 화장실이 하나. 코너 구석에 있는 부엌. 정면으로 보이는 베란다.

베란다에는 몇 개의 화분이 놓여 있었다. 그 옆엔 '은하야, 날 죽이지 마.'라는 종이가 붙어 있는 작은 화분이 놓여 있었다. 남자 글씨인 걸 보니 박도진의 소행인 모양이었다.

'사이좋아 보이네.'

그날도 은하를 채 간 후에 확인 전화까지 한 걸 보면.

소파 위 선반에는 가족사진과 어린 은하와 도진이 찍힌 사진 액자가 놓여 있었다. 초등학교 졸업 사진으로 보였다. 폰으로 사진을 찍을지, 그냥 당당하게 달라고 할지 고민하는 중에 뒤에서 문고리가 돌아가는 소리가 들렸다.

"……?"

원이 액자를 내려놓고 고개를 돌리는데, 돌연 문이 벌컥 열렸다.

기세 좋게 문을 연 은하가 고개를 옆으로 갸웃하며 말했다.

"잔다면서요."

"……자려고."

은하는 양 옆구리에 베개와 이불을 낀 채였다. 내려가는 베개를 한 번 추켜올리더니 은하가 그에게로 느릿느릿 걸어왔다.

"잠들 때까지 같이 있어 드릴게요."

은하는 눈을 가늘게 뜨고서 무언가 생각하더니, '잠이 안 와서요.'라고 변명을 덧붙였다.

원이 작게 웃었다. 불안했던 건지, 어색했던 건지.

그래도 자신을 배려하는 모습이 기꺼워, 왜 나왔냐는 말 대신 소
파 옆을 두드렸다. 은하가 끝에 앉더니 그의 머리카락 끝을 빤히
바라보았다.

　"머리…… 아직 젖었어요."

　"아, 씻고 바로 나와서."

　대수롭지 않은 일이라는 듯 원이 제 머리를 헝클어트렸다.

　"잠시만요."

　은하가 화장실로 들어가 드라이기를 가지고 나왔다.

　"이거."

　"말려 주려고?"

　"……그렇게는 안 말했는데요."

　잔말 말고 그냥 받으렴, 이라는 웃음을 지으며 은하가 드라이기
를 내밀었다.

　"손이 아파서 못 들겠어."

　"누가 그런 말을 웃으면서 해요."

　"내가?"

　"……아."

　은하가 눈을 가늘게 떴다.

　원이 드라이기를 건네받으려고 하자 은하가 비스듬히 몸을 돌렸
다. 그러고는 소파 앞에 앉으라며 고개를 까딱였다.

　"서비스예요. 오늘 선물, 아주 방이 터질 정도로 잔뜩 받았으니까."

　받은 것들을 정리하는 것도 일이었다. 너무 많이 쓴 거 아닌가
확인해 보려 했지만 택은 어느새 다 떼어져 있어서 결국 확인도 해
보지 못했다.

뭐, 됐지. 가격표 봐 봤자 손발만 떨렸을 테니. 고개를 주억거린 은하가 소파 앞에 앉자 원이 그 밑에 자리를 잡았다.

"선물 매일 해야겠네."

"등골 뽑힐 수도……."

은하가 제법 심각하게 말하니 원이 기분 좋게 웃었다.

은하는 입을 꾹 다물었다. 웃을 일이 아닌데. 이원의 등골을 매우 뽑고 싶어 하는 무시무시한 적이 아주 가까이에 있던데, 그 자신은 모르는 모양이었다.

하긴, 늘 가해자는 모르는 법이지.

은하가 코드를 꽂고 원의 뒷머리를 쓸어내렸다. 머리카락이 얇아서 그런 걸까. 아니면 샴푸를 좋은 걸 써서? 손에 감기는 머리카락이 부드럽게 미끄러져 내려갔다.

무심코 몇 번 쓸어내리던 은하가 드라이기를 켜며 물었다.

"아픈 손으로 그 전에는 어떻게 말렸어요?"

그가 잠깐 고민하는 듯 입을 다물었다 이내 진지하게 말했다.

"안 말렸어."

굳이 얼굴을 보지 않아도 거짓말이 분명하다. 아픈 손으로 아주 잘 말렸던 모양이다. 은하가 눈을 흐리게 뜨고 원의 앞머리를 뒤로 쓰다듬으며 드라이기를 흔들었다.

"어쩜 이렇게 뻔뻔하죠."

"안 뻔뻔하면 여기 있지도 못하지."

"음, 그건 맞네."

인정한다고 고개를 끄덕이니 원이 못마땅한 얼굴로 고개를 들었다.

"장난이었는데."

그가 소파 끝에 머리를 기댄 채 은하를 바라보았다.

"걱정돼서 왔어."

불시에 눈이 마주치자 은하가 드라이기로 귀 부분에 바람을 넣었다.

"여기 보지 마요."

웃음을 터트린 원이 알았다며 드라이기를 밀었다.

은하는 빈손으로 달아오른 얼굴을 문질렀다. 머리를 말리느라 손에 밴 샴푸 냄새가 코끝을 간질였다.

그녀는 대충 그의 머리를 흐트러트리며 드라이기를 껐다.

"끝."

코드를 뽑는데 원이 머리카락 끝을 만지작거렸다.

"여기 아직 다 안 마른 곳이―"

"아주 바삭바삭해요."

은하가 베개를 넘겼다. 원이 베개를 안으며 소파 위로 올라와 앉았다.

"사람 붙여 놨어. 조금 불편해도 참아."

"사람? 보디가드 같은 사람이요?"

"응."

세상에― 은하가 입을 벌렸다.

"지금도?"

지금쯤 왔을걸, 이라고 말한 그가 베란다를 눈짓하자 은하가 벌떡 일어나 베란다로 다가갔다. 어느새 따라온 원이 은하의 머리꼭대기부터 이불을 둘둘 말았다.

"왜요?"

"추울까 봐."

생긋 웃은 원은 어깨를 으쓱였다.

"저 사람들이에요?"

은하가 아파트 입구에서 어슬렁거리는 정장 입은 남자들을 가리켰다.

"응."

가볍게 답한 원이 팔짱을 끼고 난간에 등을 기댔다.

"싫다고 해도 안 돼."

바람이 불어 새카만 머리가 휘날렸다. '알았지?' 달래듯 말하는 남자를 응시하며 은하가 고개를 끄덕였다.

그걸로 마음에 들었는지 그가 웃으며 밖으로 삐져나온 은하의 머리카락을 이불 안으로 밀어 넣었다.

은하가 원의 손짓을 바라보며 눈을 깜빡였다.

엄마가 키운 화분 몇 개, 오빠가 장난친 화분 한 개가 있는 평범한 베란다. 잠옷 대용으로 입은 반팔, 반바지 차림에 이불을 돌돌 말아서 나온 나.

전부 평소와 다를 것이 없는 일상인데, 유독 뒤에 있는 사람만이 달랐다.

혼자만 다른 세상에 사는 미남이라니. 정말 현실감 없다. 은하는 실소했다.

실은 조금씩 설레기 시작했다.

"들어가자."

원이 손을 내밀자 은하가 그 손을 잡고 움직였다.

원은 영화를 보자는 은하의 제안에 흔쾌히 동의했다.

은하는 사실 잠들긴 글렀다고 생각했다. 원이 제목도 어려운 예술 영화를 선택하기 전까지는.

너무 예술적인데. 영상과 대사부터 등장하는 개까지, 참 다채롭게 예술적이라고 생각했다.

그리고 튼 지 10분도 채 지나지 않아 은하의 머리는 아래위로 꾸벅꾸벅 움직이기 시작했다.

"이제 그만 자."

"안 잤어요."

결코 저런 예술 영화를 감상하지 못하는 사람처럼 보일 수는 없다. 은하는 반쯤 감긴 눈을 부릅떴다.

"졸았잖아."

"아닌데요."

"맞는데."

"아니거든요."

"그만 자. 옆에서 머리가 왔다 갔다 하니까 신경 쓰여서 집중이 안 돼."

원이 얄밉게 말하자 은하가 미간을 찌푸렸다.

"맨날 자래."

"맨날?"

"그랬잖아요. 전부터 계속 눈 감기고 자라, 자라─"

문득, 원이 소파에서 등을 떼며 고개를 돌렸다.

"오늘…… 처음인데."

은하가 눈을 비볐다.

"그랬나?"

분명 자라는 그 말, 굉장히 기시감이 들었는데.

원이 무언가 말하려 입을 뗐다가 다물었다. 그리고 조금 뒤에 나직이 답했다.

"……응."

그럼 오빠가 그랬던가. 졸려서 착각했나 봐요, 라고 말한 은하가 멋쩍게 웃으며 영화로 시선을 돌렸다.

화면에서는 여자 배우가 허스키한 목소리로 콧노래를 부르는 중이었다.

얼마 지나지 않아 은하의 머리가 다시 앞으로 고꾸라지기 시작했다.

원은 꾸벅이는 머리를 베개에 기대 주었다. 어두운 거실 안에서 TV의 빛이 점멸하며 은하의 얼굴을 비추었다.

원이 한 손으로 마른세수를 했다. 곧 실소가 튀어나왔다.

기대란 건 참 잔인해서…… 한순간 벼랑 아래로 떠밀리는 기분이었다.

* * *

'흐음.'

그가 책장을 넘기면서 고개를 끄덕였다. 새카만 머리가 나풀나풀 흔들리고 있었다.

침대는 포근했고, 따스했다.

금색 눈동자, 그리고 일자로 다물린 입으로 시선을 옮겼다. 좀 더 이야기를 잇고 싶었다.

'기사가 고백하는 건 봤어요?'

'아직.'

'빨리 봐요. 진짜 설레더라.'

금빛 눈동자가 눈을 마주쳐 왔다.

'레리아나.'

'네.'

'안 자?'

'왜요?'

'귀찮아서.'

'아―'

인상을 찌푸리며 노려보자 그가 웃으며 눈을 감았다. 어둠 속에서 웃음기 섞인 목소리가 나지막이 들렸다.

'늦었어. 빨리 자.'

눈가에 닿은 온기로 인해 가슴이 뛰었다. 그래서인지 한동안 쉬이 잠들지 못했다.

＊　＊　＊

눈을 뜨자 연회색 시트가 보였다. 은하는 가슴께에 있는 이불을 목까지 끌어 올렸다.

'……무슨 꿈을 자꾸…….'

눈꺼풀과 눈썹을 만지작거렸다. 꿈이라 생각하기 힘들 정도로 자신의 눈을 감긴 온기가 생생하다.

'레리아나, 레리아나. 익숙한데…….'

어디서 들었더라. 떠오르라며 머리를 통통 두드리는데 문득 다른 생각이 머리를 스쳤다.

"나 왜 여기 있지?"

분명 소파에서 잤는데. 은하가 눈을 끔뻑였다. 문밖에서는 음식 냄새가 슬며시 풍겨 오고 있었다.

'엄마가 벌써 오셨나.'

은하가 몸을 벌떡 일으켰다.

집에 있는 이원짜리를 어떻게 설명해야 되지. 나한테 따라붙은 사람이 있다고? 그래서 내가 걱정돼서 와 준 사람이라고?

어떻게 만났느냐 물으면.

횡단보도에서…… 헌…… 팅…….

'안 돼!'

드디어 미쳤냐며 등짝 맞을 소리지.

일단 원과 말을 맞춰 보려고 밖으로 뛰어나갔다. 그러나 소파로 가 보니 사람이 누운 흔적은 전혀 보이질 않았다.

은하가 베란다와 화장실을 뒤져 보며 말했다.

"엄마, 집에 누구 없었어? 그, 막…… 키 크고, 지나치게 잘생긴 남자."

오빠 방으로 보냈을지도. 은하가 도진의 방으로 들어갔다. 그러나 이곳에도 보이질 않는다.

패닉에 빠져 방으로 돌아와 이원에게 '어디 있어요?'라고 문자를 보내니, 곧 [? 집에 있지.]라는 문자가 돌아왔다.

집? 없는데?

은하가 무슨 소리냐고 문자를 하려다 손가락을 멈췄다.

설마 자기 집? 새벽에 돌아간 건가?

아니, 최악의 상황은 그거다.

'다 꿈.'

새벽에 내가 걱정되어 그가 찾아오는 꿈.

보디가드도 붙여 주는 꿈.

침대에 쓰러진 은하가 몸을 둥글게 말았다.

어쩐지 현실감이 없더라. 없었겠지, 꿈이니까.

'나 얼마나 막장인 거지.'

겉으로는 아니다, 아니다 하면서 사실 속으로는 원하고 있는 그 런 건가.

최악이다, 박은하. 죽어라, 죽어.

그때 노크소리가 들렸다. 은하가 일어났다며 시들시들한 소리를 내자 방문이 활짝 열렸다.

"뭐 해?"

갑작스러운 남자의 목소리에 은하가 화들짝 놀라 얼굴을 들었다.

"예……?"

"배 안 고파?"

"네?"

"아침."

"아침?"

"아, 맞다."

그가 빙글빙글 웃으며 들어와서는 은하의 뻗친 머리를 쓰다듬었다.

"그 막 키 크고 지나치게 잘생긴 남자가 누군데?"

은하가 얼굴을 일그러트렸다.

* * *

은하가 식탁을 보고 맨 처음 한 생각은,

'서툴다.'

였다.

노른자가 터진 계란 프라이 하나와 스크램블 에그.

'하나는 아예 프라이로 만들기를 포기했나.'

여기에 칼집을 내지 않아 터진 소시지. 어찌나 사방을 날아다녔는지 소시지 하나는 바닥에 뒹굴고 있었다. 은하는 원이 밥을 푸는 사이에 소시지를 휴지에 싸서 몰래 쓰레기통에 넣었다.

그것뿐인가. 싱크대 위에는 뭔가 너저분하게 이것저것 시도한 것들이 보였다.

삐뚤삐뚤하게 썬 양파와 당근…….

'저건 뭐지?'

우리 집 냉장고에 저런 게 있었나? 대체 뭔지도 모를 무언가의 찌꺼기들을 보던 은하는 원이 몸을 돌리는 순간 냉큼 자리에 앉았다.

"몇 시에 일어나서 준비한 거예요?"

"얼마 안 됐어."

원이 어깨를 으쓱였다.

"그렇구나."

아닌 것 같은데. 은하가 턱을 괸 채 손바닥으로 슬며시 피어오르는 미소를 감췄다.

의외로 귀여운 면이 있네. 나쁘지 않았다. 사실 좋다. 아침상을 차려 주는 남자에 대한 로망이 있기도 했고.

'여긴 탔잖아.'

원이 등을 돌리고 있는 동안, 은하는 스크램블 에그에서 탄 부분을 보이지 않게 먹어 치웠다.

"학교 몇 시에 출발해?"

은하가 채 씹지도 않은 스크램블 에그를 꿀꺽 삼킨 후에 말했다.

"안 가려고요."

"왜? 휴강?"

그건 아니고, 은하가 고개를 기울이며 말했다.

"자체 휴강?"

"왜?"

원이 밥을 식탁 위에 놓으며 물었다.

"사람 붙였잖아요."

"귀찮지 않게 따라다닐 거야. 등, 하굣길은 내가 바래다 줄 거고."

"음, 안 가요."

원이 잠깐 고심하는 듯 고개를 모로 기울였다. 그러고는 아주 나직이 말했다.

"어디서 데리고 다니기 창피하단 소린 안 들었는데."

오히려 액세서리처럼 데리고 다니는 바람에 귀찮았던 때가 많았지.

그래 보여요, 작게 한숨을 내쉰 은하가 손을 내저었다.

"그게 아니라―"

은하는 물을 한 모금 삼킨 후에 말을 이었다.

"이왕 이렇게 된 거, 오늘 그 사람 찾으려고요. 나 따라다닌다니까."

원이 살짝 못마땅하다는 듯 고개를 저었다.

"그렇게 매번……."

"……네?"

원이 작게 한숨을 내쉰 후에 체념하듯 입을 열었다.

"나랑 같이 가."

"회사는요?"

"오늘부터 휴가야."

그렇게 말하는 원의 손가락이 액정 위를 빠른 속도로 오가고 있었다. 그리고 곧 진동이 울리기 시작했다.

"아닌 것 같은데……."

"맞아."

은하가 왜인지 죄스러운 마음으로 진동이 울리는 스마트폰을 응시했다. 어째 정 비서님에게 사죄를 해야 할 것 같은 마음이었다.

원은 대수롭지 않은 듯 식겠다며 수저를 들었다. 은하는 젓가락을 들고 소시지를 베어 물었다.

……안이 차가워!

은하는 충격적으로 잘 안 구워진 소시지를 우물거렸다.

맞은편에 앉은 원은 은하를 지그시 바라보고 있었다.

은하는 잽싸게 씹어 넘긴 후에 정말 맛있다는 듯 감탄하며 말했다.

"음! 완전 맛있어요. 잘 먹을게요."

그에 원이 기분 좋은 듯 눈매를 접었다. 볼을 붉힌 은하가 고개를 숙이며 재차 젓가락을 움직였다.

＊　＊　＊

샤워를 마친 후, 수건을 머리에 둘둘 감고 나온 은하는 원을 보며 고개를 저었다.

"안 돼요."

"뭐가 안 돼?"

원이 드라이기를 쥔 채 고개를 기울였다.

은하가 눈을 가늘게 떴다. 드라이기 선을 돌돌 말아서 정리해 놨는데 어느새 코드를 꽂아 놓고 기다리는 중이었다. 준비하자고 했더니 아주 만반의 준비를 하셨다.

"손 아프다고 했으면서."

"당연히 참지. 이 정도는."

어제는 왜 못 참았는데. 고통이 오락가락하는 모양이었다.

은하가 어처구니없다는 얼굴로 보든 말든, 원은 여기 앉으라며 태연자약하게 웃었다.

그러자 빨리 준비나 하라며 은하가 화장실을 가리켰다.

원은 불복하려 했지만 은하가 단호히 코드를 빼서는 드라이기와 함께 화장실에 밀어 넣었다. 원이 살짝 시무룩해진 채 안으로 밀려 들어갔다.

원의 옷을 가져다 준 것은 정 비서였다. 정 비서는 침울한 얼굴로 쇼핑백에 담긴 옷가지 몇 개를 건네주었다.

"정 비서님, 고생 많으시네요."

그가 종이백을 넘기며 쓰게 웃었다.

"제가 무슨 힘이 있겠습니까."

정 비서는 커피 한 잔 하고 가시라는 제안을 한사코 사양하면서 집을 나섰다. 그는 문을 닫다가 문득 생각이 난 듯 고개를 돌렸다.

"은하 씨, 혹시나 해서 하는 말이지만. 이사님 비서는 절대 하지 마세요."

정 비서는 마지막 유지라도 남기는 것처럼 비장하게 말했다.

"네."

은하는 마음에 새겨 두기로 했다.

* * *

따라붙은 남자를 유인하기 위해 둘은 공원으로 나섰다. 경호를 맡은 이들은 눈에 띄지 않게 움직이겠다고 했고, 은하는 원 옆에서 조금 긴장한 채 공원을 걷기 시작했다.

금방 찾을 수 있으리라 생각했다. 공원 세 바퀴를 내리 돌 때까지는.

'없다.'

은하가 주위를 두리번거렸다. 그러나 수상한 사람은커녕 평일이라서인지 사람 자체가 몇 명 보이질 않았다. 지친다는 생각이 들자마자 은하의 걸음이 점점 느려졌다. 원이 벤치를 가리켰다.

"쉬었다 가자."

매너가 좋은 건가, 눈치가 빠른 건가. 아니, 둘 다인가? 둘 다일 것 같다.

나쁜 사람이 아니란 건 알았지만 알면 알수록 의외라니까, 정말.

작게 웃은 은하가 벤치에 앉으니 원이 그 옆자리에 앉았다.

"눈치챘을까요? 내 연기가 별로라서 티가 난다든가."

"그럴 것 같진 않은데, 연기는 별로긴 해."

원이 싱글싱글 웃으며 말하자 은하는 방금 한 모든 생각을 취소하기로 했다.

이원은 뻔뻔하고 못됐다.

"마실 것 좀 사 올게요."

"있어. 내가 갈게."

하나 은하는 대신 일어서려는 원의 어깨를 밀어서 다시 자리에 앉혔다.

"어딘지도 모르잖아요. 이 앞이니까 갔다 올게요."

그녀가 기어코 자기가 사겠다며 일어섰다. 은하는 원에게 뭘 마실지 물어본 이후에 커브를 돌아 사라졌다.

원은 경호 역으로 온 남자들이 은하를 따라 움직이는 것을 확인하고 다리를 꼬았다. 따라붙은 남자가 보이지 않는 건 자신 때문인가. 아니면 이제 그럴 이유가 사라진 건가. 몇 가지 가설을 놓고 고민하던 중이었다.

원 옆으로 누군가 다가왔다.

"엇흠."

공원에서 환경 미화 자원봉사를 하는지 형광색 조끼를 입은 노인이었다.

원이 옆으로 자리를 피했다. 그러자 노인이 그를 힐끔거리며 보란 듯이 벤치 중앙에 앉았다. 그는 다리를 양옆으로 쫙 벌리고서는 가자미눈을 한 채 노골적으로 원을 흘겼다.

"쯧쯧쯧, 요즘 젊은 것들은 편한 것만 찾으니. 일을 가리니까 안 돼."

노인은 원에게서 아무런 반응이 없자 조금 더 큰 소리로 말했다.

"청년 실업이 사회적 문제여, 문제!"

노인이 원을 향해 고개를 돌렸다.

"백수면 나가서 노가다라도 해야 할 것 아니여!"

백수? 원이 그제야 반응했다.

"……?"

그가 주위를 두리번거렸다. 곳곳에 쓰레기를 줍는 자원봉사자들 외에는 사람들이 보이질 않았다. 원이 설핏 미간을 찌푸렸다.

그때 노인이 원의 코앞에 삿대질을 하기 시작했다.

"여기서 놀면 뭐 해! 집이 나와! 돈이 생겨!"

원이 제 앞에 들이밀어진 검지를 지그시 바라보았다.

"……."

아무래도 자신인 모양이었다. 저 노인이 길길이 날뛰며 설교하는 그 '백수'가.

* * *

자판기에서 음료 두 개를 뽑아 오던 은하가 문득 걸음을 멈췄다.

쩌렁쩌렁 울리는 저 소리는 분명, 그 할아버지다.

동네에서 위명을 떨치는 미친 존재감, 일명 미존 할아버지.

'또 누굴 잡으셨나 보네.'

목소리로 보니 어림잡아 1시간. 붙잡힌 이는 누군지 몰라도 집에 돌아갈 때까지 괴로울 낌새인데…….

'안됐네.'

그렇게 오늘의 희생양에 대한 애도를 하며 나무 옆길을 도는 중이었다.

"일하지 않는 자, 먹지도 말라! 몰라?"

분명 그녀가 앉아 있던 벤치에는 익숙한 남자와 더 익숙한 노인이 앉아 있었다.

······아.

작게 침음을 내뱉은 은하가 그대로 멈춰 섰다. 그리고는 다시 뒷걸음질 쳐 나무 기둥 뒤로 몸을 숨겼다.

'······?!'

뭐지, 실화인가?

보고 싶지 않은 장면을 본 것 같은데.

착각이겠지. 제발.

은하가 나무 기둥 너머로 빼꼼히 얼굴을 빼냈다. 착각이길 바랐으나 저 기럭지에 저 얼굴은 착각하고 싶어도 할 수가 없었다. 분명 이원이었다.

그리고 옆에서 큰소리로 설교를 하고 있는 미존 할아버지······.

은하의 눈동자가 풍랑 맞은 배처럼 흔들렸다.

이원이다. 이원이 백수로 오인 받고 있다.

은하가 알기로 미존 할아버지가 싫어하는 것들이 몇 가지 있는데······.

재수생, 백수, 그리고 잘생긴 남자였다.

잘생기면 잘생길수록 얼굴값만 못하다는 것이 미존 할아버지의 지론이었다. 그리고 아주 공교롭게도 구석구석이 마음에 안 들 법한 잘생긴 백수가 백주 대낮 공원 한복판에 앉아 있는 것이다.

"여봐, 순옥이. 어딜 가? 이 시간에."

"어딜 가긴, 집에 가지. 옆은 아는 사람이에요?"

"아는 사람은 무슨! 나 아는 젊은 애들 중에 백수는 없어!"

"아유, 백수? 훤칠하게 생겼는데."

노인은 지나가는 이웃까지 불러 가며 소리를 질러 댔다. 어지간히 마음에 들지 않았던 모양이다.

은하가 슬쩍 원을 살폈다. 그는 팔짱을 끼고 다리를 꼰 채 반대쪽으로 시선을 고정하고 있었다.

"그런데 참 잘생기기도 했다."

"잘생기긴 무슨! 백수잖여!"

다시 한번 노인의 삿대질이 시작됐다. '백수'란 단어와 함께 원의 왼쪽 다리 발끝이 까딱여졌다.

은하가 흐린 눈으로 그를 바라보았다.

'화났나? 화났겠지?'

누가 봐도 기분이 저조한 이의 반응이다.

할 수 없지.

위기에 빠진 원을 구하기 위해 은하가 숨을 깊게 들이켜며 일어섰다. 그러고는 다시 설교를 시작하려는 노인을 향해 빠른 걸음으로 다가갔다.

"할아버지!"

설핏 찡그린 미간을 고수하고 있던 원이 은하를 보자마자 표정을 풀었다. 그녀는 원에게 1분만 기다리라며 검지를 들어 신호를 보냈다.

"어, 은하 아니냐."

"오늘도 봉사 오신 거예요? 이것 좀 드시고 하세요."

"공부 안 하고 여기서 뭐 혀. 재수생이 공부를 해야 대학엘 가지!"

또 재수생 소리를……. 이래서 나서기 싫었어. 은하가 아픈 기억에 쓰린 가슴을 매만지며 말했다.

"저 대학 붙었잖아요."

"뭐? 붙었어? 잘됐네, 잘됐어. 기냥 아무 데나 가서 빠릿빠릿하게 다니면 될 것 가지고. 옆집 아지매도 재수생 아들 때문에 죽느니, 사느니 하는 소릴 하고-"

재수생은 나쁘지 않아요. 그저 대학 입학을 조금 뒤로 미룬 것뿐이라고요.

마음속으로만 울면서 대꾸한 은하는 뒤쪽에 있는 원을 향해 손을 퍼덕거렸다. 일어나라며 손을 위아래로 움직였다. 그걸 빤히 보던 원이 손을 덥석 붙잡으며 일어섰다.

'……잡으란 소린 아니었는데.'

이런 반응도 이미 두 번째니 슬슬 익숙해지려고 한다.

원을 올려다보니 그녀와 손잡은 것만으로 이미 편안해졌는지 한결 나아진 얼굴이었다.

"아는 분이야?"

눈이 마주치자 원이 고개를 숙이고 귓가에서 나직이 물었다. 귓가에 스친 속삭임에 은하가 어깨를 들어 올렸다가 내렸다.

"네, 복지관에서 봉사하다가……."

은하가 말을 흐리는데 노인이 뚱한 표정으로 둘을 돌아보았다.

"뭐여?"

"아, 저…… 여기 오는 길에 봤는데, 저쪽에서 어떤 아저씨들이 쓰레기 버리시더라고요."

"뭐? 이놈의 자식들이!"

노인이 씩씩거리며 몸을 돌렸다.

"어디? 안 보이는데?"

은하가 원의 손을 잡고 같이 뒷걸음치며 말했다.

"저기- 나무 넘어서 내천가 바로 옆이요."

"어, 그래? 이놈들 잡히기만 해 봐라!"

그가 양팔을 앞뒤로 흔들며 달리듯 튀어 나갔다.

"가요."

그와 동시에 은하가 원의 손을 잡고 냅다 달리기 시작했다. 그리고 화장실 건물 뒤쪽으로 돌아 들어갔다.

＊　＊　＊

은하가 화장실 벽에 기대 숨을 고르자, 마주 선 원이 잘게 떠는 그녀의 어깨를 잡았다. 은하는 눈물이 그렁그렁한 얼굴을 들어 올렸다.

"오늘, 참, 좋은 경험, 하시네요."

백수도 되고, 부들부들 떨며 말하던 은하가 결국 웃음을 참지 못했다.

못마땅하단 얼굴의 원도 곧 낮게 웃음을 터트렸다. 코앞에 있던 원의 얼굴이 은하의 귀 쪽으로 기울어졌다.

눈물을 닦아 내던 은하는 귓가에 들리는 웃음소리에 확 몸을 옆으로 빼냈다.

원은 웃음기 섞인 목소리로 왜 그러냐며, 그 노인이 쫓아왔냐며 고개를 돌렸다.

"아니에요."

은하가 황급히 손을 저었다.

'가까워.'

은하가 슥 몸을 빠져나와 공원을 두리번거렸다.

"아, 오늘 덥네요."

그러곤 잽싸게 손부채를 저었다.

"음료는 할아버지 드려 버렸는데, 저건 어때요?"

그녀가 소프트콘과 번데기를 파는 노점을 가리켰다. 그러다 갑자기 든 생각에 검지를 어정쩡하게 접었다.

"아, 먹나? 저런 길거리 음식 같은 것도?"

아니, 드라마를 많이 본 건 나인가. 은하가 눈동자를 데굴데굴 굴렸다.

그러자 원이 고개를 기울였다.

"가끔 날 뭐라고 생각하는 건지 모르겠어."

"음, 뭐라고 생각하냐면요-"

청년 백수는 물론 아니고, 청년 졸부?라고 말하려는데 원이 먼저 선수를 쳤다.

"아, 그건가."

"그거?"

원이 싱글싱글 웃었다.

"지나치게 잘생긴-"

"뭐, 뭐! 예요!"

눈을 크게 뜬 은하가 두 손으로 원의 입을 틀어막았다.

"그건, 그건 아니잖아요, 진짜."

원이 턱을 들어 올려 손아귀에서 벗어나고는 말을 이었다.

"뭐가 아닌데. 분명히 지나치게−"

"아! 정말!"

키는 왜 이렇게 커 가지고! 은하가 필사적으로 발꿈치를 들어 손을 뻗었다. 은하가 기우뚱거리자 원이 등을 받쳐 주었다. 그때 은하가 다시 원의 입을 틀어막았다.

"자기 입으로 그런 말 하는 건 반칙이죠."

등을 받치느라 입이 막힌 채 반박할 수 없었던 원이 고개만 저었다.

"아니라고요?"

고개를 끄덕인다.

"그럼요?"

원이 눈을 내리뜨며 은하를 가리켰다.

"내가 한 거라고요?"

그가 웃고 있는 듯 눈을 휘면서 고개를 끄덕였다.

"그야! 그건! 그러니까……."

할 말이 없다. 어쩌겠는가. 오늘 아침에 제 입으로 꺼낸 말인데.

원은 얄밉게 '할 말 없지?'라는 얼굴로 그녀를 내려다보고 있었다.

입을 꾹 다물고 있던 은하가 인상을 찌푸리며 매섭게 쏘아보았다.

"그거요. 원 씨 말한 거 아니에요. 꿈을 꿔서 그런 거예요. 꿈속에서 아주 멋진 남자가 나와서, 다른 남자!"

다른 남자라는 말에 반응한 원이 눈썹을 들어 올렸다. 그리고는 은하의 손을 떼어 내고 물었다.

"다른 남자?"

"있어요. 잘생기고, 손도 크고. 또, 잘생기고……."

은하가 말을 줄였다. 그 외에는 할 말이 없다. 꿈속의 남자에 대해서 뭘 알겠는가. 꿈속에 사는데.

"흐응–"

원이 콧소리를 냈다.

"꿈에 그렇게 잘생긴 남자가 나왔다고……."

원이 눈을 가늘게 뜨며 시선을 마주쳤다.

"나보다?"

'나보다?'라니, 아주 자신감이 하늘을 찌르신다. 뭐, 그 얼굴로 평생 거울 보고 살았다면 아닌 게 더 이상하긴 하지만.

"그럼요."

"나도 손 큰데."

보라면서 원이 손을 쫙 펴서 흔들었다.

"그 정도 아니었어요. 훨씬 컸어요. 얼굴 다 가릴 정도로."

은하가 새침하게 고개를 저었다.

그가 못마땅한 얼굴로 제 손바닥으로 은하의 얼굴 위에 가볍게 올렸다.

"비슷할걸."

그러고는 한 손으로 양 볼을 꾹꾹 누르며 심술궂게 말했다.

"그렇지?"

"아니어는여."

'아니거든요!'

"크잖아. 봐, 다 가리네."

그가 못되게 웃으며 볼을 다시 한번 꾹 눌렀다.

"으언 내 얼루리 자가서."

'그건 내 얼굴이 작아서.'

"아닌데. 내 손이 큰 건데."

"망는네! 내 얼룰이 자근 건데."

'맞는데! 내 얼굴이 작은 건데.'

본의 아니게 입을 뻐끔거리던 은하가 열심히 버둥대며 원의 손을 떼어 냈다.

"아, 하여튼 원 씨 아니니까 오해하지 마시라고요. 잠에서 덜 깨서 그런 거니까."

원이 팔짱을 꼈다.

"아는 사람?"

"네?"

"그 잘생기고 손 크다는 남자, 아는 사람이야?"

그가 짐짓 심각하게 물었다.

설마 현실 인물인 줄 아나? 은하가 시선을 피하며 작게 말했다.

"……아는 사람이면요. 어쩌시려고요."

"그냥."

원이 대수롭지 않는 일이라는 것처럼 어깨를 으쓱였다.

"한번 보려고. 정말 그렇게 잘생기고 손이 큰가."

"보기만?"

"왜, 내가 질투에 휩싸여서 그 남자를 때려눕히기라도 할까 봐?"

그가 피식피식 웃기에 은하가 코를 찡긋거렸다. 말을 해도 꼭 저렇게 얄밉게 해요.

"……아니, 뭐, 꼭 그럴 거라고 생각한 건 아니고요."

"그럴 수도 있어."

뭐? 진짜? 은하는 입을 벌리고 원을 올려다보았다. 생글생글 웃는 표정이 장난인지 진심인지 모르겠다. 차마 원이 꿈속의 남자와 혈투를 벌이게 할 수 없었던 은하가 결국 자백했다.

"아니에요, 그냥 꿈에 나온 사람이에요."

"그럼 됐어."

원이 빙긋 웃었다.

그에 은하가 검지를 코앞에 들이밀었다.

"그렇게 웃지 마세요."

"웃지도 마?"

"네, 성격 나빠 보이거든요."

엄청, 이라며 은하가 퉁명스레 덧붙였다.

"원하신다면."

원이 어깨를 으쓱였다.

은하는 원과 공원 뒤쪽으로 돌아 나오면서 공원 안을 쭉 돌아보았다.

"오늘은 날이 아닌가 봐요."

문제의 할아버지가 공원 안에 대기하고 있는 이상, 다시 돌기도 그렇고.

"걱정돼?"

원은 자신이 더 걱정스럽단 얼굴로 물었다. 은하는 고개를 저었다.

"이대로 사라지면 좋죠, 뭐. 오늘은 이만 가요."

은하가 공원 맞은편에 있는 카페를 향해 몸을 돌렸다.

＊ ＊ ＊

카페의 테라스 쪽 자리에 앉으며 은하가 나무를 가리켰다.

"여기 벚꽃이 지면 정말 예뻐요."

"그래?"

은하는 전직 재수생인 자신이 백수에게 대접을 해야겠다며 기어 코 일어섰다. 원이 항복한다며 두 손을 들었다.

"아메리카노 아이스로 두 잔이요."

은하는 주문을 기다리며 카페 안에서 원을 지그시 바라보았다.

원은 의자에 몸을 묻고 다리를 꼰 채 대로변 쪽으로 고개를 돌리 고 있었다.

옆모습이 어쩐지 서늘한 인상이었다. 정말 눈에 띄는 얼굴이다. 지나가면서 이원에게 시선을 주지 않는 이가 하나도 없을 정도로.

그래도 태연하네. 다른 사람 시선은 정말 신경 안 쓰는구나.

뻔뻔하기는, 은하가 몰래 욕을 하는 찰나 테라스 옆을 지나던 한 여성이 그에게 말을 걸었다.

'누구지?'

은하가 천천히 허리를 곧게 폈다.

아는 사람은 아닌 모양이었다. 폰을 건네는 걸 보면 번호를 달라 는 걸까. 대화 소리가 들리질 않는다.

무심코 은하는 그녀가 어떤 여자인지 살폈다. 코가 오뚝하고 얼 굴이 갸름한 미인이었다. 어쩐지 초조한 기분이 들어 두 손을 모아 손가락을 꼼지락거렸다.

은하의 마음을 알기라도 하듯 그가 시큰둥하게 고개를 돌렸다. 여자는 떨떠름한 기색으로 다시 걸음을 옮겼다. 얼음이 뚝뚝 떨어져 나올 것처럼 차가웠던 눈은 카페 안으로 향했고, 은하를 마주치자 다정하게 휘었다.

은하가 다시 턱을 괴며 얼굴을 돌렸다. 얼굴이 붉어졌단 걸 들키지 않았으면 좋겠다.

"아까 누가 말 걸던데요."

은하가 커피를 들고 오자 원이 쟁반을 받아 들었다.

"아무것도 아니야."

원은 다시 미소를 띤 다정한 얼굴이었다. 그리고 보니 제 앞에선 늘 웃는 얼굴이라 저렇게 차가운 인상인지 미처 눈치채지 못했는데.

은하는 원과 처음 만났던 때로 천천히 거슬러 올라갔다.

'처음 만났을 때는 살짝 미친 사람인 줄 알았는데.'

그 알 수 없던 표정에 이상하게 마음이 술렁였었다. 그래서 그를 데리고 카페로 향했다. 왜 그런 표정을 지었는지 알고 싶어서.

'그리고 보니 그날 이후로 그 얘기는 한 번도 안 꺼냈지.'

왜일까.

그때 잔잔한 바람이 불었다. 머리카락이 휘날려 눈을 가리자 은하가 눈을 찌푸렸다. 그러자 원이 머리카락을 쓸어 귀 뒤로 넘겨주었다.

은하가 눈을 천천히 한 번 깜빡이니 그가 미소를 지었다.

문득 지금이라는 생각이 들었다. 은하가 입을 열었다.

"전에 한 얘기 말이에요."

그가 고개를 돌렸다.

"전에 한 얘기?"

"그-"

은하는 잠시 뜸을 들였다가 말을 이었다.

"다른 세계요."

원이 설핏 표정을 굳혔다.

은하가 머그컵을 손안에 굴리며 조용히 말했다.

"그거, 진심이었어요? 그런 세계에서 우리가 함께했었고, 그 때문에 찾으러 온 거라고 말한 거."

* * *

잔잔한 바람이 불었다. 은하의 머리카락이 날려 눈을 가렸다. 그녀가 눈을 찡긋하는 걸 보고 원이 머리카락을 떼어 내 귀 뒤로 넘겼다.

은하가 눈을 느릿하게 한 번 깜빡였다. 첫 만남 때 바짝 경계하던 기색은 전혀 보이질 않았다. 처음엔 그저 만나기만을 기다렸다고 여겼는데, 이제는 이런 눈을 기다렸던 게 아닐까 싶다. 여전히 욕심은 끝이 없었다.

그때 은하가 입을 열었다.

"전에 한 얘기 말이에요."

"전에 한 얘기?"

"그-"

원이 조용히 다음 말을 기다렸다.

"다른 세계요."

그녀의 입에서 나온 건 예상 밖의 이야기였다.

"그거, 진심이었어요? 진심으로, 그런 세계에서 우리가 함께했었고, 그 때문에 찾으러 온 거라고."

뭐라고 답하는 게 좋을까.

원이 검지로 테이블 끝을 가볍게 두드렸다. 좋은 날, 완연한 봄이었다. 공원에서는 싱그러운 풀 냄새가 났고, 은하는 웃었고, 즐거운 기분은 쉬이 사라지지 않을 것 같았다.

모든 걸 부수고 싶지 않았다.

원이 달콤한 목소리로 나지막이 말했다.

"아니, 전부 거짓말이야."

원은 능숙하게 거짓을 토해 냈다.

그러자 '뭐야.'라며 은하가 웃는다.

그 작은 웃음소리에 결국 아무래도 좋다는 생각이 든다.

노아가 아니라 이원으로서, 그는 이 세계의 박은하가 원하는 이상적인 남자로 남아 있을 것이다.

그것으로도, 충분하지 않을까.

* * *

"아니, 전부 거짓말이야."

은하가 눈을 한 번 깜빡였다.

"뭐야."

거짓말이라고? 원의 얼굴을 빤히 바라보던 은하는 웃음을 터트렸다.

그리고 말했다.

"거짓말."

"……?"

은하가 원을 똑바로 응시했다. 그녀는 웃음기 섞인 목소리로 말했다.

"그렇게 안 봤는데. 원 씨, 거짓말 엄청 못하네요."

그녀가 검지로 원의 입꼬리를 꾹 눌렀다.

"그러니까 그렇게 웃지 말라고 했잖아요. 성격 나빠 보인다니까."

은하는 제 감정을 아주 잘 안다. 그녀는 원에게 호감을 가지고 있었다. 아직 좋아한다고 말하기에는 부족할지 몰라도.

'놀릴 때마다 인정하기 싫어지기는 해도.'

아까까지는 못되게 자란 어른처럼 저를 가지고 놀더니, 지금은 어쩐지 길을 헤매는 아이 같은 표정이었다. 슬그머니 용기가 났다.

난 김에 말하자.

"솔직히 말하면, 저 지금 원 씨한테 관심 있는 것 같아요."

밤중에 달려올 정도로 신경 써 주는 게 좋고, 잘하지도 않는 아침을 챙기러 새벽같이 일어나 준비하는 모습이 좋고, 세심하게 머리카락을 만져 주는 게 좋고, 날 아주 많이 사랑하는 것처럼 보는 눈길이 좋다. 심장이 두근거렸다.

"아니, 있는 것 같다는 건 너무 모호한 표현이고. 있어요, 관심."

연애를 해 본 적이 없어서 진위를 알 수는 없다만. 뜨거운 사랑으로 시작하는 관계는 없다고, 모든 사랑은 알아 가기 시작하면서 생기는 거라는 말을 들었다.

사실 누가 말했는지는 모르겠다. 언제나 사랑이니 연애니 하며 일장 연설을 늘어놓는 박도진이 한 말인지도 모르겠다.

"그러니까―"

은하는 팔을 모았다.

"―원 씨에 대해서 알고 싶어요."

그래서 알고 싶다. 원이 내게 말하고 싶은 게 뭔지, 그런 슬픈 표정을 짓는 이유가 뭔지.

＊　＊　＊

원이 느릿하게 눈을 한 번 감았다 떴다.

은하는 그의 얼굴을 빤히 바라보았다.

'멍청한 표정이다.'

사람 마음이 이렇게나 간사하다. 그와 연관되고 싶지 않아서 도망 다닐 때가 언젠데.

혹시 쉬워 보이는 건 아니겠지? 음, 설마. 은하는 빨대로 음료를 쪽 빨며 잡생각을 떨쳐 냈다.

무슨 생각을 하는지 원은 좀처럼 입을 열지 않았다.

어느새 음료는 바닥을 드러냈다. 원은 은하의 빨대 안으로 마지막 음료가 빨려 들어가는 것을 가만히 바라보았다.

어떻게…… 아니, 어디에서부터 이야기해야 좋을까. 아무것도 모르는 사람이 이해할 수 있으려면.

그때 은하가 먼저 운을 띄웠다.

"전생이었나? 하여튼 그런 건 막 태어나자마자 기억이 나요? 설마 배 속에서부터?"

영화 '나비 효과'같이. 은하가 배 속에서 지난 일들을 기억해 낸 주인공에 대해 장황한 설명을 시작했다.

"나도 봤어."

원이 웃음기 섞인 목소리로 그건 아니라고 답하며 말을 이었다.

"나는 보육원에서 자랐는데─"

은하가 고개를 끄덕였다.

"아는 눈치네."

"검색해 봤거든요. 아, 혹시 기분 나쁜 건 아니죠?"

"아니. 나한테 관심이 있었단 거잖아."

"음, 뭐……."

그가 뻔뻔스레 말하자 은하가 그렇게 해석이 되나, 라며 고개를 작게 주억거렸다.

원이 웃으며 입을 열었다.

"7살 때였나."

그 이전에도 드문드문 생각이 났을지도 모르겠다. 그러나 확실하게 인지한 건 그날이었다.

원은 보통의 부모들이 원하는 것처럼 귀염성이 있는 아이는 아니었다. 예쁜 얼굴과 총명함으로 보육원을 찾은 이들의 관심은 여러 번 받았으나, 무뚝뚝하고 말수가 적은 데다 뭘 하든 제대로 반응을 보이지 않으니 자폐로 오인되기도 했다. 그렇게 몇 번 파양되기를 반복했다.

그날은 그렇게 보육원으로 돌아온 날이었다.

그날 꿈을 꾸었다.

그는 배 위에 앉아 있었다. 꽃향기가 코끝을 찔렀다. 그리고 제 앞에는 한 여자가 웃고 있었다. 홀린 듯 그녀한테로 손을 들어 올렸다.

그는 그날을, 그녀에게 다시 한번 사랑에 빠진 날이었다고 기억한다.

이야기를 듣고 있던 은하가 고개를 모로 기울였다. 그가 꺼낸 말 중 살짝 거슬리는 문장이 있었기 때문이다.

"……꿈을…… 꿨어요?"

"응."

꿈은 계속됐다. 그러다 어느 순간 기억이 쏟아져 들어왔다.

꿈? 은하가 신경 쓰이는 단어를 곱씹었다.

'설마…….'

은하가 설핏 미간을 찌푸렸다.

말해 볼까.

"그 꿈, 있잖아요."

"응."

"그……."

은하가 입을 달싹였다. 나도 꾼 것 같아요, 라고 지금 말해도 되는 걸까?

의아한 기색의 원은 은하가 입을 열 때까지 차분히 기다렸다.

은하는 생각을 천천히 되짚었다. 자신을 '레리아나'라고 불렀던 남자가 나오는 꿈을 꾸었다. 분명히.

'그런데.'

오랜 시간을 기다려 온 그에게, 단 한 번의 꿈으로 기대감을 갖게 하는 게 과연 옳은 일일까. 더군다나 레리아나라는 이름은 그와 처음 만난 날 원에게 직접 들은 이름이 아니던가.

내 무의식이 그의 말을 듣고 꿈에서 재구성한 것일 수도 있었다. 그런 확신도 없는 일을 단 한 번의 꿈으로 기대를 심어 주는 게 맞는 걸까. 그건 아주, 가혹한 일이 아닐까.

"말해, 왜?"

"아…… 아니에요."

은하가 두 손을 내저었다.

조금만 더 확신이 생기면……. 괜히 기대하게 만드는 게 아닐 때 말하자.

유리잔 안에서 얼음이 달그락거리며 내려앉았다.

공원 안에서 아이들이 와르르 웃음을 터트렸다. 은하가 무심코 공원으로 고개를 돌렸다.

그사이 왁자지껄해지며 카페 안으로 사람들이 밀려들었다.

진동이 울리자 은하는 문자를 확인했다.

"엄마, 지금 오고 계신대요."

원이 몸을 일으켰다.

"들어가자."

* * *

어느새 해가 지고 있었다. 둘은 적당한 거리를 두고 같이 걸었다.

그때 은하가 아파트 입구로 들어가며 빙글 돌더니 놀이터로 들어갔다. 은하가 그네에 앉자 원이 뒤따랐다.

"좀 이따 들어가려고요."

원은 그네 맞은편 펜스에 걸터앉았다.

은하가 발끝으로 그네를 앞뒤로 자그맣게 움직였다. 머릿속에 '보육원 때는 힘들었죠?'라는 말이 맴돌았다.

아니, 힘들겠지. 당연히. 그 어릴 때부터 부모님이랑 떨어져 살아야 했는데.

그러니 그런 진짜일지, 그저 꿈일지도 모르는 기억에 매달린 걸 테고.

은하가 일어서서 원의 머리를 쓰다듬었다.

"뭐야?"

"그냥요."

원이 몸을 일으키자 은하가 위로 손을 뻗었다. 하지만 빈 허공만이 만져졌다.

"안 닿아?"

장난스레 물은 원이 은하의 머리를 쓰다듬었다. 은하가 신경질적으로 손을 털어 내고는 다시 그네에 앉았다.

예쁘게 봐줄 수가 없다, 정말.

"아, 궁금한 거 생겼는데."

"뭐?"

"저 얼굴 똑같이 생겼어요?"

"아니."

"음, 지금이 더 예쁜지, 저번이 더 예쁜지 이런 건 안 물어볼게요."

귀엽다는 듯 피식 웃던 원이 고개를 기울이며 짓궂게 말했다.

"굳이 말 안하려고 했는데, 그때도 지금도 썩-"

은하가 인상을 쓰며 그네를 멈췄다.

"아, 그럴 줄 알았어. 그래서 안 물어본다는 거였는데. 이제 내가 뭐 물어보기 전에는 답하지 마요."

"마음대로 웃지도 말고, 물어보기 전에는 아무 말도 하지 말고?"

"그러게 착하게 살았어야지."

은하가 혀를 찼고, 원이 웃음을 터트렸다.

"그럼 어떻게 알았어요? 얼굴도 다르면. 그냥 감이 오나?"

"책을 읽었거든."

"책?"

"그런 게 있어."

원이 미묘한 웃음을 얼굴에 띠었다.

"그럼 지금 만나는 것도 다 써 있어요?"

"음, 아닐걸."

"아닐걸? 잘 몰라요? 읽었다면서."

언뜻 시선을 내렸던 은하가 제 운동화 신발 끈이 풀린 것을 발견하곤 허리를 숙였다.

"나도 전부 다 기억이 나는 건 아니라서."

기억하는 건 그 학교 앞. 그날. 횡단보도뿐.

그 외에는 누군가가 도려내기라도 한 것처럼 아무리 기억해 내려 해도 기억나질 않았다.

"그것뿐?"

"응. 그것뿐이야."

원이 은하 앞으로 다가갔다. 그리고 앞에 다리를 굽히고 앉아 대신 신발 끈을 묶어 주며 담담한 투로 말했다.

"그래서 기다리는 수밖에 없었어. 계속."

꿈에서 보았던 그녀를 만나기 위해서. 다시 사랑에 빠진 날 이후 그는 그날을 위해 살았다.

그를 입양한 어머니는 자신의 이야기를 진지하게 들어 준 사람이었다. 그녀는 이렇게 말했다. 가슴을 바짝 태우는 사랑도, 그로 인한 괴로움도 상대를 만나지 못하면 결국은 잠잠해지고 식어 버릴 거라고.

어머니는 대체로 옳은 말만 했지만 그 말만큼은 통하지 않았던 것 같다.

그는 줄곧, 기다렸다.

손끝이 닿은 순간을 기억하며 한 달. 환히 웃던 모습을 기억하며 1년. 사랑한다고 속삭였던 말을 기억하며 20년을.

"결국 당신을 찾았어."

원이 고개를 들어 눈을 마주쳤다. 그토록 보고 싶었던 사람의 눈동자는 짙은 고동색이었다. 키가 작고, 잘 웃고, 당황하면 버릇처럼 아랫입술을 씹었다.

"가끔, 나는."

그가 엄지로 은하가 물고 있던 입술을 빼냈다. 그러곤 조용히 웃으며 말했다.

"행복해서 정신이 나간 것 같아."

은하가 입을 다물었다. 심장이 사납게 뛰었다.

머릿속이 먹통이 된 것처럼 둔했다. 은하가 원의 입매에 손끝을 올렸다.

"은하야?"

그때 익숙한 목소리가 그녀의 이름을 불렀다.

"엄마?"

은하가 벌떡 일어섰다.

"왜 나와 있어?"

"아, 그게—"

"얼굴은 왜 이렇게 빨갛고?"

은하가 황급히 변명하며 소리를 높였다.

"안, 안 빨개!"

"그런데, 누구시니?"

은하가 눈을 깜빡였다.

"응?"

"처음 뵙겠습니다."

그사이 옆에 서 있던 원이 꾸벅 인사를 했다.

'아, 맞다.'

어머니의 얼굴에 의아한 기색이 떠올랐고, 그 뒤로 도진이 양손에 짐을 가득 든 채 다가왔다.

"박은하, 너 왜 여기에 나와 있어? 어?"

도진이 은하에게 핀잔을 주다 말을 줄였다. 앞에 선 남자를 발견한 도진은 은하와 원을 번갈아 보았다.

빨리 누군지 설명하라는 어머니의 시선이 은하의 이마에 꽂혔다.

"어…… 그러니까. 엄마, 오해하지 마. 이상한 사람 아니고……."

난처한 기색의 은하를 보고 원이 먼저 입을 열었다.

"은하 씨가 휴대폰을 놓고 가서요."

"아, 아아. 그러셨구나. 얘도 참 칠칠맞게."

어머니가 은하의 어깨를 가볍게 때리면서 고개를 끄덕였다.

"고마워요, 우리 은하 학교 선배인가요?"

"아뇨."

"어머, 그럼……."

그간 은하가 자신과의 관계를 설명하는 걸 난감해하던 것이 떠올라 원이 적당히 둘러대려는데, 은하가 원의 손을 잡았다.

"선배 아니야."

그가 은하를 돌아보았다. 은하가 심호흡을 하더니 턱을 들어 올렸다.

"내 남자 친구야."

나 혼자 일방적으로 말해 버렸는데 괜찮은가? 은하가 원에게 그렇게 묻는 얼굴로 눈을 맞췄다. 그에 원이 웃으며 손가락에 깍지를 꼈다.

어머니가 눈을 둥그렇게 떴고, 도진은 미간을 찌푸렸다. 그러다 둘이 동시에 말했다.

"남자 친구?"

"매부?"

왜 박도진은 자기 혼자 진도를 나가는지 모르겠다. 은하는 눈을 가늘게 떴다.

* * *

김주헌은 사진을 테이블 위에 거칠게 내던졌다.

"이게 전부야?"

사진에는 20살 남짓한 여자가 친구들과 이야기하는 모습, 쇼핑하는 모습 등이 찍혀 있었다.

"누가 이런 거 보고 싶다고 했어?"

주헌이 매니저를 향해 술병을 던졌다.

쨍그랑—!

"아, 아니, 주헌아. 그냥 뭣도 아닌 평범한 대학생이래."

"그럼 대체 뭐냐고. 지가 뭔데 내 CF를 말아먹어?"

제게 건방지게 굴던 모습이 아직도 눈앞에 선했다.

"아니, 뭐 괜찮은 스폰서라도 잡은 거겠지."

"하! 씨발. 그럼 이런 거 말고, 퍼지면 켕길 만한 사진이라도 찍어 와야 할 거 아냐."

"야, 그거 범죄야. 이거면 충분하잖아. 이제 일 나가자, 어?"

"고작 스폰받는 여자애한테 당했는데, 쪽팔려서 일을 어떻게 해!"

아버지는 5년 전에 돌아가셨고, 어머니, 오빠와 셋이서 산단다. 서류에는 그가 상상했던 영향력 있는 집안도, 연줄도 어디에도 보이질 않았다.

주헌이 '박은하'라는 이름이 쓰인 서류를 보며 이를 갈았다.

"감히 날 데리고 쇼를 해?"

　　　　*　　*　　*

"박은하, 쿠션 좀 줘 봐."

"할머니는 그럼 서울 병원에 입원하신 거야?"

소파에 앉아 TV 프로그램을 보던 은하가 쿠션을 건네며 물었다. 소파 아래에 앉아 있던 도진은 쿠션을 제 등 뒤에 낀 뒤 답했다.

"응. 큰 병원에서 검사 좀 해 보는 게 좋을 것 같아서 모셔 왔어."

"가 봐야겠네."

"그러든가. 할머니가 너 보고 싶어 하시더라."

그때 주방에서 어머니가 사과를 담은 그릇을 들고 옆에 앉았다. 은하가 쟁반에서 포크를 집어 들고 하나씩 나눠 주며 말했다.

"내일 가지, 뭐."

그때였다.

깡! 깡!

바람을 가르는 소리가 들리더니 접시를 절단 낼 것 같은 날카로운 포크 소리가 연이어 들렸다. TV를 보며 웃고 있던 도진과 은하가 깜짝 놀라 돌아보았다.

"그래서ㅡ"

어머니가 포크로 찍은 사과를 스산한 기세로 집어 들고 있었다.

"어떤 사람인데?"

"……으, 응?"

"아까 그 사람. 남자 친구라고 소개했던 남자."

묘하게 날이 선 목소리였다. 도진이 사과를 우물거리며 은하에게 말 잘하라고 신호를 보냈다.

은하가 살짝 고개를 끄덕였다.

그렇게 간단하게 인사를 하고 헤어진 후, 어머니는 어쩐지 집에 돌아온 후 내내 조용하셨다. 무언가 생각하는 듯이.

마음에 안 드셨나? 왜지? 인사도 싹싹하게 정중하게 하고 갔고. 이원이 속은 시커매도 겉보기엔 잘났는데. 설마 그 짧은 사이에 시커먼 속을 알아보셨나. 연륜? 연륜인가? 은하가 살짝 긴장한 채 물었다.

"마음에 안 들어?"

"아니, 뭐 그냥…….."

"그냥?"

은하가 목을 쭉 빼고 답을 기다렸다.

"그래서 몇 살이라고?"

"아, 28살."

"뭐?"

은하가 찔끔해 어깨를 움츠렸다. 어머니가 다시 사과를 절단 내듯 포크를 찍었다.

"스물하고도, 여덟?"

여덟?이라는 말이 끝나자마자 눈에서 서슬 퍼런 빛이 나왔다.

"……응."

은하는 사과를 꿀꺽 삼키고 허리를 곧게 펴고 앉았다. 도진이 잠자코 둘을 지켜보다 거들었다.

"엄마, 요즘 여덟 살 차이 별거 아니야."

"도진이 넌 가만히 있어."

도진은 어머니의 눈초리에 헛기침을 하며 고개를 돌렸다. 은하가 울상을 짓자 도진이 은하에게 수류탄을 껴안고 죽어 가는 전우를 보는 것처럼 안타까운 눈빛으로 고개를 저었다.

"무슨 일 하는데?"

"그…… 마이어&룰, 알아? 거기 이사님이야."

어머니는 놀라 입을 가리고 되물었다.

"뭐? 이사?"

잠시 침묵이 감돌았다.

"혹시 은하 네가 따라다녔어?"

오빠고 엄마고……. 왜 그쪽이 먼저 날 좋아해서 쫓아다녔을 거라고 생각하지 않는 거야. 은하가 뚱하니 입을 내밀었다.

"아니야, 그런 거."

"어떻게 만났는데?"

"학교 앞에서."

"우연히?"

"응."

어머니가 은하의 손을 잡았다.

"솔직히 말해 봐. 괜찮은 거야?"

"뭐가."

"점점 더 수상하잖아. 부모님은? 뭐 하시는 분들인데?"

"그게 좀 복잡한데."

은하가 눈을 굴렸다. 말해도 될까. 뭐 이 정도는 검색하면 나오는 건데.

은하가 그 사람 어렸을 적에 해외로 입양됐다는 이야기를 조그맣게 하자 어머니가 조금 누그러진 기색으로 말했다.

"……그래?"

"응, 어렸을 때 좀 고생 많이 했대."

"어머, 그러니?"

어머니가 나직이 말했다.

"저녁이라도 먹이고 보내는 건데."

"응……."

이걸로 된 건가. 은하가 대답을 어물거렸다.

그저 잘 넘어가서 다행이라 생각하기로 했다.

'전생 얘길 할 수는 없으니까.'

은하는 소파에 등을 묻고 다리를 모아 앉은 채 사과를 우물거렸다.

노을이 지던 놀이터가 떠올랐다. 그리고 그의 꿈 이야기까지.

그렇게 오랫동안 한 사람을 기다린다는 건 어떤 기분일까. 은하는 아직도 쿵쿵거리는 듯한 가슴을 한 번 크게 두드렸다.

"엄마, 엄마는 전생이 있는 것 같아?"

"갑자기 전생은 왜?"

"남자 친구가 잘나서 자기가 전생에 나라를 구했다고 생각하나 보지."

도진이 끼어들었다.

"엄마, 박도진 좀 조용히 하라고 해."

은하가 도진에게 쿠션을 던졌다. 도진이 얼굴로 맞은 쿠션을 다시 집어 들었다. 그러고는 이를 다시 은하에게 던졌다. 쿠션이 눈앞에서 날아다니자 어머니가 포크를 접시에 내려놓으며 근엄하게 말했다.

"둘 다 조용히 안 해?"

은하와 도진이 '네'라고 대답하며 다소곳이 손을 내렸다.

조용히 하고 TV나 보라며 어머니가 다시 고갯짓을 했고, 둘이 얌전히 스크린으로 고개를 돌렸다.

그러다 은하가 다시 입을 열었다.

"그런 거 있잖아. 전생의 가족이라든가, 연인이라든가. 그런 사람이 엄마한테 찾아오면 어떻게 할 거야?"

"으음, 쫓아내야지."

"왜?"

"그런 걸 어떻게 믿어."

"믿는다 치면 말이야."

믿는다 치면? 어머니가 말을 줄이며 잠시 고민에 빠졌다.

"쫓아내야지."

"또?"

"막말로, 내가 그 사람이 아니면 어떻게 해? '아, 착각했네요.' 하고 헤어져? 뭘 믿고 그 사람한테 마음을 주겠어."

스크린에서 코미디언이 재치 있는 대사를 던졌다. 어머니와 도진이 웃음을 터트렸다.

"아, 그런가…….."

그 와중에 은하만 웃지 않는 채로 눈을 깜빡였다.

그렇구나. 아닐 수도 있는 거구나.

그때 사과를 깨물던 은하가 짧게 비명을 내질렀다.

"아!"

"왜? 혀 씹었어?"

"응."

"조심하지."

도진이 비웃으려 하자 어머니가 도진의 등짝을 찰싹 때렸다. 은하가 얼얼한 혀를 내밀며 인상을 찌푸렸다.

"아파."

나도 꿈을 꿨다고 말할 걸 그랬다. 아니, 말하지 않는 게 나았나.

'아닐 수도 있으니까.'

뚱한 얼굴로 은하가 무릎 위에 턱을 올려놓았다.

한 번만 더 꿈을 꿨으면 좋겠는데.

* * *

다음 날, 은하는 한 손에 반찬통을 든 채 문 앞에서 한참을 서성였다.

왜 이렇게 된 걸까. 고급 주택가 앞에 차가 멈춰 설 때까지 은하는 맹한 표정으로 앉아 있었다.

이 모든 건 어머니의 명령이었다. 어머니는 새벽부터 일어나 온갖 커다란 반찬통에 냉장고를 다 쓸어다 넣을 기세로 밑반찬을 담았다. 은하가 이게 뭐냐고 물으니 어머니는 남자 혼자 산다니 밥을 잘 챙겨 먹을 리가 없다면서 내밀었다.

"안 눌러?"

손에 든 반찬통을 한번 치켜든 도진이 핀잔을 주자 은하가 미간을 찌푸렸다.

"누를 거야."

"무거우니까 빨리 좀 눌러."

"알았다니까."

좀 인내심을 가지라며 은하가 심호흡을 했다. 그리고 벨을 누르려는 순간, 벨 앞에서 손가락이 우뚝 멈춰 섰다.

그날, 결국 꿈은 꾸지 않았다.

은하가 손가락을 꿈틀거렸다.

아, 왜 자신이 없지. 전생이니 뭐니 한다고 미친 사람 취급할 때는 언제고.

뭐, 어때. 이상한 생각하지 말자. 저쪽에서 내가 맞다는데. 나는 그냥 듣고 믿으면 되지.

"박은하, 좀. 벨도 못 누르냐?"

돌연 도진이 멋대로 벨을 눌렀다.

띵동—

"아!"

박도진. 정말 도움이 안 된다. 은하가 안절부절못하며 어물거렸다. 아직 마음의 준비가 안 됐는데. 마음대로 누르면 어떻게 하냐고 타박하려는데, 기다린 듯 금세 문이 열렸다.

미리 연락을 받고 문 앞까지 나와 있던 원은 하얀 와이셔츠를 입은 채였다. 그가 은하를 보며 부드럽게 녹는 듯한 미소를 지었다.

왠지 오늘따라 더 눈길을 끄는 것 같은 화려한 외모에 잠시 눈을 깜빡이던 은하가 허둥지둥 반찬통을 들어 보였다.

"반찬 배달이요."

원이 웃으며 반찬통을 받아 들었다.

"안 헤맸어?"

"조금요."

담이 어디까지 이어지는지 대문을 찾느라 조금 헤맸다. 작게 웃은 원이 들어오라며 등을 감쌌다.

"점심은 먹었어?"

"네. 원 씨는요? 식사하셨어요?"

그때 도진이 뒤에서 손을 흔들었다.

"분위기 좋은데 죄송하지만 저도 왔습니다."

"오빠도 왔어요. 태워 준다고 해서."

덧붙여 말한 은하가 몸을 돌려 도진을 보고는 입조심 좀 하라며 눈짓으로 경고했다. 도진이 뭐 어쩔 건데, 라는 얼굴로 웃었고, 원은 별다른 내색 없이 웃는 채로 집을 가리켰다.

"들어오세요."

* * *

반찬을 받아 든 원이 주방으로 들어가자, 은하가 '실례합니다.'라고 말하며 거실로 들어섰다. 뒤따라오던 도진은 집 좋다며 탄성을 터트렸다.

넓은 집 안은 모던한 가구로 꾸며져 있었다. 은하가 거실 중앙에 놓인 기둥형 어항 앞에 서 있는 도진을 물끄러미 바라보았다. 그는 물고기가 돌아다닐 때마다 탄성을 질렀다.

저렇게 역동적으로 대신 놀라 주니까 내가 놀랄 새가 없네.

"이렇게 많이 챙겨 주셔서 어떻게 하지?"

"아, 너무 많죠?"

은하가 자기가 돕겠다며 다가갔다.

"그냥 앉아 있어."

"괜찮아요."

원이 냉장고 앞에 선 은하의 머리를 손바닥으로 툭툭 두드렸다.

"은하 씨, 말 안 듣네."

"말이 안 나오게 착한 거죠."

은하가 냉장고 문고리를 잡자 원이 머리를 기울이더니 은하의 허리를 안아 들어 올렸다. 순식간에 단단한 팔에 붙들린 은하가 숨을 들이켰다.

"잠깐만요, 잠깐만."

"항복하려고?"

"항복, 항복!"

원이 냉장고 옆 아일랜드 식탁 앞에 은하를 앉혔다.

"손님은 앉아 있어."

은하가 홧홧해진 얼굴을 돌리며 못마땅하게 답했다.

"네."

원이 나직이 웃음소리를 냈다.

"별일은 없었고?"

"하룻밤인데요, 뭐."

은하가 별일 있을 시간도 없었다며 손을 저었다. 원이 그러면 됐다며 가볍게 볼을 두드렸다. 은하는 원의 손이 닿았던 볼을 비볐다.

"저, 물어볼 게 있는데요."

"응?"

"그……."

은하가 눈동자를 이리저리 굴리며 말을 줄이자 원이 다가왔다.

"왜?"

"박은하! 대충 하고 가자. 오빠 오늘 바쁘다."

음, 원이 잠깐 고민하듯 은하의 얼굴을 빤히 쳐다보다 말했다.

"도진 씨, 차 좋아하십니까?"

＊　＊　＊

"와—"

지하로 내려온 은하가 넓은 주차장을 보며 감탄을 내뱉었다. 그녀는 무심코 제 오빠를 돌아보았다가 놀라 입을 뗀 채 멈춰 섰다. 도진은 천국에 갓 입성한 듯한 표정이었다.

어쩌지. 눈이 풀렸는데. 도진을 걱정하는데 그가 전광석화의 속도로 주차장 중앙으로 쏘아져 나갔다.

"이게 다 원이 형 거예요?"

도진이 양옆에 선 스포츠카 사이에서 어벙한 목소리로 물었다.

"예."

원이 웃으며 고개를 끄덕였다.

"말씀 편하게 하세요, 형님."

도진이 있지도 않는 꼬리를 살랑거리며 귀여운 척을 했다.

'누가 형이야……'

은하가 눈을 가늘게 떴다.

도진이 아이처럼 은색 페라리 옆에 붙어 들뜬 목소리를 냈다.

"와, 씨. 내가 이걸 실물로 보다니."

괜찮아요? 은하가 원에게 작은 목소리로 물으며 고갯짓으로 도진을 가리켰다. 도진은 캣잎 사이에 던져진 고양이처럼 차 사이를 온몸으로 누비고 있었다.

"음, 안 괜찮으면?"

원은 고개를 기울였다. 그러다 그가 눈매를 접으며 은하의 손가락 끝을 만지작거렸다.

"저 차는 그때 것보다 더 비싼데."

그의 엄지와 검지가 손가락을 지분거리다 다른 손으로 볼을 감쌌다.

오빠도 있는데 이렇게……. 은하가 도진을 힐끔 눈짓했다. 그러나 도진은 둘이 사라져도 모를 만큼 흠뻑 차에 빠져들어 백미러와 함께 셀카를 찍고 있었다.

은하가 눈을 가늘게 떴다.

"이러려고 일부러 보여 준 거죠?"

"글쎄."

원이 목 안으로 웃으며 손을 뻗었다.

그때 차 앞에서 한참 인증 샷을 찍던 도진이 은하를 불렀다.

"박은하. 이리 와서 나 좀 찍어 봐."

도진이 차 옆에 모델처럼 서며 폰을 건넸다. 은하가 마지못해 사진을 찍어 주자 그걸 제 여자 친구한테 보내는 모양이었다.

"그걸로 되겠어?"

그때 원이 도진에게 다가가 속삭였다.

"차는 몰아 봐야 알지."

그가 손에 든 차 키를 들어 보였다. 도진이 홀린 듯 차 키로 시선을 돌렸다.

"설마……."

"자."

"제가 감히 이 슈퍼카를 영접해도 될까요?"

"물론."

도진이 양손으로 떨어지는 차 키를 받았다.

"……형님."

은하는 흥분과 감동으로 떨리는 도진의 목소리가 참 가관이라고 생각했다.

"드라이브가 환상적이지."

"이 은혜를 어떻게 갚죠?"

원이 정치인처럼 꿍꿍이가 있는 얼굴로 매끄럽게 웃으며 도진의 어깨를 두드렸다.

"우리 사이에 무슨."

그 한마디에 도진은 이미 허물어져 있었다. 제 몸도 바칠 준비가 된 듯 평생 충성하겠다며 딸랑거렸다.

그리고 이를 뒤에서 지켜보던 은하는 원의 박도진 조련에 고개를 절레절레 내저었다.

도진이 냉큼 차에 오르자 은하가 차 옆으로 따라갔다.

"아, 오빠! 오늘 할머니한테 데려다주기로 했잖아!"

그때 주차장의 문이 열렸다. 창문을 내린 도진이 말했다.

"은하 좀 집에 데려다주세요, 형님!"

"박도진!"

은하가 잽싸게 떠나는 페라리의 뒤꽁무니를 보며 입을 벌렸다.

노련하게 방해꾼을 해치운 원은 몸을 돌리며 빙긋 웃고 있었다.

"기사 필요해?"

＊　＊　＊

"올라가자."

원이 손을 잡았다.

"나갈 준비 해야지."

"아, 음, 네."

은하가 그를 따라 올라갔다. 손을 놔주지 않는 바람에 얼결에 방 안으로 끌려 들어간 은하는 드레스 룸 문 앞에서 눈동자만 굴렸다.

'크다.'

벽에는 구두와 옷이 전시되듯 놓여 있었고, 중앙 서랍장 위는 유리판으로 되어 그 아래에 시계와 넥타이핀 등이 가지런히 정리돼 있었다.

원이 시계를 풀어 서랍장에 올려 두었다. 은하가 파란 시계에 시선을 주었다가 눈을 맞추자 그가 셔츠 단추를 잠그고 넥타이를 하나 꺼내 들었다. 그가 하는 양을 보던 은하가 팔짱을 끼고 고개를 기울였다.

원이 넥타이를 목에 맨 상태로 물었다.

"왜?"

은하가 고개를 저었다.

"그거 말고요."

은하가 다른 넥타이를 꺼내자 원이 받아 들었다. 그리고 둘은 잠깐 눈을 맞춘 채 멀뚱히 서 있었다.

"왜요?"

"해 주는 줄 알았는데."

"아니었는데."

은하가 장난스럽게 말하며 넥타이를 잡았다.

"그런데 저 정말 맬 줄 몰라요. 우리 교복 넥타이는 단추형이라서."

"가르쳐 줄게."

원은 우선 매듭을 잡으라며 설명했다.

"이렇게?"

"아니, 이쪽으로."

빙긋 웃은 원이 제 손으로 은하의 손을 잡았다. 그러고는 넥타이 매듭을 짓도록 움직였다. 어차피 이렇게 될 거 자기가 할 것이지. 속으로 투덜거리는데 원이 불현듯 말했다.

"이럴 거면 혼자 하라고 생각 중이네."

"와, 눈치 빠른 남자 싫다."

"거짓말."

그가 빙긋 웃었고 은하가 입을 삐죽였다.

"이제 올려요?"

"응. 그대로."

고개를 주억거린 은하가 천천히 넥타이 매듭을 조였다. 매끄럽게 올라가는 매듭을 따라 시선을 들어 올리자 원이 부드럽게 미소를 지었다.

수려한 얼굴에 잠깐 시선이 붙들렸던 은하는 정신 차리자며 눈을 피했다.

"그래서?"

"네?"

"하고 싶은 말, 있었던 것 같아서."

아, 짧게 신음성을 낸 은하가 눈을 한 번 깜빡였다.

"……아, 그거요."

은하가 눈동자를 굴렸다. 뭐라고 말하면 좋지.

원이 망설이는 은하의 표정을 관찰하듯 바라보았다. 그는 주춤거리던 은하가 입을 열려고 하자 이를 막았다.

"아니, 말 안 해도 돼."

"네? 왜요?"

원은 대답 대신 몸을 돌렸다. 어리둥절한 채로 그를 따른 은하는 손목이 잡힌 채 그를 올려다보았다. 묘하게 가라앉은 표정이 마음에 걸렸다.

원은 묵묵히 은하의 손목에 시계를 채웠다. 줄이 헐렁한 바람에 시계가 손목에서 대롱대롱 매달렸다.

"줄여야겠네."

원이 낮은 목소리로 읊조렸다.

"저는 시계 필요 없는데, 그보다……."

"줄여 줄게."

원이 그림같이 웃으며 몸을 돌렸다.

"이만 출발할까?"

은하가 그의 뒷모습을 보며 덩그마니 서 있었다.

* * *

이원이 어쩐지 이상하다.

"저기, 그……."

자신이 무슨 말을 꺼낼라 치면.

"하늘이 맑네."

"네?"

이런 식이었다. 계속 말이 막혀 무슨 이야기를 꺼낼 수가 없었다.

병원 주차장에 차를 세우자 뒤따라온 경호원들의 차도 거리를 두고 멈춰 섰다. 은하가 백미러로 이를 보는 사이, 원이 안전벨트를 풀고 차의 문고리를 잡았다.

"자, 잠시만요."

은하가 팔을 붙잡았다.

"할 말 있는데, 요."

"나가서 해."

"싫어요. 여기서요."

나가면 또 말을 돌리거나, 다른 쪽으로 정신을 돌리려 할 게 분명하다.

원이 작게 한숨을 내쉬었다. 은하는 혀로 입술을 축이다가 이로 입술을 잘근잘근 씹었다.

'이게 아닌데······.'

은하가 안절부절 못하는 기색을 숨기지 못한 채로 생각했다.

아니, 이럴 때는 내가 말하려고 안달이 나는 게 아니라, 내가 망설이고 저쪽에서 들으려고 안달이 나 있어야 하는 거 아니야?

이런 게 실전인가. 이게 바로 실제 남자 사람과의 교제란 건가. 어렵다.

잠깐 은하가 이론과 실제의 깊은 골을 느끼며 혼돈에 빠져 있는 동안 원이 싱긋 웃었다.

"은하 씨."

갑자기 왜 저렇게 부른담. 은하가 긴장한 채 떨떠름하게 대답했다.

"······네."

"할머니 뵈러 가야지."

"가야죠."

"가자."

그가 불시에 다시 문고리를 잡았다.

"아니, 잠깐, 잠깐만."

은하가 후다닥 몸을 날렸다. 거의 원을 껴안은 채로 그 위에 올라간 은하가 원의 얼굴을 붙잡았다.

"할 말 있다니까요?!"

원이 무슨 생각인지 알 수 없는 무표정으로 눈을 마주쳤다. 은하는 고개를 갸웃거렸다. 이 남자가 왜 이렇게 듣기를 피하려고 하는지 도통 알 수가 없다.

"꼭 해야겠어?"

원이 굳은 음성으로 물었고, 은하가 단호한 얼굴로 말했다.

"해야겠어요."

"……."

"그, 게요……."

갑자기 이렇게, 그것도 이런 포즈로 말하려니까 창피하긴 하네. 콩콩 뛰는 심장 박동을 느끼며 은하가 슬그머니 내려가려는데, 원이 허리를 굳게 붙들었다.

"저 일단 옆자리로 가서 말하면 안 될까요?"

"응, 안 돼."

"아……."

불만스럽게 코끝을 찡긋한 은하가 입을 꾹 다물었다가 다시 입을 열었다.

"아니, 뭐, 별건 아니고요. 좀 불안하다고 말하려 했어요."

"뭐가 불안해?"

그의 얼굴이 의아함으로 가득차기 시작했다.

"그게요……. 잘 모르니까, 나는."

은하가 한껏 고개를 돌린 채 횡설수설 입을 열었다.

"뭐를?"

"그러니까 내가 그, 원 씨가 찾는 사람이 맞는지."

"음?"

다른 사람이면 어떻게 해요. 은하가 좀 더 덧붙이자 원이 설핏 미간을 찌푸렸다.

"그거였어?"

"저한테는 무지하게 중요한 문제인데요."

왜 저렇게 별것도 아닌 것처럼 대꾸하는지, 나한테는 엄청난 건데. 은하가 눈매를 좁히고는 불만스럽다는 투로 말했다.

"그렇잖아요."

"응, 알았어."

원이 은하의 어깨에 이마를 묻었다. 목 안으로 낮게 웃는 소리가 들려왔다.

웃는 거야? 은하가 부루퉁한 얼굴로 미간을 좁혔다.

"아니야. 착각 안 하니까, 그런 고민 안 해도 돼."

"그걸 어떻게 믿어요. 그냥 감? 책에 그렇게 쓰여 있던 것 같아서? 실물도 없잖아요."

그가 고개를 들었다. 그러고는 은하의 오른쪽 손목을 들고 소매를 위로 잡아당겼다.

"이 상처, 12살 때 냇가에서 넘어졌던 거지?"

"아, 네…… 어, 어떻게 알았어요?!"

"꿈에서 당신이 말해 줬거든."

"제가요?"

"응, 좋아하는 음식도 전부."

"아, 어쩐지 이상하더라."

음식점에서 이상하게 좋아하는 음식들만 차려져 있다 했지. 은하가 어깨를 가볍게 밀치자 원이 살짝 힘을 주어 은하를 더 품 안으로 끌어안았다.

"난…… 당신이 날 받아 준 걸 후회하는 줄 알았어."

"하루 만에?!"

은하가 '고작 그것 때문이었어?'라는 얼굴로 되묻다가 조개처럼 입을 다물었다. 지금 서로가 서로의 고민을 하찮게 여기고 있는 순간인가……. 너도 너다, 박은하.

재빨리 표정을 갈무리한 은하가 원의 등을 토닥였다.

내가 망설이는 걸 다른 쪽으로 생각해서 그랬던 거구나.

"후회하는 거 아니에요."

"응."

원이 웃음을 터트렸다. 그가 은하의 등을 마주 두드리며 말했다.

"착각하는 거 아니야."

"……네."

서로 이렇게 얘기하니까 정말 별것 아닌 것처럼 느껴진다. 나름 심각한 고민이었는데. 소리 내어 웃은 은하는 눈동자를 굴리다 말을 덧붙였다.

"앞으로는 내가 무슨 말을 하든 일단 들어 주기."

"응."

"그리고 지금 나 풀어 주기."

쯧, 원이 짧게 혀를 찼다.

은하는 팔을 강제로 풀고 자리로 내려가서 문을 열었다. 그러고는 차에서 내리는 원에게 다가가 깍지를 끼고 손을 잡았다.

은하가 손을 아프게 꽉 쥐자 원이 싱글싱글 웃으며 팔을 허리에 감았다.

"음."

"왜?"

원이 걷기 시작하며 묻는 말에 은하가 엘리베이터를 보며 자그맣게 말했다.

"뭐가 어떻든, 다 털어놓는 게 생각만큼 나쁘진 않다는 걸 깨닫는 중이에요."

로비에서 할머니가 몇 호실에 입원해 있는지 확인한 은하가 원을 붙들었다.

"잠깐 저 화장실 좀 다녀올게요."

자연스럽게 따라오려는 원에게 은하가 고개를 저어 멈춰 세웠다.

"잠시만 병실 앞에서 기다리고 있어요. 앞에 의자 있을 테니까."

강아지도 아니고. 은하가 원을 올려다보며 눈을 가늘게 떴다. 아니, 강아지는 너무 귀엽지. 이 남자는 좀 더 야생의 짐승 쪽인가.

원은 금방 온다며 손을 내젓는 은하에게 무슨 일 있으면 꼭 경호원들에게 연락하라며 신신당부를 했다. 고개를 끄덕인 은하가 원과 반대편으로 발걸음을 움직였다.

잠깐 생각을 정리할 시간이 필요했다. 말하고 싶은 게 있었으니까.

꿈을 꿨다고. 전부, 솔직하게.

*   *   *

"구경 안 가 볼 거야?"

차트를 들고 로비를 걷던 한 간호사가 물었다.

"난 됐어. 걔보단 박민호가 낫더라. 걘 뒷소문도 안 좋다면서."

"그런 걸 믿어? 다 연예인 찌라시지."

연예인? 걸음을 옮기던 은하가 무심결에 얼굴을 들었다. 그러자 대화를 나누던 간호사가 이제 그만하라며 팔을 가볍게 잡았다.

은하가 무안한 듯 작게 웃고는 간호사에게 물었다.

"저, 화장실 어디 있죠?"

"아, 이쪽은 남자 화장실 방향이고요. 여자 화장실은 반대쪽이에요."

"감사합니다."

은하가 꾸벅 인사를 하고 돌아섰다. 간호사들이 웃으며 다시 복도를 지났다. 그리고 간호사들이 떠나가자마자 복도 끝 의자에 앉아 있던 한 남자가 은하를 보며 몸을 일으켰다.

'확실하게 얘기해야 되는데.'

너무 기대하게 했다가 내가 꾼 꿈이 그의 꿈과 다르다면 마음이 아플 터다. 은하가 꺾인 복도를 돌며 벽을 짚었다.

'일단 먼저 물어봐야 하나? 자세한 건 레리아나라는 이름밖에 모르고.'

맞아, 그렇지. 일단 둘이서 꿈을 맞춰 보자. 은하가 고개를 까딱였다.

'그러고 보니 이름이 뭐랬더라.'

그렇게 걷던 은하가 생각에 빠져 잠깐 발을 끌었다. 그러자 뒤에서 누군가의 발걸음 소리가 엇박으로 들려왔다.

"……?"

뭐지? 은하가 귀를 기울였다.

'누가 있나?'

은하는 벽을 짚어 가던 손을 내렸다. 그리고 눈을 아래로 내리깔 았다. 경계한 채 발을 다시 천천히 옮기자 뒤를 따르는 낯선 발소 리가 복도를 울렸다.

그 남자인가? 은하가 눈동자를 옆으로 굴렸다. 시야 끝에 낡은 운동화 코가 잡혔다. 남자인가- 확신할 수가 없다.

은하가 살짝 고개를 돌려 뒤를 보았다가 황급히 얼굴을 바로 했 다. 남자다.

'따라오는 건가.'

눈앞에 있는 여자 화장실의 팻말로 시선을 옮겼다. 복도를 돌아 그 끝, 조금 외진 곳에 위치해 있다. 그리고 간호사의 말에 따르면 남자 화장실은 분명 반대편이었다.

은하는 부자연스럽지 않게 주변을 살폈다. 여자 화장실은 복도 끝에 있기 때문에 비품 창고로 들어가는 문 외에 다른 곳은 보이지 않았다.

다른 때였다면 대수롭지 않게 여겼을지도 모르겠지만…….

스마트폰을 꼭 쥔 은하가 빠른 걸음으로 화장실로 들어섰다. 그 러자 뒤에서 걷던 남자가 다다닥 소리를 내며 따라 들어서는 소리 가 들려왔다.

은하가 이를 악물고 화장실 중앙에서 뒤를 돌아섰다. 남자가 화장실 입구에서 자신을 빤히 바라보는 은하의 모습에 당황한 듯 엉거주춤한 자세로 서 있었다.

"왜 날 따라다녀요?"

"뭐? 아, 아니, 나는……."

그때 경호원 둘이 일제히 화장실 안으로 들어왔다.

"아니! 지금 뭐 하는 거요!"

남자를 제압한 경호원이 은하에게 물었다.

"괜찮습니까?"

"예, 예. 전 괜찮아요."

"아는 사람이에요?"

은하가 남자의 얼굴을 보고 고개를 저었다. 코가 뭉툭하고 눈꼬리가 쳐진 중년의 남자였다.

"아뇨……. 오늘 처음 봐요."

"아니, 난 여자 화장실인 줄 몰랐다니까! 잠깐만, 아가씨! 아가씨 따라온 거 아니라니까?"

"이 사람이, 그걸 어떻게 착각해?"

남자는 자꾸 은하를 불러 젖혔고, 남자를 제압한 경호원은 애꿎은 사람은 왜 자꾸 부르냐며 화를 내었다.

반면 다른 경호원은 은하를 돌려세웠다.

"이따 경찰 오면 연락할 테니까, 일단 병실로 가 계세요."

"아, 네."

은하는 콩닥거리는 심장을 가라앉히며 화장실을 빠져나왔다. 드문드문 서 있던 사람들은 쩔쩔매는 남자와 그를 제압하고 있는 경호원들에게 시선이 팔려 있었다.

변태인가 봐, 라며 수군거리는 소리가 들렸고, 은하도 눈을 흘기며 고개를 갸웃거렸다.

변태인가? 그렇겠지. 화장실까지 쫓아 들어온 걸 보면. 목부터 손목까지 소름이 돋았다.

우선 원에게 연락을 하려고 할 때였다. 누군가 그녀의 어깨를 잡아챘다. 그 힘에 손의 힘이 풀리며 바닥으로 스마트폰이 떨어졌다.

"지금 뭐 하시는—"

은하가 그대로 허리를 숙여 스마트폰을 쥐었다. 뒤를 돌아서자 앞에 선 누군가가 벽을 짚었다. 그녀가 처음 알아챈 것은 남자에게서 지독하게 풍기는 술 냄새였다.

"하! 여기서 만나네."

"……?"

익숙한 목소리였다. 은하가 김주헌을 채 인식하기도 전에 그가 손목을 잡아끌었다.

"우리 할 얘기가 있지?"

그가 비품 창고의 문을 열어 안으로 밀어 넣었다.

"야, 이 발랑 까진 년아. 네가 몸 좀 팔았다고 내가 무슨 꼴을 겪었는지 알아?"

이 자식이 뭐라는 거야. 발랑, 뭐? 은하가 눈살을 찌푸렸다. 저한테 되도 않는 시비를 걸었다 호되게 당했으면서 또 멍청한 짓을 되풀이할 생각이 드나?

"김주헌 씨. 저한테 이러셔도 됩니까? CF 하나 말아먹은 걸로 부족했어요?"

김주헌이 픽 웃음을 터트렸다.

"이미 다 알아, 다. 별것도 없으면서 잘나신 이사님한테 베갯머리송사로 나 엿 먹인 거잖아."

다 안다니. 은하는 그제야 조각이 맞춰지는 느낌이었다. 그거구나, 내 뒷조사. 은하가 입바람으로 앞머리를 불어 넘겼다.

"그쪽이구나? 계속 내 뒤를 밟았던 사람."

은하는 손을 등 뒤로 넘겼다.

"그래, 나다. 날 말아먹게 한 대단한 집안이 대체 어디길래 싶어서. 그런데 뭐야, 쥐뿔도 없잖아! 어?!"

은하가 뒷걸음질을 치자 김주헌이 앞을 막아서며 천천히 다가왔다.

"말은 똑바로 해야죠. 부당한 갑질을 당하고 있던 절 이사님께서 도와주신 거고, 뭘 말아먹었든 그 모든 건 당신 행실 때문인 거고."

김주헌이 웃음을 터트렸다.

"말은 잘하네. 언제까지 그렇게 잘하려고 그래? 더 해 봐."

은하가 심상치 않은 기세에 입을 다물었다. 그가 품 안에서 손을 꺼냈다.

"야, 그 잘난 얼굴 망가지기라도 하면 네 이사님이 퍽이나 좋아하시겠어."

그가 한편에 쌓여 있던 부러진 빗자루의 대를 하나 쥐어 들었다. 그 옆에는 청소에 쓰는 약품 통이 쌓여 있었다. 경계경보가 울리는 것처럼 머릿속이 긴장으로 가득 차 있었다. 심장이 뛰는 것을 느끼던 은하가 물었다.

"끝났어요?"

그러곤 스마트폰을 들었다. 액정에는 동영상 촬영이 진행되고 있었고, 김주헌의 얼굴이 그대로 찍히는 중이었다.

"뭐 해요, 김주헌 씨. 인사 안 하고."

김주헌이 놀라서 폰을 빼앗으려고 손을 뻗었다.

어딜. 은하가 발끝으로 김주헌의 정강이를 세게 찼다.

"악!"

외마디 비명을 지른 김주헌이 정강이를 붙잡고 떨어졌다.

"김주헌 씨, 내가 멍청하게 듣고만 있을 줄 알았어요?"

"이게! 야! 너 정신 나갔어?"

이게? 은하가 혀를 차며 동영상을 저장했다.

"말조심해요, 김주헌 씨. 요즘 SNS가 정말 무섭잖아요. 지금도 뒷소문이 안 좋다는데 어떻게 감당하시려고 그래요."

"너!"

김주헌의 숨소리가 예사롭지 않았다. 은하는 그가 저를 덮쳐 폰에 저장된 영상을 지우려 들기 전에, 빠르게 덧붙였다.

"아, 그리고 이거 클라우드에 연동돼서 바로 전송되거든요. 지워도 소용없어요."

김주헌은 당황한 기색이 역력해 보였다. 그사이 은하는 몸을 쏙 빼내 문으로 급히 다가갔다.

김주헌이 자신의 머리를 쥐었다. 이게 아닌데. 그저 협박이나 하면서 벌벌 떠는 모습을 보며 화나 풀어 보려던 참이었다.

"야, 야- 너 원하는 게 뭐야, 어? 돈?"

은하가 문고리를 잡았다.

"야! 잠깐만!"

김주헌이 그녀를 따라왔다. 그가 다시 손목을 잡아채려 하자 은하가 손을 가슴으로 바짝 붙여 피했다.

"김주헌 씨. 흥분하지 말고 잘 생각해요. 따라오면…… 아시죠?"

쾅, 문을 닫은 은하가 문 앞에 등을 기댔다. 그리고 곧 등이 쭉 아래로 내려가며 그 자리에 쪼그려 앉았다.

'죽는 줄 알았네.'

그가 만약 확 정신이 나가서 무슨 일이라도 벌이려고 했다면…… 은하가 가슴에 두 손을 얹고 심호흡을 했다.

'괜찮아. 이제 괜찮아.'

은하의 손안에서 진동이 울렸다. 원이었다.

액정에 쓰인 이원짜리라는 글자를 본 순간 안도감이 밀려왔다. 그러고는 그런 자신에게 헛웃음을 터트렸다.

'아직 안 바꿨었지.'

그때 문 안에서 김주헌의 성난 고함 소리가 쩌렁쩌렁 들려오자 은하가 벌떡 일어났다.

"들었어요?"

은하는 전화를 받으며 최대한 사람들이 다니는 곳으로 움직였다. 원은 경호원들에게 먼저 연락을 받은 모양이었다.

"괜찮아요. 그보다 다른 놈이랑 만났는데…… 아, 지금 가요."

그렇게 은하가 계단으로 다가설 때였다. 돌연 등에 누군가의 손이 닿았다.

"어?"

무게가 계단 아래로 쏠리며 몸이 기울어졌다.

얼이 빠진 목소리에 귓가 너머로 원이 무슨 일이냐며 되묻는 소리가 들려왔다.

고개를 돌리자 얼굴이 새빨갛게 달아오른 김주헌이 두 손을 내밀고 서 있었다.

계단 근처에 있던 사람들의 비명 소리에 귀가 아플 정도였다. 누군가는 안타까움에 손을 뻗기도 했다.

무언가 낌새를 눈치챈 건지 수화기에서는 지금 가겠다는 원의 목소리가 들려왔다.

무심코 생각했다.

아, 언젠가 이런 일이 있었지 않았던가?

3장

Again

Again

괘종시계가 텅, 부딪히는 소리에 눈을 번쩍 떴다.

"아–"

팔을 움직이자 흔들의자가 앞뒤로 흔들렸다. 그녀가 몸을 일으키니 몸을 감싸고 있던 두터운 담요가 흘러내렸다. 엉겁결에 담요를 주워 들었다.

'담요?'

은하는 주위를 두리번거렸다. 흔들의자에 걸치고 있던 발을 바닥에 딛자, 구두 굽 밑에 폭신한 카펫이 밟혔다.

"아, 깨셨습니까? 죄송합니다."

허리를 곧게 펴고 선 노인이 짧게 묵례했다. 시계를 손질하고 있었는지 벽난로 옆에 괘종시계가 열려 있었다.

그녀가 멍하니 눈을 깜빡이다 고개를 저었다.

"……아, 아뇨."

"많이 피로해 보이시는데, 왕성에 사람을 보낼까요?"

곧 시아트리히가 그녀를 부르는 시간이었다. 기디언은 주저하는 것같이 머뭇거리는 제 주인에게 말했다.

"주인님께서 '형님한테는 안 가도 돼. 부른다고 매일 가 주니까 버릇이 나빠지잖아.'라고 전하라고 하셨습니다."

형님한테 버릇이라니. 버릇은 누가 없는 건가. 어이가 없어 픽 웃음을 터트리니 그가 인자하게 미소를 지었다.

"어떻게 할까요?"

"저 그보다 여쭤보고 싶은 게 있는데요."

예, 말씀하세요, 라고 말한 기디언이 괘종시계를 닫았다.

"누구시죠?"

"예?"

"여긴 어디죠?"

분명히 병원에 있었는데. 나쁜 놈한테 걸려서 계단에서 떨어진 것까지 기억나는데. 병실에 입원이라도 한 건가 생각했건만…….

은하가 기디언을 보며 어색하게 웃으며 말했다.

"병실…… 은 아닌 것 같고."

아무리 봐도 병실은 아닌 것 같다. 은하는 섬세한 무늬가 새겨진 벽난로와 벽지를 응시했다. 이렇게 호화찬란한 병실이 있을 리가. 반응을 보니 어쩌다 누군가에게 납치돼서 팔려 온 것도 아닌 것 같으니, 다행이라면 다행인데.

"그게, 무슨 말씀이신지."

"제가 지금 어디에 있는지, 그쪽 분이 누구신지 말씀해 주셨으면 해서요."

기디언은 딱 부러지게 말하는 그녀의 질문을 전혀 이해하지 못하고 있었다.

"여긴 응접실입니다……. 그리고 저는―"

"응접실이요?"

"혹시…… 아무것도 기억이, 안 나십니까?"

"예?"

그때 문을 열고 회색 머리칼에 붉은 눈동자를 가진 남자가 들어섰다. 은하가 어디서 봤는데― 라며 눈을 가늘게 뜨던 그때, 기디언이 아담을 향해 말했다.

"테일러 경, 지금 당장 주인님을 불러오십시오."

"……?"

아담이 어리둥절한 얼굴로 눈을 한 번 깜빡였다.

"경, 마님께서……."

은하가 '마님?'이라고 되물었고, 아담이 은하를 돌아보았다. 기디언이 아담의 옆에 붙어 귀엣말로 무언가를 속삭이자, 아담이 의아하단 얼굴로 미간을 살짝 꿈틀거렸다.

뭐지? 뭐 하는 거지? 내 얘기인 것 같은데. 어색하고 민망해진 은하가 소매를 만지작거렸다. 그러다 쇼에 나가도 될 정도로 화려하게 매달린 프릴을 보며 눈을 휘둥그렇게 떴다. 누가 이런 옷을 입혀 놨담.

그때 아담이 성큼 앞으로 다가왔다. 그가 무표정한 얼굴로 조용히 물었다.

"제 이름……."

"예?"

"아십니까?"

그가 은하의 눈을 뚫어지게 바라보았다.

"그을쎄요……. 그런데 그보다 저희, 만난 적 있죠?"

붉은 눈동자가 세차게 흔들렸다. 아담이 은하의 두 볼을 잡고 입을 뻐끔거렸다.

"경, 주인님을!"

기디언의 말에 아담이 그대로 창문으로 뛰어나갔다.

"경! 창문으로 말고, 문으로 좀……."

기디언이 열린 창문을 바라보다 한숨을 내쉬었다.

"저-"

기디언과 눈이 마주치자 은하가 다시 어색하게 웃었다.

"저 혹시 전화 좀 쓸 수 있을까요? 연락 안 하면 걱정할 사람이 있어서. 제 남자 친구가 기다리는데."

"남……."

가느다란 목소리를 내던 기디언이 베테랑 집사답게 크흠, 다시 목을 가다듬었다. 그는 숨을 가볍게 한 번 내뱉고는 다시 자상하게 되물었다.

"남자 친구 말입니까?"

"아, 예."

은하가 얼굴을 살짝 붉히며 고개를 끄덕였다. 기디언은 최대한 자연스럽게 말을 고쳐 주기로 했다.

"마님, 혹시 남편을 말씀하시는 겁니까?"

"네? 네? 아뇨!"

남편은 아니지, 남편은. 은하가 기겁을 하며 두 손을 저었다.

"남자 친구요."

은하는 다시 한번 쐐기를 박았다.

남자 친구? 남자 친구? 남자 친구란 폭풍우에 휩쓸린 것처럼 새하얗게 질린 기디언은 거의 쓰러질 것처럼 보였다.

"저, 저기요? 많이 놀라신 것 같은데, 저도 지금 제 상황이 혼란스럽긴 마찬가지라서요."

은하가 기디언을 향해 움직이자, 부드러운 드레스 자락이 함께 끌렸다. 와, 이거 장난 아니게 불편한데.

"여긴 어디인지부터 좀 알려 주시겠……."

궁금증을 해소하려던 은하는 문득 입을 벌린 채 말을 잇지 못했다. 그녀의 눈앞에 거울이 서 있었다. 은하가 거울을 보고 가만히 서 있자 기디언이 조심스럽게 그녀를 불렀다.

"마님?"

환상? 은하가 눈을 비볐다. 그러나 갈색 머리카락에 녹색 눈동자를 가진 미인은 사라지질 않았다.

"저기요."

"저 기디언입니다, 마님."

"예, 기디언……."

그녀는 듣는 둥 마는 둥 하며 더듬더듬 입을 열었다. 제가 생각한 그 상황이 맞는지, 먼저 확신을 해야 했다.

"제가, 누구죠?"

"레리아나 원나이트. 원나이트 공작 부인이십니다."

맙소사. 은하가 입을 벌렸다.

"……그, 레리아나요?"

　　　　　＊　　＊　　＊

　고개를 갸웃거리자 갈색 머리칼이 아래로 쏟아졌다. 은하는 거울을 보며 다시 고개를 반대쪽으로 기울였다.

　'흠.'

　은하가 '좋아, 얼굴은 마음에 들어.' 따위를 생각하는 중에 기디언이 큼큼 목을 울렸다.

　"주인님께서는……."

　은하가 놀란 토끼처럼 물러섰다.

　"네, 네."

　기디언이 한순간에 헬쑥해진 얼굴로 말했다.

　"……오고 계십니다."

　"아, 네."

　주인님이라면 그분인가.

　"마님, 혹 무슨 변고라도 있으셨습니까? 어딘가에 머리를 부딪치셨다거나."

　"네…… 일단은요."

　일단은 병원 계단에서 밀려 떨어졌으니까. 은하가 인상을 쓰고 고개를 기울이자 기디언이 황급히 몸을 움직였다.

　"당장! 주치의를 부르겠습니다!"

　그가 창백한 안색으로 바삐 응접실을 나서자, 혼자 남겨진 은하가 창틀에 걸터앉았다. 정말이지, 은하가 두 뺨을 그러쥐었다.

　"맙소사."

온갖 소리 없는 비명이 몸을 징징 울리는 느낌이었다. 뭐지! 대체 뭐지!

"꿈인가?"

이전에도 이런 꿈을 꾸고 있었으니까 실감 나는 꿈일지도. 뺨이라도 때리면 깰까. 은하가 제 뺨을 후려치려던 때였다.

'아니지.'

정말 이 모든 게 레리아나임을 기억하는 꿈이라면…….

은하가 손을 내렸다.

지금 깨야 할 필요가 있을까?

그 순간이었다. 창밖에서 자신을 바라보던 금빛 눈동자와 마주쳤다.

은하가 눈을 한 번 깜빡였다. 닫힌 눈꺼풀이 열리는 사이에도 그는 자신을 빤히 응시하는 채였다. 남자의 시선은 어쩐지 가슴 한구석을 간질거리게 했다.

은하가 무심코 손을 뻗었다. 손끝이 닿기 시작하자 남자가 가만히 눈을 감았다. 눈두덩이를 매만지는 손끝에 매끄러운 피부의 감촉이 느껴진다. 남자는 이전 꿈에서 보았을 때보다 선명했다. 새카만 머리 아래의 그린 듯 수려한 얼굴을 조심스레 쓸어내렸다.

별안간 심장이 조였다. 울컥, 눈물이 나올 것처럼.

그때 남자가 은하의 손등 위로 제 손을 겹치자 은하가 엉겁결에 손을 빼냈다. 남자의 시선에 은하는 어물어물 변명을 입에 올렸다.

"아니, 그, 저도 모르게…… 죄송……."

그가 조용히 입술을 달싹였다.

"……아무것도 기억이 나지 않으십니까?"

남자의 목소리는 듣기 좋을 정도로 낮았다.

"아, 그게……."

은하는 관자놀이 쪽을 손바닥 끝으로 통통 두드렸다. 도무지 제 상태를 설명하기 어려웠다.

"무슨 일이 있었습니까?"

서늘하게 묻는 남자가 그녀를 살살이 살폈다.

"병원 계단에서 굴렀는데…… 이상한 놈 때문에……. 아니, 그 전에 제가 레리아나고, 그건 알고 있는데……. 일단 꿈을 꿨으니까-"

그가 쉬, 라고 달래며 두 손으로 은하의 얼굴을 감싸들었다.

"천천히, 이름은 기억나십니까?"

"전 박은하예요."

박은하라는 이름을 듣자 남자의 눈에 이채가 서렸다.

"그리고?"

"레리아나로서의 기억을 되찾고 싶어요."

그래. 생각해 보건대, 지금 이 꿈은 레리아나로서의 기억을 되찾는 과정이 아닐까.

남자는 고개를 끄덕이며 말했다.

"도와 드릴까요?"

"저, 지금 기다리는 사람이 있는데요. 아까 회색 머리의 남자분이 찾으러 가셨는데, 아마 제 남편일……."

원이 말했던 대로.

레리아나의 남편이자 내 남자 친구일 사람을.

'그러고 보니.'

은하가 빠르게 눈을 깜빡였다.

'내심 이 사람일 거라고 생각했는데 아니었나?'

내가 설마 턱도 없는 헛다리를……

'싫다.'

설마 얼굴인가? 얼굴에 홀린 건가? 미안해요, 원 씨. 나란 여자……. 은하가 가혹한 자신의 현 모습을 마주하며 뼈를 깎는 듯한 자기 반성의 시간을 가지는 사이, 남자가 말했다.

"제가 도와 드린 걸 알면 남편분께서도 좋아하실 겁니다."

남자가 손을 쭉 뻗어 은하를 안아 창밖으로 꺼냈다. 은하가 엉거주춤 일어서며 물었다.

"그쪽 분은?"

음, 잠시 생각하던 그가 어깨를 으쓱이고는 말했다.

"아담이라고 부르십시오."

빙긋이 웃는 그에게서 원의 얼굴이 겹쳐 보였다.

그러나 분명 원은 아니었다. 그의 이름은 '노아'였으니까.

＊　＊　＊

"좋아하시던 곳입니다."

남자가 은하를 데려간 곳은 저택 한 끝을 도는 강줄기였다. 은하는 눈을 부릅뜨고 이곳저곳을 살폈다. 햇빛이 부서져 떠다니는 듯한 강은 분명 아름다웠으나……

"그런가요?"

사실 잘 모르겠다.

그는 배를 띄우고 손을 내밀었다.

"이맘때면 늘 배를 타시죠."

은하가 손을 잡고 배 위에 올라섰다. 배에 스며든 듯한 꽃향기가 풍겨 온다.

"배에서 꽃향기가 나네요."

"그런 편이죠."

눈을 내리깐 그가 나지막이 답하고는 노를 잡았다.

노를 젓는 모습이 익숙하다. 불현듯 밤의 강 위에서 노를 젓는 남자의 모습이 흐릿하게 겹쳤다가 신기루처럼 사라졌다.

'내가 좋아하던 곳……'

강 옆으로는 관광객들과 산책을 나온 사람들이 강을 바라보며 거닐었다. 누군가 그들에게 인사를 건넸다. 은하가 그들에게 손을 흔들었다가 배 끄트머리에 얼굴을 기댔다.

"아직 잘 모르겠어요. 내가 좋아하던 곳인지."

"그렇습니까?"

네, 라고 답하며 은하가 눈을 감았다. 강의 냄새, 그리고 꽃향기. 남자가 노를 저을 때마다 꿈속 그 사람의 잔상도 함께 스쳐 지나갔다.

"이대로 기억이 안 나면 어쩌죠?"

그 사람에 대해서도. 이 꿈에서조차 기억이 안 난다면.

"기억하고 싶으십니까?"

"네."

은하가 원을 떠올렸다. 뭘 생각하고 있을까? 걱정하고 있을까? 빨리 전부 기억해 내서 돌아갈 수 있다면 좋을 텐데.

그때 남자가 입을 열었다.

"조급해하지 마십시오."

조급해 보였나. 은하가 미간을 좁혔다가 작게 한숨을 내쉬었다. 그럴지도.

당연히 그럴 만하니까.

"줄곧 사랑하던 사람이 당신을 기억하지 못하면 어떨 것 같아요?"

"기다리겠죠. 기억할 때까지."

남자가 대수롭지 않다는 듯 말했다. 은하가 무릎을 모으고 앉아 눈을 마주쳤다.

"괴롭지 않겠어요?"

"글쎄요."

남자가 고개를 모로 기울였다.

은하가 낮은 목소리로 덧붙였다.

"아주 오랜 시간을 기약 없는 기대에 매달려야 한다면요?"

그는 잠시 침묵했다. 그러다 바람에 휘날리는 은하의 갈색 머리카락을 귀 뒤로 넘겨 주었다.

"저라면, 기약 없는 기대보다 사랑하던 사람이 사랑을 주던 기억에 매달릴 것 같습니다."

은하가 웃음을 터트렸다.

"제가 아는 사람이랑 비슷한 말을 하시네요."

그가 기분 좋은 듯 마주 웃었다.

초승달처럼 휘는 눈매, 그리고 그 안의 금빛 눈동자가 다시 가슴 언저리를 간지럽혔다.

그가 저쪽, 이리며 한곳을 가리켰다. 그곳에는 아담한 저택이 보였다.

"아―"

은하가 짧게 신음성을 냈다.

샴 케인 강이 아주 잘 보이는 노른자 땅의 저택. 거리의 화가가 이젤을 펴는 아름다운 강의 전경.

순간 쭈뼛 소름이 돋았다. 은하가 쿵쾅거리는 심장을 손바닥으로 꾹 눌렀다.

흩어진 퍼즐의 조각을 하나 맞춘 것 같다. 저곳은 맥밀런가의 저택이다.

2층, 강이 아주 잘 보이는 방은 레리아나의 방이었다.

'내 방.'

'내가 처음 눈을 뜬 곳.'

아침이면 늘 저곳에서 창문을 열었다. 그리고 매일 생각했지.

"약혼자가 날 죽이려고 했었죠."

그 자식, 아예 내가 먼저 죽여 버릴까도 생각했었는데. 은하의 말에 남자가 미소를 지으며 말했다.

"이제 그럴 필요 없어졌잖아."

그때- 보다 성숙해진 티가 나는 로즈마리가 방의 창문을 열었다. 기지개를 펴던 로즈마리는 곧 배를 띄운 둘을 발견하고는 반갑게 손을 흔들었다.

"언니!"

"로즈마리."

로즈마리가 맥밀런 부부를 부르는지 방 안으로 모습을 숨겼다. 곧 부부가 창으로 모습을 드러냈다.

배를 세우고 있던 남자가 허리를 숙여 인사했고, 맥밀런 부부가 웃으며 고개를 끄덕였다.

"레리, 집에-"

존데인이 집에 들렀다 가라고 말하려는데, 케이티가 존데인의 옆구리를 가격했다. 존데인이 백짓장처럼 희멀건 얼굴로 옆구리를 만지작거렸다.

"레리, 내일 집으로 오렴. 좋은 차가 들어올 거야."

"그래, 내일 오렴. 내일."

케이티가 말하자 존데인이 연신 고개를 끄덕이며 맞장구를 쳤다.

여전하시구나.

은하가 환하게 웃음을 지어 보였다.

"네, 갈게요."

* * *

"이쪽입니다."

저택으로 돌아온 남자는 은하의 손을 잡고 복도를 돌았다. 둘을 향해 고개를 숙이며 지나가는 고용인들을 보던 은하가 문득 걸음을 멈췄다.

'음?'

물을 뜨는 여자가 그려진 커다란 화병. 그리고 그 옆에 아주 어울리지 않는 저건…….

'미술품?'

은하가 눈매를 좁혔다. 눈에 들어온 것은 이곳과는 전혀 어울리지 않는 비늘이었다.

'비늘?'

잘못 본 건 아니겠지? 남자를 따라가던 채로 비늘을 향해 시선을 고정했다. 잘못 본 게 아니다. 분명히 색이 다른 비늘 3개가 전시되어 있었다. 그것도 아주 커다란 비늘이.

'왜 그러십니까?'라고 물으며 남자가 걸음을 멈추었다. 은하가 '이거―'라고 가리키자 남자가 비늘을 보면서 비죽이 웃었다.

"그건 마님께서 좋아하시던 겁니다."

"제가요? 이런 걸요?"

그럴 리가 없는데.

"드래곤을 좋아하셨거든요."

드…… 뭐? 은하가 입을 벌렸다.

"……제가 잘못 들은 거죠?"

그가 나직이 웃으며 고개를 숙였다. 그리고 귀에 대고 장난스럽게 속삭였다.

"정말 좋아하셨습니다. 저거."

힉! 은하가 귀를 세게 비비며 물러섰다.

그가 은하의 손을 잡아 비늘에 가져다 댔다.

"따뜻하죠?"

은하가 네, 라고 작게 답하며 고개를 주억거렸다.

'그 괴물들이 결국에는…….'

무심결에 무언가를 떠올리던 은하가 손을 마주쳤다. 아, 맞아. 결국에는 잡지 못했었던 것 같은데.

"그때 분명히 잡지 못했던 것 같은데."

"네?"

"못 잡았잖아요. 그―"

"토벌전?"

"토벌전!"

맞아, 그때!

남자는 그런 은하가 귀엽다는 듯 웃으며 머리를 쓰다듬었다.

"그 후에는 잡았죠. 세 마리나."

"세 마리요?"

"어찌나 조르시던지."

"말도 안 돼. 장난이죠?"

"글쎄요."

남자가 어깨를 으쓱이며 움직였고, 그녀가 황급히 남자의 뒤를 따랐다.

맞아, 토벌전.

꾸역꾸역 입혀 주는 옷을 껴입고 산맥으로 갔다.

노아와 함께.

은하가 남자의 뒷모습을 다시 한번 눈으로 좇았다.

＊　＊　＊

"눈, 이제 뜨셔도 됩니다."

"와—"

은하가 하늘을 보며 탄성을 내질렀다. 남자가 저택 안의 게이트를 넘어 안내한 곳은 돔으로 감싸진 순백색의 신전이었다. 연신 감탄성을 낸 은하가 기둥이 늘어선 정원을 둘러보던 때였다.

"그게 아니라니까!"

어린아이의 새된 목소리가 들려왔다.

"저기 계신가 보군."

남자가 몇 번 혀를 찼다. 은하가 어리둥절한 채로 고개를 갸웃거렸다.

둘은 소리를 따라 움직였다. 그에 따라 '조금 더 감각적이게 표현하지 못하겠냐!', '내 위엄은 뭐랑 바꿔 먹었기에 이렇게 비실비실하느냐!'는 등의 노성이 점점 더 크게 들려오기 시작했다. 옆에서 충분히 위엄 있게 표현되었다고 달래는 목소리도 들려왔다.

"누굴 만나러 가는 거죠?"

"할아버지시죠. 자칭."

남자가 '자칭'에 악센트를 넣어 말했다.

'자칭?'

은하가 신전 안으로 들어서자 하얀 머리칼의 아이가 다시 노성을 지르고 있었다.

"레리아나는 좀 더 사랑스럽게 표현하란 말이다!"

아이는 제 앞의 그림을 가리켰다. 그리고 이를 본 은하의 눈동자가 흔들렸다.

"저게…… 무슨…….."

"근 1년째 작업 중입니다. 숙원이라고 하시더군요."

저런 흉한 게? 은하는 무심코 나오려던 정직한 생각을 다시 삼켰다.

저런 거라고 표현한 그림은 2층 높이쯤 되는 거대한 벽화였다.

벽화에는 허리까지 오는 하얀 머리칼을 가진 아름다운 남자가 눈을 내리뜬 채 서 있었다. 한 손으로는 금색 지팡이를 들고, 한 손으로는 축복을 내리듯 손을 누군가의 머리 위에 대고 있는 모습이었다.

그런데 그 누군가가 아주 익숙한 사람이라는 게 문제였다.

갈색 머리칼에 무슨 천사라도 되는 것처럼 날개까지 달고서, 게다가 누군가의 주관이 들어간 게 분명함을 적나라하게 보여 주는 한껏 미화된 얼굴로!

"이렇게 말귀를 못 알아들어서야. 어째 손으로 그리는데 발가락으로 그리는 것보다 못해!"

화가는 이제 그만 때려치우고 싶다는 표정으로 붓을 움켜쥐었다. 얼마나 시달렸는지 손과 목에 힘줄이 도드라졌고, 눈에는 핏발이 서 있었다. 한 마디만 더하면 붓으로 살인이라도 할 것 같은 살기가 느껴졌다.

"성하⋯⋯."

화가가 화를 씹어 삼키듯 입을 꾹 다물었다가 다시 말을 이었다.

"잘 보십시오. 이 얼굴, 분명히 사랑스럽게 표현하고 있지 않습니까? 원본보다요."

"무슨 헛소리를 하는 게야! 당연히 실물이 훨씬 낫지!"

은하가 울먹이는 얼굴로 두 팔을 모아 잡았다.

'그만하세요⋯⋯!'

수치스럽다. 당장 뛰쳐나가서 그만하라고 만류하고 싶었다. 최근에 이렇게까지 수치스러웠던 적이 있던가. 저게 뭐야, 저 갸륵한 표정은⋯⋯ 저 날개는!

수치심과 함께 지난 기억들이 속속들이 떠오르기 시작했다.

성기사들을 불러 등장하던 히이카.

신성국 내에서 손잡고 제 동상을 보여 주던 히이카.

옆에 제 동상도 세워 주겠다며 우쭐거리던 히이카.

'맙소사…….'

은하가 얼굴을 두 손에 파묻었다. 남자가 걱정스러웠던지 은하의 어깨에 손을 올렸다.

"레리아나?"

"……기억나요. 내가 하지 말라고 몇 번을 말씀드렸는데……."

"150년 묵은 숙원이시라잖아."

남자가 웃음기 섞인 목소리로 답했다. 밉상. 은하가 불만스러운 얼굴로 그의 어깨를 밀었다.

"아니, 아니라니까! 레리아나는 조금 더-"

안 돼, 더 이상은. 그가 더 끔찍한 소리를 입에 담기 전에 은하가 소스라치며 히이카를 불렀다.

"할아버지!"

히이카가 놀란 눈으로 돌아섰다.

"저 왔어요."

은하가 천천히 앞으로 나아갔다.

놀라 둥그렇게 떴던 눈이 서서히 누그러졌다. 히이카가 미소를 지었다.

"오랜만이구나."

"예……. 정말."

은하가 그를 와락 끌어안자 히이카가 어깨를 토닥였다.

* * *

다음 장소로 이동하면서도 남자는 그다지 탐탁지 않아 하는 표정을 지었다. 조금 고민하더니 할 수 없다는 듯 움직이는 그를 따라서, 은하가 마차에서 내렸다.

장미가 무수히 핀 정원 앞에 선 은하는 잠시 멈칫했다. 코끝에 풍기는 장미향을 맡으며 눈을 깜빡이는데 남자가 그녀의 손을 잡고 이끌었다.

그는 지하로 가는 통로를 지나 석문을 열고 밖으로 빠져나왔다. 카펫이 깔린 긴 복도가 이어져 있었고, 맞은편 문 안에서는 박수 소리가 우레처럼 들려왔다.

"여긴 어디죠?"

"왕성입니다."

"왕성?"

"전하를 뵈러 온 거죠. 자주 교류가 있었으니까. 나름대로."

그가 정말 탐탁지 않게 말하던 그때, 문 안에서 남색 머리칼을 가진 남자가 사람들에게 둘러싸인 채 밖으로 나섰다.

나오미가 즉시 그 뒤를 따랐다. 그녀는 옆에서 제게 인사하는 귀족들에게 고개를 끄덕이며 발을 옮겼고, 시아트리히는 와인 잔을 하나 받아 마시면서 보폭을 맞추었다.

"이제 짐은 조금 쉬어야겠군."

시아트리히가 제법 근엄하게 말하자 귀족들이 다시 썰물처럼 빠져나갔다. 그렇게 다들 사라지니 그는 오늘 자신이 꽤 괜찮지 않았냐는 얼굴로 은근한 눈짓을 보냈다.

"괜찮았지?"

"20살 생일 때의 연설문과 오늘 연설 5번째 단락의 문장이 같습니다."

시아트리히가 짧게 혀를 찼다.

"즉흥적으로 했으니 그렇지. 레리아나 양이 안 오니까. 하여간 그대는 참 신기해. 어떻게 그런 걸 다 기억하는지 모르겠다니까."

"누구와는 다르게 머리가 좋거든요."

"누구?"

"……."

시아트리히가 뒤돌아 그녀 쪽을 향했다.

"누구?"

"……."

"나야? 설마 나 말하는 건가?"

"그럴 리가 있겠습니까, 전하."

"그래, 그렇겠지. 그대는 왜 그 좋은 기억력을 그런 곳에다 쓰는 거지?"

"전하께서 되도 않는 추파를 던지실 때마다 기억을 한 번씩 리셋하고 싶습니다."

"지금 그 말, 나 상처 주려고 한 말인가?"

"예."

흥, 콧방귀를 낀 시아트리히가 지팡이로 카펫 바닥을 두드렸다. 그는 지팡이에 몸을 기댄 채 나오미를 돌아보며 말했다.

"그 정도로는 약해. 나도 마음을 다스리는 훈련을 좀 했거든."

그가 짓궂게 웃었다. 그러자 나오미는 한껏 가소롭다는 얼굴로 말했다.

"영민하십니다, 전하. 이제 어느 정도 선까지는 올라오신 것 같군요."

"……어느 정도?"

"예."

"그 전에는 어느 정도였는데?"

"……."

"응?"

"……."

"뭔데? 날 어떻게 생각하고 있던 건데."

"……."

"왜 말을 안 해 주는 거야. 더 기분이 이상하다고."

"아, 잔에 와인이 모자라는군요."

"잠깐만. 이것만 말해 봐. 인간 이하야?"

"다녀오겠습니다."

"아니, 가지 말고 말해 봐."

"안 됩니다. 빈 잔은 전하의 위신과도 관련이 있는 부분입니다."

"그게 무슨 내 위신과 관련이 있다는 거야. 잠깐만, 나오미. 말해 주고 가. 나오미."

그러나 나오미는 매몰차게 뒤돌아섰다.

"나오미?"

시아트리히가 나오미를 뒤쫓던 그때였다.

"아, 오셨습니까."

나오미가 은하를 발견하고 빙긋이 웃음을 지었다.

"오늘은 안 오실 줄 알았는데……."

나오미가 말을 줄이자 시아트리히가 웃으며 은하를 반겼다.

"거참, 얼마만이야. 오랜만이네, 레리아나 양."

"일주일 만입니다."

시아트리히가 은하를 안으려고 하니, 남자가 앞으로 성큼 막아서
며 말했다.

"오랜만에 만난 것 같은 기분이란 뜻이지. 빡빡하긴."

대체 왕 대접은 언제 받을 수 있는 거야, 라며 시아트리히가 억
울하다는 듯 투덜거렸다.

"부인."

그때 나오미가 실밥이라도 떼어 내듯 시아트리히에게서 멀어져,
은하에게 귀엣말로 소곤거렸다.

"전하께서 부르신다고 자꾸 응하시면 더 부르십니다. 거절할 때
는 거절하셔야 해요."

누구랑 비슷한 소릴 하는데. 은하가 웃음을 터트리는데 하찮은
왕은 제 이야기를 한다는 걸 아는지 모르는지 해맑게 물어 왔다.

"결국 오늘은 결판을 내러 온 건가?"

"결판이요?"

"저번에 같이 두었던 바둑 말이야. 아주 비등비등했잖아. 물론
내가 조금 우세했지만. 그때 노아 녀석이 오는 바람에 제대로 승부
를 보지 못하고 중간에 끝냈지 않나. 어때, 이어서 할 텐가? 내가
다 기억해 놨지."

그녀가 답하기도 전에 '자, 가지.'라고 말하며 시아트리히가 콧노
래를 불렀다. 은하는 어쩐지 기시감을 느끼며 그를 따라 방으로 향
했다.

방 안에는 시아트리히가 그녀를 기다리고 있었던 흔적이 역력했
다. 은하는 시아트리히의 손짓에 따라 바둑판 맞은편에 자리를 잡

았다.

"내가 먼저 여기에 두었고-"

돌을 놓는 모양을 빤히 바라보던 은하가 그를 막았다.

"이 돌, 제가 둔 돌 아닙니까?"

"어허. 내가 다 기억한다니까."

"전하, 저번에도 저저번에도 그러셨죠."

그래, 시아트리히는 늘 그랬다. 몇 번 그의 수작에 당하다가 결국에는 수상함을 눈치채고 말았다. 나중에는 승부욕에 눈이 멀어서 대국이 중간에 끊기기라도 하면 미친 듯이 계보를 외우는 지경에 이르렀다.

계획에 차질이 생긴 시아트리히가 시무룩해진 얼굴로 지팡이를 짚어 일어섰다.

"그만하지. 흥이 식었어."

뒤에 서 있던 남자가 잘했다며 은하의 머리를 쓰다듬었다. 은하는 시아트리히에 대한 기억보다 대국을 지켜 냈다는 것에 내심 뿌듯해했고, 나오미는 토라진 시아트리히를 보며 옆집의 말썽쟁이 아이라도 본 것처럼 고개를 절레절레 저었다.

"뭐, 차라도 들고 가게."

나오미가 시녀를 불러들이는 동안 시아트리히가 창문을 열었다. 창밖에서 아이들 웃음소리가 들려왔다.

아이들? 은하가 고개를 갸웃거리며 창문 옆으로 다가갔다. 제 기억으로 시아트리히와 그의 비인 소로소 사이에 아이는 세이모어라는 왕자 하나뿐이었다.

아이들 소리가 들릴 리가 없는데……. 그녀가 궁금해하던 때였다.

시아트리히가 정원을 뛰노는 아이들을 보며 나지막이 말했다.

"벌써 세례식이군."

은하는 잘 차려입은 아이들이 시아트리히를 보며 꾸벅 인사하는 모습을 바라보았다.

은하가 조용히 대꾸했다.

"……세례식이군요."

그래, 이맘때쯤이면 귀족 가문의 아이들을 모아 세례식을 올렸다.

부모가 아이를 안고 제단 앞으로 간다. 그러면 신관이 저마다 아이들의 행복이나 건강 등을 기도하고 성수를 뿌렸다.

그녀가 참석했던 그날에는 히이카가 와 주었었다. 히이카 덕에 지방에서까지 세례를 받으러 수도로 올라오는 바람에 왕성은 축제처럼 인산인해였다.

'떠들썩했었지.'

부모님, 할아버지와 왕성. 은하는 조용히 모두를 되새겼다. 그러다 남자를 응시했다.

아주 중요한 사람들을 잊고 있었다.

"아리아랑 리노는요?"

* * *

은하는 저택의 정원 아래에 오도카니 앉아 있었다. 남자는 잘 설명하고 데려오겠다며 아이들의 방으로 들어섰다.

그래, 이런 상태로 애들 앞에 나섰다간 충격이나 줄 테지. 엄마의 기억이 지금 오락가락하고 있단다, 라고 말해 주긴 어려울 테니까.

'그렇지.'

은하는 한껏 심호흡을 했다.

최대한 기억해서 이상한 모습은 보이지 않도록. 어느 날 TV에서 기억력을 증진시켜 준다는 건강 프로그램에서 본 것처럼 손가락으로 두피를 자극하는 그때.

"더 줘야 한다니까."

무슨 소리가 들려오자 은하가 벤치에서 일어섰다.

아이들의 목소리였다.

"안 돼. 많이 주면-"

"리노."

익숙한 이름에 은하가 눈을 굴렸다.

'리노.'

살그머니 다가가 보자 한 묘목을 둘러싼 아이들의 모습이 보였다. 갈색 곱슬머리를 양 갈래로 묶은 8살가량의 여자아이와 검은 머리칼을 지닌 서너 살쯤의 남자아이였다. 여자아이는 물통을 품 안에 끌어안고 단호한 표정을 짓고 있었다.

"얘는 허약해서 물을 많이 먹어야 한다고. 학교에서 배웠어. 넌 학교 안 다니잖아."

여자아이, 아리아가 또랑또랑하게 말했다. 무려 엄마의 학교라며 자랑스레 덧붙이자, 리노가 학교를 다니지 못한 자신에게 충격을 받았는지 눈물을 글썽였다.

"나는- 나도- 학교-"

울먹이는 목소리에 아리아가 한숨을 폭 내쉬었다.

"울지 마."

그러다 리노의 머리를 쓰다듬어 주며 빙긋 웃었다.

"리노, 누나 말 들어야지?"

아이의 미소에 은하가 어깨를 딱딱하게 굳혔다. 뭐지, 이 기시
감. 누구랑 너무 닮았는데.

울음을 그칠 듯 말 듯 하던 리노가 눈을 굴렸다. 그리고 곧 은하
와 눈이 마주쳤다.

"엄마?"

그녀 품으로 작은 아이가 아장아장 뛰어온다. 금색 눈동자에 검
은 머리칼을 가진 리노라는 아이는 자신을 호위 기사로 소개한 남
자와 꼭 닮아 있었다.

"엄마!"

품에 안긴 리노가 귀엽게 웅얼거렸다. 리노를 안은 은하는 헛웃
음을 터트렸다. 자신이 외도를 한 게 아니라면 제 남편이 누군지
참 적나라하다.

그 뒤로 아리아가 튀어 나가 은하를 껴안았다. 아리아는 아까
의 미소는 온데간데없이 순진무구한 표정으로 볼을 비볐다. 어처
구니가 없던 마음도 곧 작은 체구와 따스한 체온이 순식간에 날려
버렸다.

"뭐 하고 있었어?"

은하가 자리에 쪼그려 앉았다.

"물."

"나무에 물 주고 있었어요."

아리아가 제 키만 한 나무를 가리켰다.

"큰할아버지가 축복하고 가셨으니까 금방 자라겠죠?"

히이카는 아이들에게 자신을 큰할아버지라고 부르도록 종용했다.

"그래."

리노가 만 한 살이 되던 날, 키이스는 외국에서 귀하게 취급한다는 묘목을 선물로 주었다.

나무가 크면 하얀색 꽃잎이 눈처럼 떨어진다는 이야기에, 아이들은 기대하며 묘목을 애지중지했다. 그러나 토양이 바뀌어 그랬는지 몰라도 묘목은 몇 년 동안 자라는 모양새가 영 부실하기만 해서 아리아와 리노는 걱정이 많았다.

그러다 비가 많이 오던 어느 날, 아리아와 리노가 비바람으로부터 나무를 지켜야 한다며 몰래 나가 있던 바람에 한바탕 크게 앓아 누운 일이 있었다.

키이스는 쓸데없는 선물이었다는 노아와 시아트리히의 비난에 자숙한다며 잠적했고, 아이들이 아프단 소리에 한달음에 달려온 히이카는 묘목에 제 힘을 잔뜩 불어넣어 주었다.

아이들의 사랑과 대신관의 축복을 듬뿍 받고 자란 묘목은 무척이나 빠르게 성장했다.

그리고 시간이 흘러 아리아가 소녀의 태가 나고, 리노가 노아를 점점 닮아 갈 때쯤, 묘목은 커다란 나무가 되어 그늘을 드리웠다.

시아트리히는 나무 그늘이 꽤 마음에 들었는지 성으로 부르기보던 직접 찾아오기 일쑤였다. 아담은 주로 찾던 계수나무보다 이 나무의 가지에서 낮잠 자는 것을 즐기기 시작했다.

휘튼은 아이들을 위해 나무에 그네를 매달아 주었다.

아리아가 그네에 앉고, 아리아의 말이라면 껌뻑 죽는 동생이 된 리노가 등을 밀어 준다. 좀 더 세게 밀라며 아리아가 소리치면 리노가 끙- 소리까지 내 가며 등을 밀었다.

다른 가지에 앉아 있던 아담은 막아야 하나, 말아야 하나 안절부절못한 채 몸을 일으켜 앉았다.

"리노! 좀 더 세게-!"

퍽.

말이 끝나기도 전에 아리아가 떨어졌다.

지켜보던 레리아나가 놀라 달려가는데 누군가 뒤에서 손을 잡아당겼다.

"갈 필요 없어."

그녀를 붙든 노아가 앞을 고갯짓했다.

멀리서 지켜보던 기사들과 고용인들이 하얗게 질려 달려가는 중이었다. 노아는 그대로 레리아나를 껴안은 채 어깨에 얼굴을 기댔다.

아리아가 기사들과 고용인들 사이에서 힘겹게 빠져나오며 레리아나를 끌어안았다. 노아가 아리아를 대신 안으려고 하자, 아리아가 레리아나의 옷깃을 꽉 잡은 채 놓지 않았다.

리노도 울면서 다가와 레리아나에게 안겼다. 노아가 리노를 안으려고 하니 리노가 레리아나 뒤로 빙글 돌아갔다.

애들을 대롱대롱 매단 채로 레리아나가 노아를 노려보자 그가 어깨를 으쓱 들어 올렸다.

"응석 받아 주면 버릇 돼."

아리아에게 춤을 추자며 다가온 남자아이에게 몰래 으름장을 내쫓아 버린다거나, 장난기 많은 시아트리히가 리노에게 골탕을 먹이면 어떻게 알았는지 늘 되갚아 준다거나 하면서, 겉으로는 늘 이런 식이었다.

"이제 좀 솔직해지시죠. 공작님."
"늘 솔직한데."

노아가 다가와 짧게 입을 맞췄다.

"봐."

레리아나가 그의 뻔뻔함에 작게 웃음을 터트렸다. 그 뒤로 나뭇잎은 정말 눈송이같이 흩날렸다. 그렇게 함께…… 나이를 먹었다.
"걱정하지 마. 나무는 아주아주 커질 거니까."
은하의 말에 리노가 함박웃음을 지었다. 아리아도 아이처럼 웃으며 묘목을 쓰다듬었다.
"마님!"
은하가 몸을 일으켰다. 멀찍이에서 회색 머리칼의 아담과 앤슬리, 휘튼, 기디언이 달려오고 있었다.

"아깐 죄송해요, 테일러 경."

아담이 안도한 기색으로 고개를 끄덕였다. 기디언이 떨리는 목소리로 물었다.

"이제 괜찮으십니까?"

"네, 괜찮아요, 기디언."

기디언이 한결 걱정을 던 얼굴로 가슴을 쓸어내렸다.

"마님! 저도 기억하십니까? 기억하시죠?"

"네, 휘튼 경."

은하가 고개를 끄덕였다. 그리고 뒤쪽에 선 앤슬리에게 미소를 보였다.

"앤슬리 경."

그녀가 마주 웃으며 묵례했다.

그때 뒤에서 나직한 목소리가 들려왔다.

"여기 있었네."

남자가 그들에게로 다가왔다. 리노가 제 아빠에게 손을 흔들었다. 은하는 팔짱을 끼며 고개를 기울였다.

"이제 오셨네요, 남편님."

노아가 눈을 깜빡이다가 느슨히 입가에 미소를 지었다.

"제가 좀 늦었군요, 아내님."

노아가 레리아나의 손을 맞잡으며 팔짱을 풀게 했다.

"기억이 없는 아내에게 재밌는 장난을 치시더군요."

"재밌었어?"

머리카락을 넘겨 주며 싱긋 웃는 모습에 그녀가 미간을 찌푸렸다.

"언제쯤 그 고약한 성격이 고쳐질까요."

"글쎄. 다시 태어나면?"

"아닐걸."

"맞을걸."

은하가 눈매를 가늘게 좁혔다.

"정말 아주 오랜 시간이 지나도 바뀌지 않는 것도 있던데요. 뭐."

"어떤 게?"

"누구 성격이라든가."

안 바뀌던데. 아주 소나무처럼. 은하가 혀를 찼다.

"꼭 보고 온 것처럼 말하네."

노아의 말에 은하가 잠시 입을 다물었다. 그녀는 곧 고개를 끄덕였다.

"보고 왔거든요. 전부."

"……?"

의아한 기색의 노아가 눈을 마주쳤다. 은하는 노아를 한번 보고는 아리아와 리노를 한 번씩 끌어안았다.

이제 모두 기억한다. 모두, 어느 누구도, 어느 하나도 빠짐없이 사랑했다.

은하는 일어나서 노아의 손을 붙잡았다.

"가 볼게요."

은하가 노아의 손을 꼭 잡았다가 힘을 풀었다.

"기다리는 사람이 있어서."

순간 덜컹거리는 열차의 소리가 들렸다. 그리고 약속을 전하던 남자의 말도.

* * *

　그녀는 엉덩이께에 고통을 느끼며 상체를 일으켰다. 엉덩이뼈에서 허벅지, 그리고 손바닥까지 욱신거렸다.

　높은 고도에 들어선 것처럼 멍한 귓속에는 고동 소리 외에는 아무것도 들리질 않았다. 은하는 무성 영화를 보는 것처럼 사람들의 입이 움직이는 것을 바라보았다. 그녀는 눈을 돌려 그들 사이에서 한 사람을 찾았다.

　'어디 있지.'

　순간 소리가 한꺼번에 쏟아져 들어왔다.

　"학생, 괜찮아?"

　"이게 무슨 일이야."

　"괜찮아요?"

　뻐근한 엉덩이를 툭툭 털며 머리를 흔들자 사람들이 괜찮느냐는 물음을 던져 왔다. 은하는 괜찮다고 말하며 큼큼 목을 가다듬었다. 시간이 많이 지났다고 생각했는데 아주 찰나였던 모양이다.

　계단 위를 올려다보니 사람들 사이를 헤치며 의료진 한 명이 허겁지겁 오고 있었다. 은하가 달려오는 의료진에게 괜찮다는 뜻으로 손을 내밀었다.

　"학생, 그래도 모르니까 검사라도 해 봐. 병원인데."

　인자한 인상의 아주머니가 거들었다.

　은하는 고개를 저었다.

　"지금 꼭 찾아야 하는 사람이 있어서요."

그녀는 정말 괜찮다고 단호하게 말하고는 계단을 뛰어 올라갔다. 인파 사이에서 몸을 이리저리 돌리며 빠져나왔다. 복도를 지나 계단을 한 번 더 건너다 은하의 발걸음이 서서히 늦추어졌다.

시선 끝에 스마트 폰을 귀에 대고 서 있는 남자의 뒷모습이 보였다. 누구를 찾는지 두리번거리는 모습에서 초조한 기색이 묻어났다.

수화기에 대고 '어디 있어?'라고 묻는 그에게 소리 죽여 다가갔다.

"뒤에."

원이 뒤를 돌아보았다. 은하가 배시시 웃으며 그의 등을 끌어안았다.

"찾았다."

은하가 그렇게 말하며 끌어안자 안도하듯 긴 한숨이 머리 위에 내려앉았다.

그가 전에 왜 그런 표정을 지었는지, 그 답을 이제야 알겠다.

은하가 이마를 기댔다.

"노아."

* * *

폰이 바닥으로 떨어졌다.

떨어지는 소리가 병원의 복도를 울리자, 원은 주먹을 쥐듯 손을 모았다. 긴장으로 차가워진 손끝은 아직 체온이 돌지 않아 차가웠다. 그러나 제 등에 닿은 체온은 아주 따뜻하다.

원이 천천히 몸을 돌렸다. 은하는 그대로 원의 몸을 안고 있는 채였다.

원은 무언가 말할 것처럼 입을 열었다. 그때 은하가 고개를 들어 눈을 맞추었다. 그는 입을 벌린 채 눈을 한 번 깜빡였다.

은하가 레리아나로서의 모든 걸 기억한다면?

사실 원은 그런 상황이 오면 어떠할지 그동안 깊이 생각해 본 적이 없었다. 체념하듯 기억하든 못 하든 괜찮다는 생각만 반복해서 해 왔으니까.

한편 은하는 고동 소리를 듣는 것처럼 원의 가슴에 귀를 댔다.

"노아."

은하가 다시 한번 이름을 불렀다. 심장이 뛰는 건지 멈춰 버린 건지 가늠할 수가 없다.

이제야 실감한다. 전부 기억해 주길 바랐구나, 하고.

원은 계속 아무런 말도 꺼내지 못한 채였다.

은하가 두 손으로 그의 얼굴을 감싸 쥐었다. 그녀는 엄지로 눈매를 쓰다듬었다.

"왜 그랬어요."

원이 가까스로 목소리를 내어 물었다.

"뭘?"

"그냥 기억하지 말지."

"어떤 걸?"

"전부."

원이 웃는 듯 마는 듯 옅게 미소 지으며 말했다.

"약속했잖아."

그때, 그 기차에서. 속삭이는 것처럼 작게 덧붙인 원이 허리에 팔을 감았다.

"평소에는 다 지키지도 않으면서. 왜 이런 것만."

원이 손바닥으로 은하의 머리를 툭툭 두드렸다.

"왜 그렇게 말해?"

은하가 볼멘 목소리로 작게 말했다.

"……속상해서."

모질게 굴었던 내가 미워져서.

"솔직하지 못하네."

울컥, 다시 무언가를 얘기하려던 은하가 입을 꾹 다물었다. 사실 솔직하지 못하다. 지금은. 그 마음을 다 읽은 것처럼 원이 낮게 웃었다.

원은 은하를 다시 품에 추슬러 깊게 안았다. 그가 귓가로 고개를 숙이고 물었다.

"다시 얘기해 봐. 솔직하게."

"보고 싶었어요."

"또."

"끝."

"끝?"

은하가 몸을 빼자 원이 손을 잡았다. 눈을 내리깐 그가 천천히 고개를 내렸다.

"아직인데."

"미안해요."

긴 손가락이 턱을 가볍게 쥐고 들어 올렸다. 은하가 그를 따라 얼굴을 들어 올렸다. 원이 은하와 눈을 맞췄다.

"또."

원이 다른 답을 채근했다. 제일 듣고 싶었던 말이 아직 나오지 않았다는 것처럼.

"사랑해요."

은하가 눈을 감자 곧 부드럽게 입술이 맞닿았다.

*　*　*

"공 좀 주워 주세요."

원은 제 구두코 앞으로 굴러온 야구공을 집어 들었다. 들고 있던 수화기 너머에서 비서의 놀란 목소리가 들려왔다.

– 그럼 은하 씨는 괜찮으십니까?

"크게 다치지는 않았습니다. 사람들이 꽤 몰려 있어서 구르진 않았던 모양이더군요."

원이 웃으며 환자복을 입은 아이에게 공을 던져 주자, 아이가 부끄럽게 웃으며 공을 받아 들었다.

– 저, 이사님?

"예."

– 괜찮으십니까?

비서가 의아하다는 목소리로 물어왔다. 그렇게 애지중지하던 애인이 계단에서 떠밀렸다는데 묘하게 목소리가 밝았다. 웃는 것처럼.

"네, 저는 괜찮습니다만."

원이 대수롭지 않다는 듯 대답하면서 정원의 벤치에 앉았다.

"그보다 김주헌 쪽은 확실하게 처리 부탁합니다."

– 예, 예……. 알겠습니다.

비서가 도저히 알 수가 없다는 듯 갸웃거리며 전화를 끊었다.

원은 벤치 등받이에 팔을 기댄 채 병원의 창문을 바라보았다.

은하가 김주헌을 만났으며 그 후에 계단에서 밀렸다기에 원은 당장 의사에게 진료를 받길 권했다. 그러나 은하는 별거 아니라며 곧 죽어도 의사에게 보일 필요는 없다며 손사래를 쳤다.

원은 그렇다면 자신이 휠체어를 끌고 할머니의 병실까지 운송해야겠다고 진지하게 주장했다. 단칼에 묵살 당했지만. 그리고 정원에서 기다리라며, 병실까지 따라오지도 말라는 엄벌에 처해졌다.

원은 짧게 혀를 찼다.

그냥 따라가겠다고만 할걸. 아까까지는 무슨 말이든 들어줄 것처럼 굴었던 은하가 그렇게 빨리 이성적으로 돌아올 거라고는 예상치 못했다.

살짝 실망한 기색으로 원은 비서에게 동영상을 전송했다.

김주헌에 대한 이야기를 들었을 땐, 그는 이미 병원을 빠져나간 후였다. 원은 당장 그를 잡으려 했지만 은하가 그를 말리며 동영상을 건넸다.

동영상을 받은 제 비서는 그의 명령을 착실히 수행할 것이다.

'흠.'

원은 조금 탐탁지 않은 얼굴로 팔짱을 꼈다.

전생의 기억과 비교해서 원으로서 사는 것은 꽤 나쁘지 않으나 가끔 이렇게 불만족스러운 것들이 있었다. 거슬리는 이들을 처리하는 일이라거나.

물론 그저 복잡해졌을 뿐 마음만 먹으면 굳이 못 할 일도 아니지만.

그때 은하가 유리문 너머로 모습을 드러냈다. 원이 다정한 미소를 머금었다. 그녀는 누군가를 찾는 것처럼 두리번거리다 원을 발견하고는 손을 흔들었다. 원이 마주 손을 들었다.

'알면 싫어할 테니까.'

원이 은하를 데리러 가기 위해 일어서는데 마침 은하가 누군가의 부름이라도 들은 것처럼 몸을 돌렸다.

"……?"

원이 몸을 일으키며 고개를 기울였다.

문 앞에서 은하가 낯선 남자와 즐거운 듯 이야기를 나누고 있었다.

'누구지?'

남자가 은하의 머리 헝클어트렸다. 은하가 주먹으로 그를 밀어냈다. 그러고는 빨리 가라며 손을 흔들었다.

아무래도 그냥 아는 사이는 아닌 것 같다. 원이 설핏 미간을 찌푸렸다. 들떴던 기분이 다시 가라앉기 시작했다. 아무래도 그녀가 싫어할 일을 하지 않는 것에 조금 애로 사항이 있을 것 같다.

저 남자의 정체에 대해 이리저리 생각해 보던 그가 은하의 머리를 쓰다듬었던 남자의 손을 뚫어지게 응시했다.

손이 큰가?

"많이 기다렸어요?"

어느새 다가온 은하가 앞에 서 있었다.

"뵙고 왔어?"

빙긋이 웃는 원의 입술에 시선을 주었던 은하가 '아, 네네.'라고 하며 얼굴을 붉혔다. 사실 방금 그 진한 스킨십 탓에 이렇게 가까이에서 얘기하는 게 조금 부끄러웠다. 그래서 할머니 병실에도 혼자 가겠다며 떼어 놓고 왔는데…….

'결혼까지 한 사이잖아. 뭐 어때.'라고 나오기 전에 수십 번 되뇐 후건만, 막상 만나니 또 머릿속이 엉망이다.

괜찮아, 뭐 어때, 사귀잖아!

은하는 다시 마음을 다잡으며 닥치는 대로 이 말, 저 말을 꺼내기 시작했다.

"정정하시더라고요. 오늘 아침에 결과 나왔는데 별 이상 없으셔서 곧 퇴원하실 거래요."

그러던 은하가 문득 말을 멈추었다.

원은 제 말을 듣는 둥 마는 둥 하는 채 다른 곳에 시선을 고정하는 중이었다. 왜 그러지? 그의 시선을 따라 고개를 돌리자 제 사촌 오빠의 등짝이 있었다.

은하는 사촌 오빠의 등과 원의 눈을 한 번씩 돌아보았다.

'등, 뚫리겠다.'

사촌 오빠는 뭔가 시선을 느꼈던지 주위를 두리번거리다 등을 긁적였다.

왜 그렇게 쳐다보냐고 물으려는데 원이 먼저 물었다.

"저 남자야?"

"네? 저 남자?"

원이 눈을 가늘게 뜨며 못마땅한 기색을 가감 없이 내보였다.

"그, 전에 말한-"

"전에?"

원이 손을 폈다.

"나보다 손도 크다고 말했던, 그때 그 사람."

손? 손이 큰 사람?

"아—"

문득, 지난번 자신이 했던 그 망언이 머릿속을 스쳐 지나갔다.

원이 탐탁지 않다는 얼굴로 은하를 응시했고 은하가 필사적으로 시선을 피했다.

"아아, 그 손 큰 남자? 아—"

은하가 말을 버벅대면서 침을 삼켰다.

큰일 났다.

"꿈을 꿔서 그런 거예요. 꿈속에서 아주 멋진 남자가 나와서."

"있어요, 잘생기고. 손도 크고. 또, 잘생기고……."

은하가 휘청거리며 두 손으로 입을 가렸다.

'내가 왜 그랬지?'

그때는 그저 지기 싫어서 아무 말이나 꺼냈는데 그 남자가 알고 보니 아주 잘 아는 이였다. 그 남자가 내 앞에 있는 이 남자라는 걸 알았다면 절대 그런 말 안 했을 텐데.

"저 남자 맞아?"

그가 고갯짓으로 한 남자를 가리켰다.

"아, 아니에요. 사촌 오빠예요, 사촌 오빠. 할머니 병실에서 만났어요."

"그래? 안 닮았는데."

"그, 그야 고모의 아들인데 오빠가 고모부랑 닮아서. 그래도 고모랑 같이 서 있으면 고모도 많이 닮았어요. 입매가 완전 똑같고……."

내가 왜 이렇게 변명해야 되는 거지.

"흠, 그래?"

"뭐 그런 걸 다 기억하고 그래요. 가요."

새하얗게 질린 은하가 원의 팔을 잡아끌었다.

아, 내가 왜 그랬지.

왜 그런 말을 했지.

잘 모르면 가만히 있어야 중간은 가지.

"그럼 누군데? 그 남자는?"

너다, 너!

은하가 목구멍까지 치솟아 오르는 자백을 눌러 참았다. 이 남자가 그 사실을 아는 순간. 한 달, 아니, 1년은 놀림감으로 삼아서 괴로워질 게 분명하다.

"모르는 사람이에요. 평생 만날 일 없는 사람이고."

"평생?"

원이 되묻자 은하가 격하게 고개를 끄덕였다. 원은 그 말을 어떻게 해석했는지 만족스런 얼굴로 고개를 끄덕였다.

괜찮아, 따지고 보면 거짓말은 아니니까. 이 세상에 없잖아.

은하는 그 남자의 정체를 자신만이 아는 비밀로 간직하기로 했다. 평생.

* * *

"흐음."

도서관 앞 자판기 옆에서 은하가 스마트폰의 액정을 이리저리 넘겼다. 포털 창은 이미 김주헌, 김주헌 폭언, 김주헌 폭력 사건 등의 검색어로 도배된 상태였다.

'생각보다 훨씬 더 빠르게 퍼지네.'

동영상을 퍼트린 후 고작 며칠이었지만, 김주헌이 한 여성을 계단에서 밀었다는 목격자와 CCTV 등이 연이어 올라오는 바람에 김주헌의 이미지는 나락으로 떨어졌다.

은하는 그 여파로 자신에게도 뭔가 귀찮은 일이 생기지 않을까 걱정했다. 그러나 수사차 자신을 찾아온 경찰 외에 제 주위는 거짓말처럼 조용했다.

물론 누구 덕인지는 어렴풋이 짐작하고 있었다.

'못 봤네. 그 후로.'

은하가 액정을 아래위로 밀며 작게 한숨을 내쉬었다. 자신이 보낸 '도서관이요.'라는 마지막 문자 이후로 대화는 끊겨 있었다.

기억을 되찾은 건 좋았는데 김주헌 사건 때문에 조사를 받느라 시간을 빼앗기고, 시험 기간이 겹쳤고, 원도 그 일처리 때문인지 좀처럼 만날 시간을 잡지 못했다.

'보자고 하지도 않고.'

은하가 들고 있던 캔을 구겨 쓰레기통에 던져 넣었다. 시험 기간이라 만나자는 이야기도 하지 않는 건가. 먼저 보자고 했으면 못 이기는 척 그냥 봤을 텐데.

'그런 눈물 나는 재회를 했으면 말이야. 먼저 보자고 조르기도 하고 그래야지.'

맞아, 그래야지. 투덜거리며 자리로 돌아온 은하는 제 자리 위에 벨벳으로 싸인 작은 상자가 놓여 있는 것을 발견했다.

'뭐지?'

뚜껑을 열어 보니 시계가 모습을 드러냈다. 파란 시계판이 형광 등의 불을 반사해 반짝 빛났다. 은하가 시계를 들고 바깥으로 뛰어 나갔다. 그러나 시계를 주고 간 이는 어디에도 보이질 않았다.

왔으면 얼굴 좀 비추지.

바로 전화를 걸었지만 원은 전화는 받질 않고 공부 열심히 하라 는 문자만 남길 뿐이었다.

은하는 부글거리는 속을 가라앉히고 집으로 떠났다. 열심히는 무슨!

* * *

"다녀왔습니다."

집에 도착하자마자 반긴 것은 도진의 목소리였다.

"왜 이렇게 늦어? 11시도 넘었는데."

딸 단속하는 아버지처럼 말꼬리를 늘이던 도진이 은하의 손목에 시선을 고정시켰다.

"시험 기간이라서 도서관 다녀오느라고. 엄마는?"

"데이트겠지. 그 시계 뭐야? 형님이 주신 거냐?"

"형님?"

"어, 원이 형님."

왜 저렇게 홀로 내적 친밀감이 높으실까.

그런 은하의 생각은 아는지 모르는지, 넋 놓고 시계를 훑듯이 돌 려보던 도진이 돌연 물었다.

"너는?"

"나?"

"뭐 드렸냐고."

"어…… 반찬?"

은하가 미간을 찌푸렸다. 생각해 보니 고작 그것뿐인가. 반찬도 엄마가 해 준 건데. 은하가 자신이 너무 무신경하게 받기만 한 건 아닌가 고민하는데 도진이 끼어들었다.

"아니, 형님 탄신일이시잖아. 뭐 안 드렸냐는 거지, 내 말은."

탄신일? 은하가 얼굴을 와락 구겼다.

"뭐? 그게 무슨 소리야?"

"몰랐어?"

"오빠가 생일을 어떻게 알아, 그런 걸로 뻥 좀 치지 마."

"뻥?!"

도진이 두고 보자는 표정으로 스마트폰을 집어 들었다. 그러고는 무언가를 검색하는 듯하더니 눈앞에 화면을 들이밀었다.

"봐."

내심 불안한 기색이던 은하가 폰을 빼앗아 들고 액정에 뜬 프로필을 확인했다.

4월 17일.

"……?!"

오늘이잖아……! 은하가 도진의 폰을 떨어트렸다.

"야, 야!"

이게 얼마짜린데! 도진이 괴성을 지르며 떨어진 폰을 주워 드는 사이, 은하는 방으로 달려가 가방만 가지고 냅다 현관으로 뛰어갔다.

"박은하! 어디 가, 이 밤에!"

"나 잠깐만, 잠깐만 나갔다 올게!"

＊　＊　＊

"여기서 세워 주세요."

택시 기사에게 서둘러 돈을 내민 후에 은하가 바로 문을 향해 뛰기 시작했다.

울고 싶다.

생일이라면 자고로 커플 3대 이벤트 중 하나 아닌가. 밸런타인데이, 크리스마스, 그리고 생일.

은하는 초인종을 눌렀다. 익숙한 목소리가 '누구세요.'라고 묻자 은하가 전투적으로 입을 열었다.

"저예요, 은하."

― ……뭐?

당황한 기색이 역력한 원의 목소리가 들렸다. 곧 문이 열리면서 원이 뛰어나오는 소리가 뒤이어 들려왔다.

그가 문 앞으로 나와 은하를 살폈다.

"웬 일이야? 이 밤중에 연락도 없이."

원이 손목시계를 재차 확인하며 말했다.

"전화 안 받았잖아요."

"무슨 일 있어?"

"아뇨, 아무 일도 없어요. 그보다 중요한 걸 잊을 뻔해서."

"응?"

아직이지? 은하는 아직 12시가 되지 않은 것을 확인했다.

"가요."

은하가 원의 손을 잡고 밖으로 나왔다. 그러고는 근처 빵집으로 들어가서 제일 커다란 케이크를 골랐다.

"초는 몇 개 담아 드릴까요?"

"28개? 29개?"

미국 국적인가? 그럼 만 나이로 따져야 하나? 어느 나라 나이로 따져야 하는지 고민하던 은하가 '그냥 30개 주세요.'라고 주문한 뒤 계속 시간을 확인했다.

집까지 가야 하는데!

11시 58분임을 확인하고 사색이 된 은하는 근처 인적이 드문 담장 앞에 섰다. 그리고 쪼그려 앉아 케이크를 꺼내 초를 마구잡이로 꽂은 후 성냥에 불을 붙였다.

"불어요."

원은 갑작스레 제 앞으로 들이밀어진 케이크 앞에서 당황한 채였다.

"빨리, 빨리."

은하가 울상으로 재촉하니 원이 엉겁결에 초를 불어 껐다.

이제 됐어? 라는 얼굴로 바라보자, 은하가 그제서야 조금 안도한 기색으로 숨을 내뱉었다.

"생일 축하해요."

"생일?"

"네, 생일이라면서요. 나와 있던데, 프로필에."

"그래?"

원의 덤덤한 반응에 은하가 인상을 구겼다.

"왜 말 안 했어요?"

"그것 때문에 온 거야?"

"왜 말 안 했냐니까요."

"나한테 별로 중요한 일이 아니라서 그랬어."

진짜 생일인지 아닌지도 모르고. 원은 굳이 뒷말을 보태진 않았다. 그러자 은하가 그를 쏘아보았다.

"나한테는 중요한 일이잖아요."

그녀가 단호하게 말하자 원이 바람 빠지는 웃음소리를 냈다.

"그걸 몰랐네."

"그렇게 오래 같이 살았는데 아직도 중요한 걸 모르시네."

언제 숙지하실지, 라며 은하가 고개를 저으니 원이 손을 잡아 왔다.

"그러게. 그렇게 오래 같이 있었는데."

그가 손을 만지작거리며 말을 곱씹었다.

곧 원이 생글생글 웃으며 초를 가리켰다.

"그런데, 초 30개잖아."

"아."

다 꽂아 버렸잖아. 울상이 된 은하가 초 하나를 빼서 손안으로 숨겼다.

"이건 없던 걸로 해요."

"나 28살인데."

"이것도."

은하가 다시 초를 하나 더 숨겼다. 은하는 자신을 빤히 바라보는 원을 향해 박수를 쳤다.

"28살 생일 축하해요."

"제일 중요한 걸 모르네."

원이 짓궂게 말하자 은하가 반박할 말을 찾지 못하고 어물거렸다.

"아니, 이건 정말……. 몰라서 그런 게 아니라……."

알았어, 알았어, 라고 원이 초를 가지고 와 제 주머니에 넣었다.

은하는 뚱한 얼굴로 원을 올려다보았다.

"이제부터 알려 줘야죠. 전부."

"응."

원이 은하를 보며 낮게 웃음 지었다.

은하가 케이크를 다시 박스에 포장하고 몸을 일으키더니, 손을 잡아 원을 이끌며 걸었다.

"미국 국적이에요?"

"응."

원이 케이크를 받아 들려 하자 은하가 케이크를 넘겨주며 검지를 까딱거렸다.

"그럼 28살이라고 소개하면 안 되죠. 한국 나이로는 엄연히 29, 30살일 텐데."

친구들 앞에서 소개할 땐 분명히 28살이라고 했으면서.

"난 외국인이잖아."

"음, 그건 그런데……."

그렇게 되는 건가. 은하가 고개를 모로 기울였다. 원이 능청스레 어깨를 으쓱이며 그런 거지, 라고 답했다.

"호칭은 뭐라고 부르는 게 좋아요?"

"여보?"

은하가 자연스럽게 무시하며 말을 이었다.

"원 씨, 원 님, 원 오빠, 그리고 이원짜리."

"음, 자기?"

원이 웃으며 말하자 은하가 마주 웃으며 말했다.

"이원짜리로 할게요."

원이 쯧, 혀를 찼다.

"다 왔네."

그때 은하가 집 문 앞에서 원을 휙 돌아보았다.

"내일 일하죠?"

"아니. 어디 갈까?"

제대로 생일을 챙겨 주지 못했으니 어디 가고 싶은 마음은 차고 넘치긴 하는데……. 잠시 고민하던 은하가 눈을 게슴츠레 하게 떴다.

"안 잘려요?"

"잘릴 리가."

"그렇게 놀면서 괜찮은 비법이 뭐예요?"

"알고 싶어?"

"아니, 뭐, 그런 건 아닌데."

"이리 와 봐."

원이 대단한 비밀이라도 가르쳐주겠단 것처럼 은하를 부르며 섰다. 은하가 미심쩍은 표정으로 다가갔다.

원이 좀 더 가까이 다가오라며 재촉하자 은하는 마지못해 귀를 댔다. 그가 어깨를 끌어안아 귀에 바람을 불며 속삭였다.

"잘하면 돼."

은하가 소름 돋는다며 밀어내니 원이 멀리 가지 못하게 끌어안았다. 은하도 슬며시 등을 마주 끌어안았다.

"내일 봐요. 일 끝나고."

"저녁 늦게일 텐데."

"같이 저녁 먹어요. 영화 보고."

"참을 수 있어?"

"누굴 식탐도 못 참는 사람으로 만들고."

"그런 줄 알았지. 내가 모르는 게 많잖아."

나 참, 이 남자한테는 이렇게 꼬투리를 잡힐 만한 건수를 주면 안 된다니까. 은하가 이를 악물고 거세게 그를 밀어냈다.

"그만 갈게요. 너무 늦었어."

시계를 확인한 은하가 손을 흔들었다.

"저 콜택시 불러서 갈 테니까 들어가세요."

그때 대문 앞을 한 번, 그리고 손을 흔드는 은하를 한 번 멀뚱히 보던 원이 돌연 물었다.

"들어올래?"

"뭐예요. 라면 먹으라고?"

"응."

"무슨 뜻인지도 모르면서."

은하가 웃으면서 손을 내저었다. 그러자 원이 고개를 기울였다.

"아는데?"

엥? 은하가 눈을 깜빡였다.

"나보고 한국말 잘한다면서."

원이 은하의 손에 깍지를 낀 채 문 앞에 섰다.

"라면 먹고 갈래?"

그가 달콤한 목소리로 물어 왔다.

아, 장난이었는데. 입을 꾹 다문 은하가 마른침을 삼켰다.

"싫어?"

그에 얼굴을 붉힌 은하가 눈을 내리깔았다.

"그으, 아뇨. 괜찮아요. 사양할게요."

그리고 눈을 이리저리 굴리더니 낮게 혼잣말하듯 내뱉었다.

"오늘은 오빠가 여기 온 걸 다 아니까–"

머뭇거리는 목소리가 다시 한번 들려왔다.

"–다음에요."

* * *

"시험 기간 아니야? 팔자 좋다. TV나 보고 있고."

은하가 고개를 들자 도진이 삐딱하게 서서 그녀를 내려다보는 중이었다.

"시험 끝났어."

"잘 봤어?"

"그럭저럭."

"쟤도 잘나가더니 어쩌다 저렇게 됐냐."

도진이 TV 속의 기자 회견을 보며 은하 옆에 자리를 잡았다.

스크린에는 침울한 기색의 김주헌이 마스크를 벗어 올리는 중이었다. 도진이 채널을 바꾸려 하자 은하가 리모컨을 빼앗아 들었다.

"너도 김주헌 좋아했어?"

"싫어했지."

무슨 그런 말도 안 되는 소리를. 은하가 고개를 저었다. 김주헌이 죄송하다며 고개를 숙여 사과함과 동시에 기자들의 셔터 음이 동시다발적으로 터졌다.

은하는 '여대생 A양'이나 '김주헌'의 이름이 오르락내리락하는 걸 가만히 보며 고개를 기울였다. 크게 다친 곳도 없고, 걱정할까 봐 굳이 가족들에게는 얘기하지 않았는데.

사람이란 게 그렇다.

"있잖아, 오빠."

가만히 있을 수 없을 정도로 입이 근질근질할 때가 있다.

"왜."

"이건 비밀인데."

"뭔데."

"김주헌 저렇게 된 거, 나 때문이다?"

도진이 은하에게로 고개를 돌렸다.

"어?"

"내가 그랬어. 저 여대생 A가 나야."

도진이 입술을 꿈틀거리며 은하를 지그시 바라보았다. 그러고는 딸기를 입에 던져 넣었다.

"……아, 그러냐."

퍽이나 너겠다, 란 말투였다. 도진이 리모컨이나 내놓으라며 손을 흔들었다. 은하는 리모컨을 엉덩이 뒤로 밀어 넣은 후에 다시 입을 열었다.

"그리고 이건 더 큰 비밀인데."

"어."

"나 전생에 되게 예뻤어."

도진이 은하를 물끄러미 바라보며 딸기 꼭지를 접시 위에 올려 두었다.

"……."

도진은 애가 아픈 건지, 시험을 망쳐서 현실에서 도피하는 건지 가늠하는 모양이었다.

"정말."

은하가 다시 한번 강조했다. 그러자 도진이 슬그머니 일어나 은하의 이마에 손을 올렸다.

"애가 열이 있는 건 아닌데."

"게다가 귀족이었어. 돈 많은 귀족. 석유 부자였거든."

"……한국에서 석유가 나냐?"

"우리나라는 아니지, 당연히."

"뭐, 그럼 네가 아랍 공주라도 돼?"

"왕족이 아니라 귀족이라니까. 로컬라이징하면 양반댁 규수."

하여간 신분제 사회에서 살아 보지 않은 사람은 이래서 안 돼. 은하가 도진을 타박하며 딸기의 꼭지를 땄다.

그러자 도진이 은하를 번쩍 들어 옆자리에 팽개치고는 리모컨을 차지하며 말했다.

"야야, 네가 전생에 돈 많은 양반이었으면, 나는 왕이었다."

"……뭐?"

으휴, 한숨을 쉰 도진이 진저리를 치며 고개를 저었다. 은하가 들고 있던 딸기 한 알을 다리 위로 떨어트렸다.

"……시아트리히?"

"엄마 오셨다. 어, 형님도 같이 오시네."

오다 주웠다며 원과 함께 온 어머니를 맞이하러 도진이 현관으로 움직였다.

설마, 아니겠지. 은하는 의심 가득 찬 눈으로 도진의 뒤통수를
바라보았다.

* * *

놀이터에서 어머니와 우연히 마주친 이후, 원과 함께하는 가족들
의 저녁 식사는 이제 그렇게 특별한 일도 아니었다.

저녁 식사를 마치고 원이 차를 세워 둔 곳까지 함께 가기 위해 엘
리베이터를 타던 중 돌연 그가 입을 열었다.

"오빠랑 싸웠어?"

은하가 도진을 바라보는 묘한 시선을 느낀 모양이었다. 눈치는
빨라. 은하가 툭 말을 뱉었다.

"오빠가 전생에 왕이었대요."

"……?"

처음에는 무슨 소리를 하는지 이해하지 못하는 기색이었던 원이
이내 의심스럽게 입술을 떼었다.

"시아트—"

"아니에요. 왕은 무슨."

박도진이 시아트리히라니. 상상만 해도 소름끼치는데.

"그렇겠지……."

원이 말을 줄였다.

마침 지하 주차장에 엘리베이터가 멈췄다. 은하가 먼저 걸음을
옮겼다.

"그래서 좀 궁금증이 생기더라고요."

"어떤 게?"

"전부 여기에 살고 있을지. 우리가 여기에서 다시 태어난 것처럼."

"글쎄."

원이 잠시 입을 다물었다가 말을 이었다.

"그렇다 해도 잊었겠지. 전부."

"그렇겠죠."

우연과 우연이 겹치지 않는 이상은 알 수 없으리라. 지금 우리가 서로를 기억할 수 있었던 것도, 아주 기적 같은 일일 테니까.

"우리도 언젠가는 전부 잊어버릴까요?"

"지금이 행복하면."

"행복하면?"

"지난 추억을 되새길 시간이 점점 줄어들 테니까."

"아쉽다."

원이 위로하듯 은하의 머리를 가볍게 쓸었다.

은하가 스마트폰을 꺼내 들었다. 그녀는 카메라 화면에 둘의 얼굴이 나오도록 바꾼 후에 원의 옷깃을 잡아당겼다.

"웃어요."

"갑자기?"

"생각해 보니까 우리 사진 찍은 적 없잖아요."

당신 사진은 많이 찍었다고 말하려던 원이 재촉하는 은하의 기세에 입을 다물었다. 은하가 '빨리–'라며 옷깃을 재차 당기자 그가 빙긋이 미소를 지었다.

"가식적이다."

"웃으라면서."

"찍을게요."

원이 미소를 지우자 은하가 활짝 웃으며 액정을 길게 눌렀다. 연달아 터지는 셔터 음이 주차장을 울렸다.

* * *

원이 인터폰을 들자 익숙한 반찬통이 화면을 가득 메우고 있었다. 그가 웃으며 누구냐고 물으니 은하가 얼굴을 빼꼼 내보였다.

"반찬 배달이요."

문을 연 원은 반찬통을 받아 들다가 은하가 다른 손으로 쥐고 있는 것을 발견하고는 물었다.

"노트북?"

"오빠 거예요."

"왜 가져왔어?"

"그냥, 사라지면 아쉬울 것 같아서."

소파 위에 철퍼덕 앉은 은하가 가방에서 액자를 꺼내 테이블 위에 올려 두었다.

"이것도."

"무슨 소리야, 그게?"

원이 액자를 집어 들었다. 그러고는 액자에 꽂힌 사진을 보며 이내 입꼬리를 올렸다. 액자에는 지난번 주차장에서 함께 찍었던 사진이 인화되어 담겨 있었다.

"커피? 차?"

"녹차요."

원은 반찬통을 냉장고에 담은 뒤 포트에 물을 올렸고 은하는 책상다리를 한 채 노트북을 다리 위에 두었다.

하얀 바탕에 검은 커서가 반짝거리는 걸 보던 은하가 고개를 들었다. 원이 소파 등받이에 팔꿈치를 기대고 노트북을 내려다보는 중이었다.

"뭐 쓰려고? 과제?"

"일기."

"일기?"

일기가 맞으려나. 은하가 눈을 굴리며 말을 이었다.

"그 비슷한 거?"

"레리아나의 기억을 쓰려고?"

은하가 그걸 어떻게 알았냐며 표정을 일그러트렸다. 원이 엄지로 은하의 눈매를 쓸면서 나직이 웃음소리를 냈다.

"다 알아."

못 속인다니까. 은하가 피식 웃으며 노트북을 안으로 바짝 끌어당겼다.

"이제 잊어버리고 싶지 않아서요."

만났던 사람들, 있었던 일들과 슬프고 기쁘고 가슴 뛰었던 감정들 전부. 시간이 지나면 대부분이 퇴색되고 바래 사라질 것이다. 하나 그녀는 어렵게 되살린 기억들을 그렇게 허망하게 사라지도록 놔두고 싶지 않았다.

"지금의 모습은 사진으로 남길 수 있으니까."

원이 액자에 다시 한번 시선을 두며 웃었다.

"그건 써서 간직하게?"

"블로그에 올릴 거예요. 혹시나 우연이 겹치면 누군가 알아볼지도 모르니까."

흐음, 콧소리를 낸 원이 선선히 고개를 끄덕였다.

"그래서, 뭐부터 쓰게?"

"음……."

뭐라고 적을지는 지금 처음 생각해 본 거라 잘 모르겠는데……. 은하가 눈을 감은 채 팔짱을 꼈다.

그러자 대답을 기다리던 원이 뭘 고민하느냐는 듯 '노아'라고 적기 시작했다. 타자 소리에 눈을 뜬 은하가 노트북을 옆으로 빼 들었다.

"물 끓어요."

원이 어깨를 으쓱 들어 올리며 차를 타러 움직였다.

노아라는 이름을 가차 없이 지운 은하가 다시 음, 이라며 신음성을 냈다. 빈 문서를 앞에 둔 채 생각에 잠기자 그녀를 힐끔 훔쳐보던 원이 찻잔에 물을 부으며 큰소리로 말했다.

"제일 먼저 생각나는 사람부터 쓰면 되잖아."

생각나는 거라……. 은하가 허벅지에 팔을 올리고 턱을 괴었다. 제일 먼저 생각나는 사람은 노아, 라고 쓰면 또 역시 나라는 둥, 다 알고 있었다느니 귀찮게 굴겠지.

놀리는 데 이골이 난 남자 때문에 반골 기질이 되살아난 은하는 원이 제일 마음에 들어 하지 않을 인물들 중에서 하나를 골랐다.

하얀 여백에 '히이카 데민트'라고 적은 후 '아름다운'이라는 수식어를 덧붙이는데, 어느새 다가온 원이 옆에서 백스페이스를 눌렀다.

"뭐 하세요?"

"정정."

원이 '아름다운'이라는 글자를 모두 지워 버린 뒤 찻잔을 건넸다. 은하가 녹차를 받아 홀짝였다.

'아름다운'이라는 수식어는 좀 그런가. 남잔데.

은하가 타자기를 다시 두드렸다. '히이카 데민트' 뒤에 '잘생긴'이라고 적자, 원이 옆에서 다시 백스페이스를 눌렀다.

"또."

은하가 손을 잡아 막으니 원이 그대로 손을 들어 은하의 어깨 위에 올려놓았다.

"정정."

반강제로 껴안는 자세를 취하게 된 은하가 인상을 와락 구겼다.

"뭐가 정정이에요. 잘생긴 거 맞는데."

"못생겼어."

"억지 부리지 마요."

"내가 언제?"

"지금."

"그랬나."

원이 은하를 안고 어깨에 턱을 괸 채 싱긋 웃었다. 은하가 하지 말라며 얼굴을 밀었다.

"아, 이러다 한 글자도 못 쓰겠다."

"그냥 쓰면 되지."

"그냥 쓰고 싶은데, 누구 씨가 자꾸 방해를 해서 말입니다."

"누구?"

"있어요. 이원짜리 씨라고."

"아닐걸."

"맞을걸."

"아닐—"

"이제 그만."

은하가 원의 입을 틀어막았다.

"그럼 프롤로그부터 써요. 블로그에 프롤로그 적는 곳 있어요."

양손을 들어 은하를 풀어준 원이 고개를 끄덕였다. 자유를 되찾은 은하는 몇 가지 문구를 골랐다.

은하가 이것저것 문구를 쓰면 원이 지우고 다시 쓰고, 보다 못한 은하가 다시 지우고 다시 쓰고를 반복했다. 둘은 그렇게 한참을 실랑이를 하다 마침내 한 구절에서 합의를 보기로 했다.

[지난 일들을 함께 추억하는 모든 사람들에게.]

"이렇게 끝?"

"음……."

잠시간의 고민 끝에 은하가 가볍게 타자기를 두드렸다.

그녀가 노트북을 들어서 내밀자 원이 웃음을 터트렸다.

"이제야 마음에 들어요?"

"이러면 더 마음에 들고."

그가 노트북을 넘겨받고 은하의 볼과 입에 잘게 입을 맞췄다.

이제 그만하라며 웃음을 터트리는 은하를 안고 원이 저장 버튼을 눌렀다.

두 번째 구절, 마침표 끝에서 커서가 깜빡였다.

[그리고 노아에게. 내 모든 사랑을 담아.]

(그녀가 공작저로 가야 했던 사정 - 외전 1부 완결)

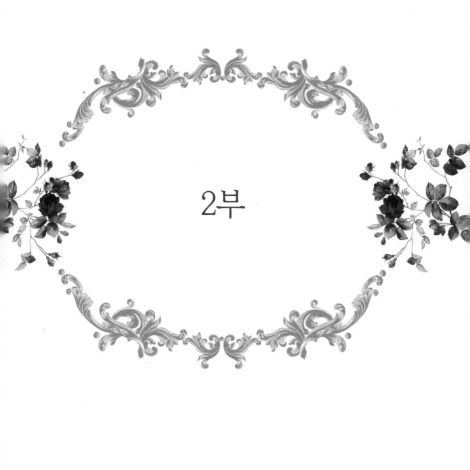

2부

4장

아리아

아리아

이 쪼끄만 악마가 이틀 만에 또 오다니, 불길하다. 세이모어 체이머스는 책을 덮으며 제 앞의 소녀에게 시선을 옮겼다.

갈색 머리의 앳된 소녀는 그의 의자에 걸터앉은 채 팔과 턱을 책상 끄트머리에 기대고 있었다. 분명 새로 사귄 친구와 온천 여행을 간다고 들은 것 같은데, 내 바람이 만든 헛된 꿈이었나.

세이모어가 고뇌하는 중에 아리아 윈나이트가 턱을 기댄 상태에서 눈동자만 올려 그를 바라보았다. 동글동글한 눈과 오목조목한 이목구비. 다른 이들이라면 예쁘다 여겼을 얼굴이 그에겐 마물 같았다.

세이모어가 아리아와 어울리게 된 지 어언 12년이었다. 귀여운 건 외모뿐이란 걸 잘 알고 있는 바였다. 결코 알고 싶지는 않았지만……

웬일로 오자마자 침묵을 지키는 걸 보며 세이모어가 불안한 기색으로 침을 삼켰다.

"오늘은 또 무슨 일이야?"

아리아, 라고 작게 부르자 둥근 눈이 휘고 자그마한 입술이 올라 갔다. 그녀는 날이 갈수록 점점 더 레리아나를 닮아 갔다. 세이모어가 감상에 빠진 순간 아리아가 입을 열었다.

"꿈 깨세요, 왕자님."

세이모어가 뜨끔한 얼굴로 어깨를 움츠렸다.

"뭐?"

"어제 엄마가 성에 들르셨다면서요."

"그…… 그런데."

"들었거든요. 왕자님께서 몰래 꽃다발을 선물했다는 걸."

젠장. 세이모어가 속으로 한숨을 내쉬었다. 그것 때문이구나. 아리아가 온천에 간다는 소리에 방심한 나머지, 어제 원나이트 부인에게 자신의 마음을 조금 표현했을 뿐인데. 이 악마 같은 여자애는 그 순간을 놓치지 않고 득달같이 달려 들어왔다.

레리아나가 자신의 생명의 은인이라는 사실을 알게 된 후부터 시작된 호기심은 그녀를 흠모하는 감정으로까지 번져 갔다.

물론 부인에게는 노아라는 세기의 악당이 붙어 있었지만, 세이모어에게는 노아보다 자신이 오래 살 거라는 실낱같은 희망이 존재했다. 단연컨대, 연하의 이점이었다.

누구에게도 알리지 않고 간직하고 있던 풋사랑이다. 그러나 아리아는 이 사실을 기민하게 눈치챘다. 어릴 적부터 엄마 사랑이 각별했던 그녀는 제 엄마를 노리는 세이모어를 매번 조롱하기 일쑤였다.

"온천은 왜 안 갔어?"

화제를 돌려 보려고 했으나 아리아는 그녀답게 제 할 말을 이어갔다.

"객관적으로 말이에요. 왕자님께서는 아빠에 비해서—"

아리아가 회중시계 추처럼 고개를 좌우로 까딱이면서 그를 지긋하게 보고는 말을 이었다.

"—미달이시잖아요. 유하게 표현해서."

어디가 유한데? 유하기는커녕 마치 시퍼런 칼날 같았다.

"그러니까 이제 우리 엄마에 대한 연모는 그만 접으시는 게 어떨까 해서요. 꿈 깨라고 말씀드린 거예요. 유하게 표현해서."

"전혀 유하지 않잖아."

그저 미달이라고 표현한 것뿐이니 유하지 않느냐, 라고 천연덕스럽게 말하는 아리아가 원망스럽다. 늘 그렇듯.

사실 원나이트 부인이 공작을 버리고 자신에게 올 확률이 아주 낮은 것을 아리아도 명확히 알고 있으니, 아리아의 이런 만행은 엄마에 대한 사랑 반, 놀려 먹고 싶은 마음 반인 것이다.

자신은 나름 왕국의 제1왕자이자 제일 유력한 차기 왕권 후보인데. 나이도 아리아보다 제가 더 위인데. 세이모어는 그렇게 늘 제 지위와 위치에 대한 의구심과 혼란을 느껴야 했다.

그가 기억하는 한, 아리아는 줄곧 이런 아이였다.

어릴 적에는 자신이 왕이 된 후에도 아리아의 검은 손에 의해 장난감처럼 조종당하는 어두운 미래에 직면하게 되는 건 아닐까 걱정스러울 때도 있었다. 저런 악마 같은 여자애에게 지배되는 왕국의 미래를 견딜 수 없었던 그는 결국 이런저런 핑계를 대며 아리아를 피하기 시작했다.

그렇게 한동안 아리아의 사적 만남을 피할 수 있었으나 그래도 소꿉친구였다. 빈자리를 느끼던 차 어머니인 소로소가 그를 불렀다.

그곳에 아리아가 있었다. 의외의 만남에 세이모어가 의구심을 표하기도 전에, 아리아가 활짝 웃으며 말했다.

"전하께서 언제든 성에 들어올 수 있도록 방을 내주셨어요!"

뭐? 성에? 세이모어가 뻣뻣하게 굳었다.

"더구나 왕자님의 용무가 끝나신 후에는 바로 왕자님을 뵐 수 있도록 배려해 주셨어요. 전하 덕에 이제는 더 자주 볼 수 있겠어요."

아리아가 어찌나 생글생글 웃으면서 어머니를 잘 구슬리는지 세이모어는 순간이나마 아리아가 자신을 끔찍이 여기고 좋아한다는 착각을 할 정도였다.

그런 아리아의 행색에 속아서 누구도 세이모어의 마음을 알아주지 않았다.

단 한 명, 시아트리히만이 시련을 이겨 내야 진정한 사내가 될 수 있다며 머리를 툭툭 두드렸을 뿐이다. 그러나 그의 눈이 지나치게 웃고 있었기에 그리 믿음직스럽게 들리지는 않았다.

어느새 방 안으로 들어온 시녀가 다과와 차를 두고 방을 떠났다. 세이모어는 아리아가 차에 설탕을 11스푼까지 넣는 걸 구역질이 날 것 같다는 눈으로 쳐다보다가 시선을 피했다.

"설탕 바꿨어요? 덜 달아요."

아리아가 걸쭉한 커피를 마시며 말하자 세이모어가 헛구역질이 나오는 입을 틀어막았다.

"……점점 단맛이 싫어져서."

아주 어릴 적부터 아리아를 접했던 세이모어는, 한때 여자들은 모두 설탕을 포대째로 섭취하면서 입으로 칼날을 흩뿌리고 음흉하게 사람을 조종하는 종족인 줄 알았다.

"그래서, 어제 부인께서 찾아오신 것 때문에 여행도 안 간 거야? 꿈 깨라는 소리를 하려고?"

"아뇨, 그런 건 아니고요."

아리아가 웃었다가 살짝 고개를 갸웃거렸다. '아니, 그것도 맞나.'라는 조용한 중얼거림에, 세이모어는 소리 없이 마음의 눈물을 흘렸다.

"꼭 그것 때문에 온 건 아니고—"

재차 입을 연 아리아가 말을 끝내지 못하고 뭉뚱그렸다.

말을 줄여? 세이모어가 한쪽 눈썹을 찡그렸다. 아리아가 눈동자를 굴리며 손으로 머리카락을 꼬았다.

"그게—"

순간 세이모어의 머릿속에서 경계 경보가 울렸다. 말을 흐리는 아리아라니, 머리카락을 꼬는 아리아라니.

"아니야. 말 안 해도 돼. 미안하지만 난 이제부터 바이올린 수업을 들어야 해서 좀 바쁘고……."

그러거나 말거나 아리아는 꿋꿋이 입을 열었다.

"속았어요."

무슨 말을 들어도 반응하지 않으려고 했던 세이모어가 눈을 크게 떴다. 아리아가 속인 게 아니라 속았다고?

"누구한테?"

"친구라고 생각한 그 새-"

위험한 발언이 튀어나오기 전에 세이모어가 손을 내저었다.

"응, 뒷말은 안 들어도 알겠어. 레비차 남매라고 했던가?"

외국 거상 레비차의 자식이라던 남매를 사교회에서 우연히 만났다고 들었다. 겉도는 이들을 내버려 두질 못하는 아리아가 남매 중 여동생을 데려와 무리에 끼워 주었고, 그로 인해 친분을 다지게 되었다고 했는데…….

"다 거짓말이에요. 진짜 레비차 남매는 결핵 때문에 시골에 있는 친척집에 가 있대요."

"그럼 레비차 남매인 척 너한테 일부러 접근했다고?"

발끈한 세이모어가 의자에서 벌떡 일어섰다.

"그래서, 뭐야? 그놈들이 너한테 무슨 짓이라도 한 거야?"

"아뇨. 물건을 훔쳐 갔어요."

아리아가 분한 듯 주먹을 꼭 쥐며 말했다.

"저택을 구경하고 싶다고 해서 데리고 왔었거든요. 그때였나 봐요."

살짝 목소리를 죽인 세이모어가 '물건만? 별일은 없었고?'라고 묻자 아리아가 고개를 끄덕였다.

"그랬군. ……응. 다행이네."

헛기침을 한 그가 다시 자리에 앉으며 고개를 마주 끄덕였다.

"아빠가 정말 소중히 여기는 건데……."

아리아는 답지 않게 살짝 풀이 죽어 있는 모습이었다.

세이모어가 숨을 내쉬며 그녀의 어깨를 도닥였다.

"부모님께 솔직히 말씀드려. 내가 같이 가 줄 테니까."

몹시 일방적이지만 어쨌든 연적인 노아는 이래저래 보기 불편했다. 그래도 오빠로서 이 정도는 해 줄 수 있다고 생각했다. 그러나 아리아는 고개를 저었다.

"그럴 필요 없어요. 어디 있는지 찾았거든요."

아리아가 낮게 웃었다.

"감히 내 시선을 피해 도망가려고 생각했다면 아주 단단히 착각한 거예요."

음산한 웃음과 낮게 깐 목소리를 들으며 세이모어가 슬그머니 손을 거두었다.

"아리아…… 좀 진정하고……."

"그러니까 다시 되찾아올 거예요."

"……어디 있길래?"

"티어로 10번가."

티어로라니. 아리아 같은 귀족 가문의 여식이 절대 혼자 가서는 안 되는 곳을 뽑는다면 그중 하나에 들 게 뻔한 곳이 아닌가. 세이모어가 절레절레 고개를 저었다.

"그러니 왕자님께서 저를 좀 도와주셨으면 해요. 왕자님께는 숨은 호위가 있으니까 안전할 테고."

"아니, 잠깐……."

"그냥 왕자님은 옆에 앉아 계시기만 하세요. 나머지는 제가 다—"

"아니, 아니, 내 말 좀 들어 봐. 아리아."

세이모어가 아리아의 정수리를 잡고 고개를 제 쪽으로 돌려세웠다. 아리아가 부루퉁한 얼굴로 짧게 답했다.

"네."

"굳이 그러지 않아도 그냥 솔직히 얘기하면 되잖아. 어른들이랑 같이 찾으러 가는 게ㅡ"

"싫어요. 집안 사람들한테는 알리고 싶지 않아요. 분명히 아빠 귀에 들어갈 테니까."

세이모어가 의아한 얼굴로 눈을 깜빡였다. 아직 어리긴 해도 영특한 아리아는 평소에 이처럼 말도 안 되는 고집을 부리진 않았다.

"용서하지 않으실 걸요. 정말 소중히 하는 거니까."

"그럴 리가 없잖아."

윈나이트 가문의 금지옥엽이 무슨 말도 안 되는 소리를. 어이가 없다는 듯 고개를 저은 세이모어가 팔짱을 꼈다.

"맞아요."

하지만 단호하게 말한 아리아는 홱 고개를 돌릴 뿐이었다.

"아빠는 날 사랑하지 않으니까요."

뭐? 세이모어가 세상에서 제일 어려운 문제라도 직면한 것처럼 멍청한 표정으로 눈을 깜빡였다.

* * *

"이건 아빠가 소중하게 여기는 책이야. 손대면 안 돼."

그 애에게 책을 보여 줬던 순간을 떠올리며 아리아는 자책했다. 아빠의 서재에 들어가지 말았어야 했는데. 사실은 친구에게 구경을 시켜 준다는 핑계를 대며, 아빠가 좀처럼 보여 주지 않으려 하던 소중한 물건을 보고 싶었던 것뿐이다.

"왜 안 돼? 비싼 거야?"

그 애가 그렇게 물었을 때 아리아는 대답하지 못하고 입을 다물었다.

글쎄, 비싸고 귀한 건 저택 어디에나 있다.

다만 아리아가 책에 손을 댔을 때 아빠는 아주 소중한 책이니 손대지 말라고 했다. 그에겐 아주 중요한 물건이라고.

저택에는 아주 귀하고 중한 것들이 많았지만 아리아가 손대지 못하는 건 그것 하나뿐이었다.

"상관없잖아. 몰래 봐도 용서해 주실걸. 부모님들은 다 그래."

─자식들을 사랑하니까.

그 애가 덧붙인 말에 저도 모르게 발끈해 책에 손을 댔다. 물론 열어 보기도 전에 금세 후회했지만.

한데 빼는 건 어찌 해냈으나 다시 꽂아 넣기엔 책장이 너무 높은 곳에 있었다. 아리아가 사다리를 찾으며 한눈을 판 사이, 그 아이와 책은 온데간데없이 사라졌다.

'찾아야 돼.'

아리아는 굳게 결심한 채 시장 입구에 섰다. 옆에서 다시 한번 생각해 보라는 세이모어의 말은 모두 한 귀로 흘리는 중이었다.

아리아가 좀처럼 듣지 않는 기색이자 세이모어가 담을 손으로 짚으며 앞을 막아섰다. 왕가의 상징인 황금빛으로 빛나는 눈동자색이 보이지 않게 후드를 깊게 눌러쓴 채였다.

"아리아, 듣고 있어?"

"네."

아리아가 옆을 흘긋 보더니 말했다.

"그런데 저분은 계속 저렇게 따라오시는 건가요?"

세이모어는 아리아가 눈짓한 곳을 돌아보고는 짐짓 당황하며 물었다.

"어떻게 알았어?"

둘의 시야 끝에서 덩치 큰 남자가 건물 앞을 서성이고 있었다. 그는 세이모어를 따라온 호위 기사로, 왕실 호위 지침에 따라 거리를 두고 세이모어를 지키는 중이었다.

오늘은 특수 상황이기 때문에 조금 가까운 거리를 유지했으나, 원래 호위들은 운신에 방해가 되지 않도록 눈에 띄지 않는 정도의 거리를 지켰다. 왕성 안에서도 그리 움직였으니 사실 아리아는 이들을 알아보지 못해야만 했다.

"원래 한 명 더 계시잖아요. 눈꼬리가 이렇게 올라간."

아리아가 두 손으로 눈꼬리를 잡는 시늉을 보이자 챙이 큰 모자가 딸려 올라가기 시작했다.

"휴가야!"

세이모어가 벼락같이 아리아의 모자를 꾹꾹 눌러씌우고는 옆에 바짝 붙어 섰다.

악마 같은 눈썰미까지 지니다니. 요즘 호신술 용도로 이것저것 배운다고 하던데 얼마나 무시무시한 악마로 재탄생할지 걱정스러웠다.

한숨을 내쉰 세이모어가 눈짓하자 기사가 둘의 옆으로 다가와 섰다. 아리아는 기사에게 가벼운 인사를 건네고는 말했다.

"왜 하필 오늘 휴가예요. 오빠도 참."

"누가 오빠야."

세이모어가 펄쩍 뛰니 아리아가 어깨를 한 번 들썩였다.

"싫으시면 세이모어 왕–"

"알았어, 그만. 오빠라고 해."

어깨를 늘어트리는 세이모어를 보며 아리아가 콧방귀를 뀌면서 걸음을 내디뎠다.

좁은 골목은 작은 노점상들이 다닥다닥 붙어 있었고 옆으론 낡은 옷가지를 걸친 아이들이 왁자지껄 소리를 내며 지나쳤다.

암살 시도 이후 조금 더 과보호를 받고 조금 더 화초처럼 자라 온 세이모어는 시종일관 불안한 몸짓이었다. 자그마한 소리에도 움찔거리고 과하게 경계하면서 주위를 두리번거렸다.

"누가 쳐다보고 있는 것 같지 않아?"

"내가 귀여워서 보는 거예요."

"정말이야?"

미심쩍다는 눈이었다. 그 눈길이 못마땅했던지 아리아가 생글생글 웃음을 지었다.

"아뇨. 오빠가 왕자님인 걸 알고 납치할 기회를 노리는 거예요. 여긴 범죄자 소굴이니까. 잡히면 그 눈부터 팔려 나갈 걸요."

아리아가 후드 너머 세이모어의 눈가에서 손가락을 빙빙 돌렸다.

"돌아가자."

세이모어가 새파래진 얼굴로 아리아의 손을 잡으려고 했다. 하나 잡히지 않으려 손을 뒤로 숨긴 아리아가 고개를 절레절레 저으며 한 노점상으로 다가갔다.

"안녕하세요. 이 사과, 하나에 얼마예요?"

"아유, 꼬마 아가씨가 어쩜 이렇게 예뻐."

"감사합니다."

아리아가 활짝 웃으며 사과를 받아 들었다. 그러고는 세이모어를 향해 보란 듯이 사과를 흔들었다. 내가 귀여워서 쳐다보는 게 맞다고 말하는 듯이. 여차하면 데리고 뛰려는 준비를 하던 세이모어는 작게 한숨을 내뱉었다.

아리아가 사과를 닦자 그가 독이 있을지 모른다고 이리 내놓으라며 손을 뻗었다. 꺄르륵 웃으면서 손길을 요리조리 피한 아리아가 불시에 입을 열었다.

"오빠도 다른 사람보다 저한테 특별히 더 잘해 주시는 거 알아요."

세이모어가 눈썹을 꿈틀거렸다. 이건 또 무슨 소리야? 함정인가?

동조하면 거대하고 무시무시한 늪에 빠져 허우적대는 건 아닐까, 그렇게 의심하며 쉬이 동조하지 못하는데 아리아가 사과를 베어 물고는 말했다.

"내가 엄마를 닮았으니까."

"뭐?"

세이모어가 되묻자 아리아가 심드렁하게 내뱉었다.

"닮았잖아요."

커 가면서 제일 많이 들었던 말.

"점점 엄마를 닮아 가는구나."

아리아는 엄마를 사랑했다. 엄마를 닮은 제 모습은 언제나 자랑이었다.

그래도 가끔 의문이 들었다. 모두가 아껴 주는 아이는 아리아 윈 나이트인지, 아니면 엄마를 닮은 아리아인지.

그때쯤이었다. 고모할머니의 성에서 고용인들의 이야기를 들은 날은.

"공작님은 아이는 생각 없다고 하시더니, 예뻐하시나 봐?"

"공작 부인을 쏙 빼닮았잖아. 갓난쟁이 때는 부인을 안 닮아서 관심도 없었다더만."

"에이, 설마."

"설마는 무슨. 제 부인 외에는 관심도 없는 분인데. 자식이라고 다른가."

아빠는 자신을 용서해 주지 않을 것이다. 엄마를 닮은 아리아를 아끼니까.

"……아리아."

세이모어가 입을 열었다. 이를 모른 척한 아리아가 사과를 한입 더 베어 물려는데 멀찍이에서 한 소년이 상인에게 말을 거는 모습이 시야에 잡혔다.

"어……."

아리아가 무심코 신음성을 내자 세이모어가 고개를 돌렸다. 과일을 고르던 소년이 무언가 이상한 낌새라도 들었는지 그들 쪽으로 얼굴을 돌리는 중이었다.

"저 애-"

아리아가 검지를 들어 그를 가리켰다. 손가락 끝에 서있던 소년의 눈이 크게 뜨였다. 아리아를 알아본 소년이 몸을 돌려 달리기 시작했다.

"……!"

먼저 반응한 것은 세이모어였다. 그가 소년의 뒤를 쫓자 호위가 뒤를 따라 움직였다. 아리아는 소년이 달려가는 동선을 바라보다가 반대쪽 골목으로 달리기 시작했다.

* * *

세이모어는 소년의 뒤를 바짝 따라붙었다. 그러나 이런 도망이 한두 번이 아니었는지 소년은 노련하게 사람들 사이로 지나가며 모습을 숨겼다. 몸집이 큰 호위는 좁은 길과 인파에 휩쓸려 더 이상 보이지 않았다.

소년이 노점의 야채들을 바닥으로 마구 던지고는 골목 안으로 미끄러지듯 들어섰다. 그 뒤로 세이모어가 야채를 피해 어렵게 골목을 돌아섰다.

소년은 좁은 골목 끝으로 철조망을 훌쩍 뛰어넘으려는 중이었다.

"거기 서!"

그러나 소년은 이미 다람쥐처럼 잽싸게 철조망 끝까지 올라타서는 가볍게 바닥으로 착지했다. 소년이 뒤를 한번 돌아보았고 세이모어가 철조망을 움켜쥐었다. 소년은 이를 가는 그를 비웃으며 다시 뛰기 시작했다.

그때 맞은편에서 사과가 날아들었다.

"……?"

미처 막을 새도 없이 날아든 사과는 퍽, 소리를 내며 소년의 코를 강타한 후에 바닥으로 떨어져 굴러갔다. 소년이 코를 움켜쥐었다.

세이모어가 아연실색한 채 사과를 던진 장본인을 바라보았다. 아리아였다.

"내가 못 찾을 줄 알았지?"

소년은 멍하니 손가락으로 코언저리를 매만지며 코피를 닦아 냈다. 그사이 호위 기사가 훌쩍 철조망을 넘어가 소년의 뒷덜미를 잡아챘다.

세이모어는 철조망 너머에서 코피를 하염없이 닦는 소년을 물끄러미 바라보다가 물었다.

"……요즘 호신술로 그런 걸 배워?"

"뭐, 이것저것요. 한 번만 보여 줘도 잘한다고 여러 가지 가르쳐 주세요."

아…… 세이모어가 탄식을 내뱉었다.

* * *

"여기라고?"

아리아가 진짜 이름은 로빈이라 소개한 소년을 향해 물었다. 로빈이 고개를 끄덕였다.

그녀는 다시 건물로 고개를 돌렸다. 훔친 물건은 모두 집에 있다는 소리에 그를 앞세워 굽이진 골목길을 돌고 돌았다. 그리고 도착한 곳이 바로 여기였다.

"집이라며."

"맞아. 여긴 마구간이잖아."

세이모어에 이어 아리아가 따지듯 말했다. 로빈이 당황한 얼굴로 입을 뻐끔거리는데 세이모어가 말했다.

"아리아, 이렇게 작은 마구간이 어디에 있어."

"그럼 여긴 뭐 하는 곳인데요."

세이모어가 잠시 고민하다가 '닭장인가?'라고 운을 띄웠고, 아리아가 우릴 속인 거냐며 앙칼진 목소리로 외쳤다.

"……"

로빈은 기가 찼다.

그는 이런 게 집일 리 없다며 길길이 날뛰는 다이아 수저들 앞에서 떨떠름하게 말했다.

"저희 집…… 맞아요."

둘이 곧 충격적인 이야기를 들은 것처럼 놀라기 시작하자, 로빈은 저 둘이 자신을 일부러 치욕스러운 기분을 느끼도록 구는 건 아닐까 고민했다.

세이모어는 '이 건물, 곧 무너지는 거 아니냐.'며 벽을 매만졌고, 아리아는 '이런 감옥에서 사는 거냐.'며 살짝 측은한 모습을 비췄다. 그리고 로빈은 계속해서 기가 찼다.

"안 무너질 거예요. 지금은."

지금은, 이라는 말에 세이모어가 화들짝 놀라 벽에서 손을 뗐다. 그러거나 말거나 아리아는 고갯짓을 했다.

"내놔. 어디에 있어?"

로빈은 눈치를 보다가 호위 기사가 그의 등을 가볍게 두드리자마자 후다닥 탁자를 옮기기 시작했다. 바닥에 깔린 카펫까지 치우니

움푹 파인 홈에서 양산부터 자그마한 보석이 박힌 장신구까지— 꽤 값나가는 잡화들이 모습을 드러냈다.

아리아가 급히 물건들을 뒤지기 시작했고, 세이모어는 후드를 걷고는 미간을 찌푸렸다.

로빈은 세이모어의 황금색 눈동자에 놀라 입을 벌렸다.

"이걸 다 훔친 건가?"

로빈이 격하게 두 손을 저었다.

"아니, 아니에요. 아닙니다. 훔친 건 책뿐이에요."

"이거 내 장갑이잖아. 이것도 가져갔었어?"

그때 아리아가 제 장갑을 찾아냈다. 세이모어가 흠, 소리를 내며 바라보자 로빈이 슬그머니 무릎을 꿇었다.

"죄송합니다."

하나씩 발굴해 낸 책들이 옆으로 쌓여 갔다. 한데 아리아의 표정은 여전히 좋지 못했다.

"아리아, 찾는 건?"

"……안 보여요."

"예? 분명히 여기에 있을 텐데……."

로빈이 당황해서 바닥에 파인 홈—비밀 창고— 앞까지 무릎걸음으로 바짝 다가갔다. 그러나 그곳에 아리아의 책은 보이지 않았다.

잠자코 지켜보던 세이모어가 로빈의 멱살을 잡았다.

"여기까지 와서 거짓말을 해?"

"잠깐만요! 마야가! 마야가 알 거예요!"

"마야?"

그때, 문이 열리고 양 갈래로 머리를 땋은 소녀가 함박웃음을 지으며 들어섰다.

"나 왔어!"

집 안의 모두가 소녀를 향해 눈을 모았다. 웃고 있던 소녀는 활짝 웃은 입꼬리를 내리며 눈동자를 찬찬히 돌려가며 집 안의 인물들을 살폈다.

"아리아?"

아리아가 손을 흔들었다.

"오랜만이네."

마야는 바로 문을 닫고 도망치려 했지만 호위 기사의 움직임이 더 빨랐다. 옷깃을 잡혀 대롱대롱 매달린 마야가 제 앞에 선 아리아에게 인사했다.

"안녕……."

"마야. 어디에 있어?"

"음……. 그, 뭐, 뭘 말하는지……."

아리아가 웃으며 기사와 눈을 맞추자 기사가 마야를 아래위로 탈탈 흔들기 시작했다.

"꺄아아악! 잠깐만! 알았어! 알았어!"

"어디에 있어."

마야가 거칠게 호흡하며 겨우 입을 열었다.

"파, 팔았는데……."

아리아의 얼굴이 일그러졌다. 세이모어가 한 팔로 아리아의 어깨를 감싸 안으며 말렸다.

"냇가 너머에 청솔모라고 불리는 장물아비가 살아. 그 사람한테 팔았어."

아리아가 화를 참는 듯 팔짱을 낀 채 눈을 꾹 감았다.

세이모어는 쟤 말이 맞느냐 묻는 듯 로빈에게 눈짓했다. 그에 로빈은 장물아비가 그쪽에 살고 있는 건 맞다며 난처한 표정을 지었다.

"다 말했으니까 이것 좀 풀어 주면 안 돼?"

마야만이 분위기를 읽지 못하고 의자에 묶인 채 버둥거렸다.

"내가 다녀올게. 아리아, 넌 여기에 있어. 우선 이곳엔 얘네 둘만 산다고 하니 안전할 거야."

그는 제 검을 빼 들고 이상은 없는지 살핀 뒤에 호위 기사를 향해 고개를 끄덕였다.

"로빈이라고 했나? 넌 따라와. 혹시 모르니까."

그때 아리아가 세이모어의 손목을 잡아챘다.

"가실 필요 없어요."

"전쟁터도 아니고. 내 몸 하나 건사할 정도의 실력은 있어."

"온실에서 애지중지 자라 겁도 많으시면서."

세이모어가 칼집에 검을 넣으며 미간을 찌푸렸다.

"……지금 내가 걱정된다는 뜻으로 해석하면 되지?"

아리아가 고개를 끄덕였다.

"너랑 같이 가서 전력이 분산되는 것보다 나 혼자 가는 게 효율적이야. 그리고……."

세이모어는 말을 덧붙이려다 입을 다물었다.

"하여간 넌 여기에 있어."

아리아가 떠나는 그들 뒤를 멍하니 바라보았다. 이렇게 일이 꼬일 줄은 상상도 못 했는데.

호위 기사가 있으니 크게 위험하진 않다는 걸 알지만. 그래도 혹시나 하는 상황이 있을 수 있으니 보내지 않는 게 낫다는 것도 알지만.

끝내 만류하지 못한 것은 책을 찾아야 한다는 절실한 바람 때문이었다.

* * *

숨 막히네. 마야는 미동도 없이 서서 문만 바라보는 아리아를 보며 짜증스럽게 입술을 깨물었다. 별것도 아니던데 그게 대체 뭐라고. 의자에 묶인 채 다리를 떨던 마야가 돌연 입을 열었다.

"부모님께 왜 말씀 안 드렸어?"

"어떻게 알았어?"

"어른이 저 덩치 하나뿐이잖아."

아리아가 말갛게 웃으며 말했다.

"너 멍청해 보이는데 눈치는 좀 빠른가 보구나?"

눈치가 빠르다는 칭찬에 마야가 콧대를 세우며 어깨를 으쓱거렸다. 그에 아리아는 역시 내 눈은 틀리지 않았다며 고개를 절레절레 저었다.

"말했잖아. 중요한 거라고. 나 때문에 도둑맞았다는 거 알면 용서 안 해 주실 거야.”

“바보야. 나도 말했잖아. 엄마, 아빠는 자식이 뭘 해도 용서해 주는– 그런 사람들이라고.”

“아닌 집도 있어.”

“근거가 뭔데.”

“아빠는 아이를 싫어했대. 내가 엄마를 닮아서 키우는 것뿐이야.”

뭐라고 말하든 비웃어 주려던 마야는 답을 듣고 잠시간 입을 열지 못했다.

“너희 아빠가 너한테 그래?”

귀족들은 장난 아니다, 라며 그녀가 새파랗게 질린 채 몸을 떨었다.

“아니. 지나가다 다른 사람들이 얘기하는 걸 들었어.”

아리아가 심드렁하게 대꾸했다. 그러자 마야는 새파래졌던 얼굴을 싹 지운 채 ‘별일도 아니네.’ 하고 투덜댔다.

“에이, 뭐야. 원래 뒤에서는 이러쿵저러쿵 별소리를 다 해. 우리 동네의 얼굴이 까만 미카는 엄마가 바람이 나서 다른 남자 아이를 낳는 바람에 미카 얼굴이 까맣다는 소문을 달고 다녔어. 근데 사실은 그 애 아빠가 남부 지방 사람이라 원래 얼굴이 까맸대. 어찌된 일인지 나이를 먹다 보니 얼굴이 하얘졌다고. 전부 거짓말이지.”

“어, 그래.”

아리아는 듣는 둥 마는 둥하며 고개를 돌렸다. 그 태도에 마야는 불만이 있는 듯 입을 삐죽거리며 말했다.

“참 나. 그래서 화라도 내실까 봐?”

“아니. 아빠는 나한테 화도 내지 않으셔.”

“좋은 거 아냐?”

"생각해 보니 그만큼 감정이 없다는 거더라고. 나한테."

그게 뭐야. 마야가 콧방귀를 뀌며 발을 쭉 내뻗었다.

"부잣집 애들은 별것도 아닌 걸로 고민하는구나."

"다들 자기 고민이 세상에서 제일 중요하대."

"누가 그래?"

"엄마가."

흐음, 마야는 의자 등받이로 머리를 기댔다.

"그건 맞는 말 같아."

"우리 엄마는 맞는 말만 하거든."

아리아가 뿌듯한 표정으로 팔짱을 꼈다. 그러다 초조한 얼굴로 시계를 힐끔거렸다.

벽 한편에 걸린 시계바늘이 저녁 8시를 가리키기 시작했다. 저택에 말도 없이 나왔는데. 금방 찾아올 수 있으리라는 생각과는 달리 일이 너무 늦어졌다.

'말도 없이 나갔으니 엄마는 지금 걱정 중이실까.'

그렇겠지. 그리고 아빠는……. 아빠는 책보다 나를 더 걱정하고 있을지…….

침울한 생각에 빠져 있던 아리아가 대뜸 물었다.

"너희 부모님은?"

"병으로 돌아가셨어. 친척도 없고. 아무도 돌봐 줄 사람이 없어서 로빈이랑 나랑 둘만 살아."

아리아는 낡은 오두막을 한번 돌아보았다. 이런 곳에서 또래 아이 둘이서만 생활을 꾸려 나가는 게 쉬운 일은 아니었으리라.

"나한테 네 얘기를 솔직히 얘기했다면 내가 도와줄 수도 있었어."

"내가 솔직했다면 너랑 애기도 못 해 봤을걸."

마야가 쏘아붙이듯 대꾸하자 아리아가 고개를 주억거렸다.

"……그건 그러네."

그랬다면 사교 모임에는 발도 들이지 못했을 테니까.

"지금까지 속이면서 한 번도 안 들켰어?"

"뭐, 외국 상인 가문이라고 하면 뭘 몰라도 이해해 주니까."

"옷은?"

"빌렸지."

"훔친 거네."

마야는 떨떠름한 얼굴로 입을 다물었다. 집까지 가는 게 아니었는데. 평소에는 모임에 들어가서 겉도는 척 배회하다 장갑이나 부채, 외투 같은 걸 훔쳐 오곤 했다.

그런데 그날 하필, 겉도는 자신을 배려한답시고 아리아가 말을 걸고 무리로 끼워 주는 바람에.

차라리 이왕 이렇게 된 거 좀 더 큰 걸 노려 보자는 계획이었다. 결국 이런 꼴이 되어 버렸지만.

뭐야, 쟤는 대체. 마야는 아리아를 흘겨보았다. 문득 짜증이 치밀어 올랐다.

"거짓말이었어. 팔았다는 거."

"뭐……?"

아리아가 놀라 되물었다.

"버렸어. 막상 청솔모한테 팔러 가 보니 이게 뭐냐며 사 가지도 않더라. 비싼 건 줄 알았는데."

"넌…… 됐다. 어디에 버렸어?"

"공원, 폐지 수거함."

"공원?"

"어. 저녁때면 쓰레기들 수거해 가는 거기."

"뭐라고?"

마야가 아리아의 얼굴을 보고 뜨끔해 입을 다물었다. 아리아의 얼굴은 금방이라도 울음을 터트릴 것처럼 보였다.

"여기 오는 길 오른편에 있던 거기 말하는 거지?"

맞아, 라는 말이 끝나기도 전에 아리아가 문을 박차고 나섰다. 뒤에서 자기 좀 풀어 달라는 마야의 애원은 무시한 채.

공공장소의 폐지 수거함이라면 정기적으로 청소하는 이들이 있다. 그들이 책을 수거해 간다면 찾는 것은 영영 요원해질 것이 분명했다. 아리아는 좀 더 속력을 냈다.

'늦으면 안 되는데.'

어둑해지는 하늘을 바라보며 이를 악물었다. 조금 더 힘을 내자 멀지 않은 곳에서 공원의 입구가 모습을 드러내고 있었다.

그 순간이었다. 공원 입구로 방향을 옮기던 그 짧은 순간, 누군가에게 뒷덜미가 잡혀 움직이지 못했다.

"……?"

남자? 제 뒷덜미를 잡아챈 것은 덩치 큰 남자의 실루엣이었다. 안 돼. 아리아가 놀라 발버둥을 쳤다. 그러자 남자가 더 놀라서 손을 놓으며 말했다.

"원나이트 영애."

눈꼬리가 올라간 세이모어의 호위 기사였다. 휴가라더니…… 어쩐지 세이모어가 여기에 남아 있으라던 이유가 따로 있었다.

곧 이곳에서 들려선 안 되는 목소리가 아리아의 이름을 불렀다.

"아리아."

아리아가 천천히 고개를 돌렸다. 키가 큰 사내가 아래를 내려다 보았다. 서늘한 황금빛 눈동자가 아리아를 빤히 응시했다.

"……아빠?"

저렇게 굳은 얼굴을 마주하는 것은 생전 처음이었다. 아리아는 당황하고 혼란스러운 기색으로 눈을 좌우로 움직였다.

"그, 저, 책을 못 찾아서…… 지금 찾으러 가려고 했는데."

화를 낼까? 아니면……. 아리아의 얼굴은 점점 더 울 것처럼 찌 푸려지고 있었다.

그때, 가면 같은 무표정으로 서 있던 노아가 몸을 돌렸다.

"따라와."

* * *

아리아는 입을 다물고 노아의 뒤를 따랐다. 마차를 타고 저택의 철문을 지나 방문 앞까지 그는 일언반구 없이 움직였다.

문 앞에서 뒤돌아가는 노아의 커다란 등을 보던 아리아가 조용히 문을 열고 방 안으로 들어갔다.

전부 망쳐 버렸다. 책도 결국에는…… 아리아가 테이블 앞에 앉 아 팔에 얼굴을 묻었다.

망했어.

아빠의 그런 얼굴을 보는 건 처음이었다. 그렇게 중요한 책이었 는데 바보같이.

아리아가 자책하는데 조용히 문이 열리고 세이모어가 방으로 들어왔다.

"아리아."

아리아는 팔 안에 고개를 묻은 채 말했다.

"오늘은 죄송했어요."

"좀 일어나 봐."

"다시는 이런 일 없을 거예요."

"전해 줄 게 있어서 그러니까, 좀."

세이모어가 아리아의 팔을 잡아당겼다. 억지로 아리아를 일으켜 세웠던 세이모어는 눈물을 그렁그렁 달고 있는 연녹색 눈을 보며 입을 다물 수밖에 없었다.

그사이 아리아는 인상을 쓰며 팔로 눈물을 닦아 냈다. 그러고는 세이모어가 들고 있는 책에 시선을 고정했다.

"어……?"

"청솔모는 안 산다고 돌려보냈다기에 집으로 돌아갔는데, 그 애가 이걸 주더라고."

"공원에 버렸다고 했는데……."

"아니었나 봐."

다행이다. 아리아가 책을 품에 안고 눈을 질끈 감았다.

세이모어는 아리아의 어깨를 톡톡 두드렸다.

"열어 봐."

"……?"

그 말에 따라 조심스레 표지를 넘기자 사진이 보였다.

"네가 직접 보는 게 더 좋을 것 같아서."

사진 속에서 노아는 자그마한 아이의 이마에 입을 맞추는 중이었다. 그리고 그 아래에는 이를 타박하는 듯한 레리아나의 글씨가 적혀 있었다.

[아무리 딸이 예쁘다지만 좀 주무시지요, 공작님.]

다음 장에는 걸음마를 돕는 커다란 손과 부드러운 미소.

그다음 장에는 아리아의 우악스러운 손에 볼이 잡아당겨지면서도 웃는 히이카와 쩔쩔매는 키이스.

레리아나의 손에 이끌려 아리아의 얼굴에 손을 댄, 하늘이 무너지는 듯한 표정을 짓는 아담까지.

아리아가 놀란 눈으로 세이모어를 올려다보자 그가 말했다.

"내가 널 아끼는 이유는 공작 부인을 닮아서가 아니야. 난 네 친구이자 가족이라서 그런 거고."

아리아의 요람 옆에는 아이를 보며 늘어서 있는 사람들의 모습이 찍혀 있었다. 사람들이 전부 아리아를 안아 보려고 해서 아리아가 부서질 것 같다는 걱정을 레리아나가 짧은 문장으로 토로하고 있었다.

"모두 네가 누굴 닮아서가 아니라, 너라서 아끼는 거야."

아리아가 입을 다물고 고개만 주억거렸다.

백 마디 말보다 많은 것이 담겨 있는 사진이었다. 이걸 찾아 보여 줄 수 있어 다행이었다고 생각하며, 세이모어는 입을 꾹 다물고 있는 아리아의 머리를 쓰다듬었다.

"그리고 아리아. 넌 공작 부인보다 공작을 더 닮았어."

내적으로 말이야. 그래, 이게 아리아에게 제일 하고 싶던 말이었다. 세이모어는 다 내뱉어서 시원해졌다는 얼굴로 고개를 끄덕였다. 아리아는 언짢은 얼굴로 세이모어를 뚫어지게 응시했다.

그때- 벌컥, 문이 열렸다.

"아리아! 내내 어딜 다녀온 거야! 너 정말……!"

레리아나가 다짜고짜 소리를 지르다 방 안의 객을 보고는 눈을 깜빡였다.

"원나이트 부인."

레리아나를 보고 뻣뻣하게 굳은 세이모어가 차렷 자세로 인사를 건넸다. 그에 레리아나는 어색한 미소를 지으며 허리를 굽혔다.

"죄송합니다. 왕자님께서 오신 줄도 모르고."

"이제 돌아가신대요."

아리아의 앙칼진 대꾸에 세이모어가 황급히 돌아보았다.

돌아간다니. 이제 막 공작 부인을 만났는데 굳이 지금?

그러나 비밀을 다 말해 버리기 전에 빨리 가라는 수신호를 받자마자 그가 풀이 죽은 얼굴로 고개를 숙였다.

"저는, 그럼, 이만. 바이올린 수업이 있어서……."

아리아가 돌아가는 세이모어의 뒷모습을 감시하듯 노려보았다. 그리고 그가 나오지 않으셔도 된다며 만류한 후에 문을 닫자, 레리아나의 손을 잡아당겼다.

"이거 엄마한테 아주아주 중요한 책이라면서요."

아리아가 사진첩을 내밀었다. 레리아나가 표지를 보더니 픔, 웃음을 터트렸다.

"누가 그래? 아빠가?"

"네."

레리아나가 웃음을 갈무리하며 아리아의 양 볼을 두 손으로 감쌌다.

"중요해. 아주 아주 소중하지."

"그래서 이거, 찾으러 갔다 왔어요."

"뭐?"

레리아나가 눈을 가늘게 떴다.

"고작 그것 때문에 말도 안 하고 나갔어? 혼나야지."

레리아나가 양 볼에 번갈아서 입을 맞추자 아리아가 웃음을 터트렸다.

레리아나는 아리아를 간지럽히다가 사진첩에서 떨어진 노아의 사진을 주워들었다. 아직 말을 알아듣지도 못하는 아이에게 노아가 책을 읽어 주는 사진이었다.

그가 표정 관리도 못 한 채 아이한테 매달려 있는 모습이 자못 우스워서 사진을 찍기 시작했다. 그랬더니 제 모습이 마음에 들지 않았는지 이런 사진은 언제 찍었냐느니, 이 사족은 대체 뭐냐느니- 연신 투덜거리면서 사진을 추려 내려고 하지 않는가.

나중에는 내 인생에서 제일 중요한 책이니까 절대 손대지도 말고, 버리지도 말라고 신신당부를 했다.

그제야 노아는 호시탐탐 버리려던 마음을 접은 듯했지만 대신 서재 깊숙한 곳에 꽂아 넣어 버렸다.

"아빠는요?"

"화 많이 나셨어. 솔직히 말을 해야지. 걱정하잖아. 전부 다."

"아빠는 매번, 저한테 한 번도 화내신 적 없잖아요. 신경도 안 쓰이는 것처럼."

"네가 너무 어리니까 어떻게 화내야 하는지 몰라서 그래."

레리아나가 아리아의 손을 잡고 서재로 이끌었다.

창틀에 몸을 기대고 있던 노아가 아리아를 보고는 허리를 바로 세웠다. 아리아는 레리아나 옆에 딱 붙은 채 말했다.

"죄송해요."

"이리 와."

아리아가 주춤주춤 다가가자 노아가 무어라 말하기 위해 입을 떼었다가 다시 다물었다. 레리아나는 난처하게 웃으며 아리아의 등을 한 번 두드렸다.

등을 떠밀린 아리아가 노아에게 천천히 팔을 뻗었다. 그에 노아가 아리아를 안고 안도한 듯 깊게 숨을 내쉬었다.

"책, 찾았어요."

아리아가 조심스레 말했다. 그러자 혀를 찬 노아가 한숨처럼 말했다.

"그게 중요한 게 아니잖아."

"……네. 알아요. 이제."

아리아가 노아의 목에 얼굴을 파묻자, 노아가 자그마한 등을 가볍게 두드렸다.

"그런데 이 사진첩, 일부러 손 못 대게 하려고 엄마에게 아주 중요한 책이라고 하신 거죠?"

부끄러우니까. 아리아가 그렇게 덧붙이자 노아가 싱긋 미소를 지었다.

"……아닐걸."

"아빠의 그런 면은 제가 이해할게요."

노아가 허탈한 듯 실소를 내뱉었다.

"살펴 주시니 고맙습니다, 영애."

그가 아리아를 번쩍 안아 들었다. 헤실 미소 짓던 아리아는 문득 생각난 것에 한껏 진지해진 얼굴로 입을 열었다.

"그리고 연적 조심하세요. 점점 좋은 남자가 돼 가는 것 같으니까."

노아가 미간을 찌푸렸다.

"연적? 누구?"

"세이모어 왕자님이요."

흐응, 노아가 콧소리를 냈다. 그런 그의 귓가에 아리아가 악마처럼 속삭였다.

"얼마 전에는 엄마한테 꽃다발도 드렸어요. 좋아서 미치겠나 봐요."

"아아, 그래? 언제부터 그랬는데?"

"언제부터냐면……."

레리아나는 도란도란 이야기를 나누는 남편과 딸의 뒷모습을 웃으며 바라보았다. 둘이 음험한 이야기를 하고 있으리라고는 상상도 못 한 채.

5장

친해지길 바라

친해지길 바라

챙!

거세게 맞부딪친 기사의 검이 튕겨 나갔다. 그와 맞서던 리노 윈 나이트는 검을 거두고 정중히 허리를 숙여 인사했다.

"감사합니다. 스승님."

제드가 놀란 얼굴로 박수를 쳤다.

"훌륭하십니다."

"과찬이세요."

검술 스승인 제드는 얼굴을 붉히는 리노의 어깨를 두드렸다. 아직 어리지만 노력파에 날이 갈수록 일취월장하는 제자였다.

벌써 이런 실력에까지 도달하다니.

일전에는 왕실의 검술 스승이 될 만큼 기량이 뛰어났다지만 이제는 그도 많이 늙었고 그만큼 힘을 잃었다. 리노는 그런 자신의 밑에서 배우기에는 아까운 아이였다.

"역시 이제는 다른 스승이 필요할 것 같습니다. 저보다 더 뛰어난–"

"아버지요?"

리노가 눈을 반짝였다. 그러자 그는 어두운 얼굴로 고개를 저었다.

"아뇨. 공작님은 좀…… 행여라도 공작님께 뭘 가르쳐 달라거나 하는 소리는 하지 마십시오."

자기한테는 당연한 일인데 왜 남들은 이걸 못 하는지 이해가 안 된다는 사람이었다. 누군가에게 무언가를 가르친다는 행위가 전혀 어울리지 않는 이 중 하나가 노아란 건 대부분의 기사들이 알고 있는 사실이다.

그렇기에 제드는 부자 사이를 멀어지게 만들고 싶진 않았다.

"실력자라면 저택에 한 명 더 계시지 않습니까?"

"누구요?"

"아담 테일러 경 말입니다."

제드는 사람 좋은 미소를 띠며 말했다.

"테일러 경에게 부탁드려 보면 어떨까요?"

"……!"

의외의 이름을 들은 리노가 바닥으로 검을 떨어트렸다.

*　*　*

아담은 계수나무에 누워 눈을 감은 채였다. 근 1시간가량 쳐다보고 있었으나 그 상태 그대로 미동도 없다.

근처 수풀 안에 쪼그려 앉아 그를 뚫어지게 바라보고 있던 리노는 초조한 기색이었다.

리노에게 아담 테일러는 참 어려운 남자였다. 말수가 적다 못해 없다시피 하고, 가끔 어머니와 함께 있는 모습 외에는 다른 사람들과 어울리는 걸 본 적도 없고.

게다가 리노는 이런 사교의 과정이 너무나 어려웠다. 사교 모임에서의 우회적 말하기도 알아듣지 못해 영애들에게 샴페인을 몇 번이나 맞았는데.

아예 말조차 없고 무슨 생각하는지도 모르겠는 저 무표정의 남자와의 교류는 힘들다 못해 그냥 무리다.

'역시 아버지에게 가야 하나…….'

리노가 그냥 포기하려는 때였다. 지나가던 휘튼이 그의 옆에 쪼그려 앉아서 조용히 속삭였다.

"도련님, 뭐 하십니까?"

"아, 휘튼 경. 관찰 중이에요."

"누구를?"

"테일러 경이요."

"아."

리노가 가리킨 곳을 힐끔거린 휘튼이 탄성을 터트렸다.

"왜 다가가시지 않고 여기 계십니까? 그냥 가서-"

"하, 하지 마세요."

리노가 다급하게 휘튼을 잡아 말렸다.

"마음의 준비가 아직 안 됐어요……."

리노가 두 손으로 그의 팔을 붙잡고 고개를 젓자 휘튼이 엄마처럼 미소를 지었다. 귀여운 도련님.

"지금껏 말 걸 타이밍을 기다리고 있었는데 한 시간 동안 저 상

태예요. 대체 어떻게 말을 걸어야 할지…… 아니, 지금까지 내
내 인사만 한 게 전부인데 지금 와서 태연하게 친한 척 말을 걸기
도…… 그렇잖아요. 전 말귀도 어둡고 해서 사교 모임에서도 늘-”

"도련님."

아직 젖살이 빠지지 않은 아이가 우물쭈물 말을 쏟아내는 걸 귀
엽게 바라보던 휘튼이 리노를 막았다.

"-그러다 보니 그냥 덤덤하게 말을 걸려고 해도 자꾸 심장이 두
근거리고-”

"자자, 제 말 좀 들어 보세요."

휘튼이 리노의 어깨에 팔을 휘감아 가까이 당겼다.

"그러니까 마음을 얻고 싶다, 이 말씀이신 거죠? 그럴 때는 역시
선물이죠. 남자든 여자든 선물만 주면 방어력이 그냥 막 낮아진다
니까요. 제가 그걸 또 실제로 본 기억이 있지 않습니까. 옛날에 주
군도 마님을 데리고 가셔서 목걸이를 그냥 딱! 선물하시니까 나중
에 목에 키스 마크를 딱! 저도 이번에 일 때문에 연락이 좀 안 됐는
데 그것 때문에 카타리나가 엄청나게 화를 내지 뭡니까. 그래서 또
목걸이를 하나 선물했죠. 그러니 아주 헤벌쭉해서는…… 악!"

"휘튼, 도련님께 이상한 거 가르쳐 드리지 마."

어느새 다가온 앤슬리가 휘튼의 허리를 검집 끝으로 쿡 찔러 헛
소리를 막았다.

"앤슬리 경."

리노가 그녀에게 인사하자 앤슬리가 웃으며 마주 인사했다. 그녀
는 둘이 무슨 이야기 중이었는지 자초지종을 대강 듣고는 의외라
는 표정으로 눈을 깜빡였다.

"테일러 경이요?"

"네, 테일러 경께 뭔가 드릴 만한 게 없을까요?"

잠시 고민하던 앤슬리가 고개를 끄덕였다.

"테일러 경은 디저트를 좋아합니다."

"디저트요?"

"예. 테일러 경이 종종 초콜릿을 먹는 걸 봤는데 그러면 이런 표정이 되거든요."

앤슬리가 휘튼을 가리켰다. 휘튼이 무표정으로 리노를 바라보았다. 리노가 눈을 가늘게 떴다.

"……전혀 모르겠는데요."

앤슬리가 잘 보시라며 다시 휘튼을 쿡 찔렀다. 휘튼이 다시 리노를 바라보았다.

"이제 아시겠죠?"

"……?"

뭘 알겠냐는 말인가. 리노가 보기에 휘튼은 아까 그대로였다.

"……."

리노는 뿌듯한 얼굴의 앤슬리를 바라보다가 고개를 끄덕였다.

여전히 뭔지 잘 모르겠다. 어쨌든 그 아담 테일러가 디저트를 좋아한다니. 잘 믿기지도 않고 휘튼을 보면 영향이 있긴 한가 싶지만…… 저렇게까지 하는 걸 보니 둔한 나는 알아채지 못한 감정의 동요가 있을 것이리라.

결국 리노는 앤슬리를 믿어 보기로 했다. 게다가 저는 디저트의 전문가를 하나 알고 있지 않은가.

"감사합니다!"

리노가 크게 인사하고는 저택 안으로 뛰어 들어갔다. 앤슬리는 누굴 닮았는지 참 잘 자랐다며 감회에 빠져들다 돌연 휘튼에게 물었다.

"그런데 도련님은 갑자기 왜 그러시는 거야?"

"아…… 음, 그러니까, 말을 걸고 싶다고 하시던데. 뭔가 마음이…… 뭐라고 하시고, 심장이 두근거리느니 뭐라느니."

"마음? 심장? 두근거려?"

"어, 어, 뭐…… 마음을 얻고 싶다는 둥 말씀하셨는데."

뭐 그런 거라며 대충대충 답한 휘튼이 기지개를 펴며 자리를 옮겼다. 앤슬리는 참으로 거슬리는 단어를 다시 한번 곱씹었다.

"마음을 얻고 싶어?"

누구의? 아담 테일러의 마음을?

"설마."

아니겠지. 앤슬리가 불안한 추측을 애써 떨쳐 냈다.

* * *

"누나!"

"어, 안녕. 리노."

아리아는 '뭔데?'라는 눈으로 바라보았고 옆에서 리노에게 인사를 건넨 건 마야였다.

모종의 사건 이후, 로빈과 마야 남매는 장학금을 받으며 아리아와 같은 아카데미에서 수학하는 중이었다. 좋지 않은 사건으로 엮이기 시작했으나 아리아는 딱히 개의치 않는지 종종 남매와 함께 어울렸다.

특히 마야와.

리노가 아리아와 마야를 함께 볼 때면 대부분 둘은 말싸움을 하는 중이었지만…… 티격태격하면서도 뒤돌아서면 금세 까르륵 웃음을 터트렸다. 이러니저러니 해도 잘 지내는 모양이었다.

리노는 마야에게 인사를 건넨 후에 본론으로 들어갔다. 테일러 경에게 선물을 할 생각이고, 때문에 디저트 분야 전문가인 아리아 원나이트의 고견이 필요하다는 이야기를.

리노의 말을 들은 아리아가 환히 웃었다.

"아하, 그래서?"

"응?"

"뭘 바칠 건데?"

아리아가 의자에 앉아 다리를 꼬았다. 리노는 싱글싱글 웃으며 여왕처럼 앉은 아리아에게 더듬더듬 물었다.

"뭘…… 뭐를, 바쳐야 되는데……?"

"편지 좀 써."

"무슨…… 편지?"

"세이모어 왕자님한테 보낼 거야. 우리 집으로 오라고 해."

"왜? 누나가 보내면 되잖아."

"내가 보내면 안 오니까."

"그럼 왕자님께서는 누나를 보고 싶지 않다는 의사를 확실하게 보인 거잖아."

"그걸 나도 아니까 너한테 보내라는 거지. 리노, 바보구나?"

아리아가 웃음을 터트렸고 리노는 어안이 벙벙한 채 입을 다물었다. 말이 안 통한다. 아리아와 이런 식의 언쟁에서 언제나 휘말리는 건 자신 쪽이었다.

'안 돼. 왕자님만은……!'

리노는 요즘 들어 통 기운이 없는 세이모어를 떠올렸다. 아무리 제 상황이 급하다고는 하지만, 나 하나 좋자고 그를 사지에 내몰고 싶진 않았다.

"자, 여기에 써."

리노가 그러거나 말거나 아리아는 펜과 편지지를 꺼내 손으로 책상을 탕탕 두드렸다.

패배의 기미를 느낀 리노는 곧장 마야에게 도움의 눈길을 보냈다. 그러나 마야조차 눈을 초롱초롱 빛내며 어서 편지를 쓰라는 은연중의 재촉만 보내는 중이었다.

'이래서 둘이 그렇게 싸우면서도 어울리는구나……!'

절망의 순간에서 얻은 하등 쓸모없는 깨달음이었다.

아리아가 웃으면서 한 손으로 디저트 박스를 흔들었다.

"이거 이번에 발트센 국에서 우리 왕실에 헌정한 쿠키야."

이거 한번 먹으면 다른 디저트는 입에 댈 생각도 안 든다며 아리아가 박스를 열었다. 동백 모양의 쿠키 위에는 아주 달아 보이는 아이싱이 듬뿍 둘러져 있었고, 초콜릿으로 만든 이파리가 쿠키 아래를 감싸 안고 있었다.

리노는 직감했다. 저거다. 저것만 있으면 아담 테일러도 자신에게 넘어올 수밖에 없으리라고.

절로 박스를 향해 손이 움직였다. 이를 막은 것은 한 가닥의 양심이었다.

"그렇지만 왕자님은……."

"싫으면 말고."

아리아가 탁, 소리를 내며 박스를 닫았다.

"……쓸게."

결국 리노는 세이모어에게 미안하다는 사죄를 수십 번 반복하며 편지를 쓸 수밖에 없었다.

* * *

리노는 돈 때문에 형제를 팔아넘기기라도 한 것처럼 참혹한 기분으로 디저트 박스를 끌어안은 채 아리아의 방에서 나왔다.

'죄송합니다, 왕자님. 대신 디저트 박스는 유용하게 쓰겠습니다.'

이제 리노는 무슨 일이 있어도 목적을 완수해야만 했다. 희생당한 세이모어를 위해서라도!

다시 계수나무로 가 보니 아담은 부름이 있었는지 자리를 비운 상태였다. 리노는 덫을 놓듯 계수나무 아래에 포장된 쿠키를 한 개 놓아두었다.

그리고 근처 수풀 속에 숨어 동태를 파악했다.

'확인해 보는 거야.'

그렇게 수풀 속에 숨은 채 얼마나 지났을까. 꾸벅꾸벅 졸다가 인기척에 일어난 리노의 눈앞에 아담이 모습을 드러냈다.

긴장되는 순간이었다.

과연 쿠키를 집어 들 것인가.

한데 아담이 자연스럽게 쿠키 옆을 스쳐 지나갔다.

'실패인가……?'

그래, 저 과묵한 기사가 디저트에 마음을 연다니. 말도 안 되는 일이지.

리노가 낙담하던 그때, 갑작스레 아담이 빙글 몸을 돌렸다.

'……?!'

아담은 왔던 길을 다시 돌아가 쿠키 주변에 섰다. 그가 주위를 두리번거렸다.

이에 리노는 아담의 시야에 잡히지 않도록 몸을 바짝 숙였다.

아담은 주변을 확인한 후에 쿠키를 주워 들었다. 그리고는 주머니에 쿠키를 집어넣었다.

지켜보던 리노가 두 주먹을 불끈 쥐었다.

'챙겼다!'

아담이 주머니에 넣는 순간을 두 눈으로 똑똑히 확인했다. 앤슬리의 정보는 사실인 모양이었다.

리노가 벌떡 일어섰다.

"테일러 경, 부탁이 있습니다."

리노가 허리를 굽힌 채 디저트 박스를 내밀었다.

"제 스승님이 돼 주십시오!"

"……."

무반응이었다.

뭐지? 리노가 고개를 빼꼼 들어 상황을 살폈다. 아담은 무표정으로 디저트 박스와 리노를 응시하는 중이었다.

리노가 당황한 기색으로 박스를 쳐다보며 말했다.

"이건, 제가 드리는 선물이에요. 혹시 괜찮으시면 가르침을 받을 수 있을까요?"

아담이 애매하게 고개를 대각선으로 끄덕였다. 사실 끄덕였다고 표현하기조차 애매한 움직임이었다.

"……?"

리노는 혼란스러웠다.

'뭐지? 싫다는 뜻인가? 수락한다는 뜻인가? 괜찮기도 하고, 싫기도 하다는 뜻인가?'

리노는 부연 설명을 바라는 마음으로 그를 지그시 바라보았다. 그러자 아담도 지그시 눈을 맞추는 것이 아닌가.

리노가 보기에 그는 마치 눈으로 무언가를 설명하는 듯했다. 아마도. 확신할 수는 없지만……!

리노는 아담의 진의를 읽어야겠다는 마음으로 붉은 눈을 마주한 채 마른침을 삼켰다.

'무슨 뜻인지 전혀 모르겠어……!'

* * *

한편 아담은 한껏 어쩔 줄 몰라 하는 중이었다. 물론 표정으로 드러나지는 않았지만.

자그마한 리노는 계속해서 그와 빤히 눈을 맞추고 있었다. 대답을 기다리는 건가. 아담은 그 눈빛에 입을 떼었다가 어떤 말도 내뱉지 못하고 다시 다물었다.

된다고도, 안 된다고도, 다른 어떤 말도 입이 쉬이 떨어지지 않았다.

스승이 돼 달라니, 제게 이런 제안을 했던 이는 단 한 명도 없었다. 그럴 일이 있으리라고 생각해 본 적도 없다. 꿈에서도.

누군가는 기사들의 마지막 꿈이 제 검을 잇는 제자를 키우는 것이라 했다. 그러나 그가 검을 든 이유는 생존이었다. 그렇기에 기사로서의 마음도, 꿈도 가져 본 적이 없다. 이런 자신이 누군가를 제자로 삼다니. 그것도 이 아이를.

리노는 계속 아담의 표정에서 무언가 읽어 내려 노력했다.

어서 안 된다고 확실히 표현해야 할 텐데 왜인지 밑바닥에 가라앉은 망설임이 그를 막아서고 있었다.

당황이 엿보이던 아이의 얼굴은 침묵이 길어지자 점점 울상이 되어 갔다.

"제가 갑작스럽게…… 너무 무례했죠."

역시 이게 맞는 일이다.

"죄송합니다. 그래도 이건 받아 주세요."

리노가 디저트 박스를 가리켰다. 그러고는 어깨를 축 늘어트리고 몸을 돌렸다.

아담은 디저트 박스를 든 채 그 모습을 지켜보았다.

다행이었다. 별일 아니다. 리노는 좋은 스승을 만나게 될 것이다. 아담은 느릿하게 눈을 한 번 깜빡이고 계수나무를 향해 걸음을 옮겼다.

그때, 쌩하니 달려가던 리노가 돌아섰다. 그리고 큰 소리로 외쳤다.

"죄송해요! 스승님! 제가 포기는 안 하거든요!"

스승님? 아담이 고개를 갸웃거렸다.

"또 올게요! 죄송해요!"

리노는 확실한 거절의 말이라도 들을까 두려웠는지, 도망치듯 자리를 떠났다.

'······?'

또 온다니······. 어째서. 무표정한 아담은 리노의 뒷모습이 사라질 때까지 가만히 바라보았다. 그러다 가슴께를 어루만졌다.

레리아나, 로즈마리와 함께했던 그 나무 아래에서처럼- 울렁이는 감각이 기묘하다고 생각했다.

* * *

다음 날, 개인 훈련을 마친 리노는 고민에 빠진 채 복도를 걷고 있었다.

'어머니께 가 보는 게 좋을까?'

포기하지 않는다, 기세등등하게 도전장을 내밀긴 했지만 딱히 좋은 생각이 있는 건 아니다.

'말을 좀 전해 달라고 어머니께 말씀드려 본다거나······.'

'아니야. 그건 기사답지 못해.'

보기 좋은 모양새가 아니지 않는가. 나도 이제 어머니의 비호를 받을 나이는 지났는데!

그렇게 리노가 고민에 빠져 있던 중 아리아의 방 안에서 와르르 웃음소리가 터졌다. 리노는 깜짝 놀라 걸음을 멈추었다. 이 목소리는 분명 아리아와 마야다. 불길한 기분이 들었다.

'설마······.'

그때, 삐걱- 음산한 소리를 내며 문이 열렸다.

그 안에서 초췌한 모습으로 나오는 건 세이모어와 로빈이었다.

거의 영혼을 잃은 듯한 세이모어의 모습에서 명예와 긍지 따윈 찾아볼 수 없었다. 앞머리는 바짝 올라가 앙증맞게 리본으로 묶여 있었고, 입술과 두 볼은 불그스름하게 물들어 있었으니까.

리노는 둘의 참상에 차마 무슨 말을 꺼내지 못하고 멍하니 섰다.

"리노?"

이를 발견한 세이모어가 리노를 불렀다.

"왕자님."

리노가 마른침을 삼켰다. 세이모어는 배신감에 찬 눈으로 멀쩡한 리노를 훑었다.

"이 편지는 대체 뭐지?"

세이모어가 품에서 편지를 꺼내 리노 앞으로 던졌다.

"아프다면서!"

"그게……."

"리노 드웰 원나이트. 네가 날 속인 건가."

"저, 저는!"

그때 방 안에서 아리아와 마야가 이야기를 나누는 소리와 함께 문고리가 달칵이는 소리가 났다. 세이모어와 리노가 이에 소스라치게 놀라 입을 다물었다.

철컥철컥, 돌아가는 문고리를 뚫어지게 응시하던 세이모어가 조용히 말했다.

"……리노, 일단 네 방으로 가자."

"예."

세이모어, 로빈, 리노 셋은 대답이 끝나자마자 다른 방으로 전력 질주했다.

　　　　　　　　　　＊　　＊　　＊

"체이머스와 윈나이트는 아버지 대에서부터 내려오는 혈맹이었다."

세이모어는 의자에 앉아 짐짓 위엄 있게 말했다.

"하나 너는 그 믿음을 이용해 나를 마굴에 빠트렸어."

"죄송합니다!! 정말 드릴 말씀이 없습니다."

리노는 세이모어 앞에서 한쪽 무릎을 꿇고 앉아 고개를 숙였다. 둘을 가만히 보고 있던 로빈이 몰래 다가가 세이모어 앞머리의 리본을 빼 주었다.

리노는 차마 변명할 수 없는 자신의 행동을 크게 반성했다. 사정이 있었다고는 하나 기사로서 용서받지 못할 행동이었다. 그는 무언가 결심한 얼굴로 서랍에서 카드를 한 장 꺼내 세이모어에게 건넸다.

"이건 제가 바치는 충성의 증표입니다."

"이건-"

"레어 기사 카드입니다. 전설의 SS급 황룡의 기사단장 크라트롤."

"이게 없으면 넌 공격 카드가 줄어 버릴 텐데……. 이제 전세에서 우위를 점할 수 없게 돼……!"

세이모어가 다시 카드를 돌려주려고 하자 리노가 굳게 다짐한 얼굴로 고개를 저었다.

"리노 윈나이트. 다시금 세이모어 체이머스 왕자님께 충성을 맹세합니다."

세이모어가 극한 감동에 취해 입술을 깨물다 손을 내밀었다.

"리노."

그러자 리노가 그와 손을 맞잡고 힘을 주었다.

"왕자님."

"우린 혈맹이다."

세이모어의 근엄한 말에 따라 리노가 소리쳤다.

"우린 명예와 긍지를 지킨다!"

"타도, 아리아 윈나이트!"

"타도, 아리아 윈나이트!!"

세이모어와 리노가 뜨거운 우정을 나누는 동안 로빈은 흐린 눈으로 둘을 응시했다.

하나는 왕권에 제일 가까운 제1왕자고, 하나는 왕국 내 제일 영향력 있는 귀족 가문의 아들인데.

둘이 모인 혈맹이 하는 게 고작 타도 아리아 윈나이트…….

체이머스와 윈나이트는 혈맹이라더니, 아리아 윈나이트는 제외인가. 로빈은 장차 이들의 손에 쥐어질 왕국의 명운을 걱정했다.

"로빈. 뭐 하지?"

빨리 붙으라며 눈치를 주자 로빈이 비실비실 다가갔다. 리노가 결의에 찬 얼굴로 로빈을 향해 고개를 끄덕였다.

전혀 이런 우정이나 맹세 따위 원치 않았으나 분위기가 그를 몰아가고 있었다. 로빈이 의욕 없이 말했다.

"타도…… 아리아 윈나이트……."

* * *

"흠, 스승을 위해서라면 할 수 없지."

그제야 왜 이런 배신이 이루어질 수밖에 없었는지 자초지종을 들은 세이모어가 고개를 주억거렸다.

"그렇지만 실패했어요."

"왜?"

"애매모호한 신호를 보내시더라고요."

애매모호란 단어에 세이모어가 눈살을 찌푸렸다.

"단순히 의사소통 문제 아니야? 넌 좀 눈치가 없으니까. 저번에도 그 영애 말이야."

줄곧 사교 모임에서 리노의 춤 신청을 받던 한 여자아이가 있었다. 아이는 내심 리노와 둘이 제법 진중한 사이라고 믿고 있었으나, 리노는 약혼이나 데이트 등에 대해 돌려 말하는 것과 행동들을 무심한 철벽으로 쳐 냈다.

나중에는 '그럼 왜 제게만 춤 신청을 하신 거죠?'라는 물음에, '영애께서 줄곧 제 춤 신청을 거절하지 않으셨잖아요.' 하고 웃으며 말하기까지 했다. 결국 리노는 얼굴에 무알콜 샴페인을 맞은 후에 혼자 남겨졌다.

세이모어의 이야기를 듣던 로빈이 해도 해도 심한 거 아니냐며 눈치를 주었다.

리노가 그렁그렁한 눈으로 고개를 저었다.

"아니에요. 이번에는 정말이에요. 스승님이 그냥 고개를 이렇게……."

그가 그 알 수 없던 아담의 고갯짓을 재현하자, 세이모어와 로빈이 동시에 말했다.

"모르겠군."

"모르겠네."

"그렇죠?"

셋은 머리를 맞대고 고민에 빠졌다. 그러던 중 세이모어가 말했다.

"일종의 시험이 아닐까? 원래 고수들은 바로 자신의 기술을 넘겨 주지 않는 법이잖아. 언제나 자격과 인내를 시험하지."

"영웅 전기처럼요?!"

"맞아. 성 사울로 전기에서 사울로 경이 첫 스승을 만났을 때처럼."

"역시!"

리노가 눈을 빛내자 세이모어는 현명한 왕이라도 된 것처럼 뿌듯해했다. 그리고 로빈은 저 둘이 영웅 소설을 너무 많이 봤다고 생각했다. 둘이 짝짜꿍이 맞아 비요크 성 탈환에 대해 떠드는 동안 로빈이 손을 들었다.

"저는 잘 모릅니다만, 기사분이시니까 제자가 되고 싶다면 그분의 종자가 되어야 하는 거 아닌가요? 저희 마을에서 기사가 되고 싶은 아이들은 다 종자 자리를 노리는데."

"종자……!"

"아, 종자!"

리노와 세이모어가 입을 모아 말했다.

"네, 보통은 그렇게 할 겁니다."

세이모어는 역시 서민의 시각은 다르다며 고개를 끄덕였다. 그러면서 그는 마치 엄청난 모험이라도 한 것처럼 로빈의 집을 묘사했고, 리노는 그런 던전에 다녀온 거냐며 박수를 쳐 댔다.

"그런데요. 종자는 뭘 하는 거죠?"

"그런데 종자는 뭘 하는 거지?"

졸지에 던전에 살게 된 로빈은 떨떠름하게 말했다.

"일단…… 시중을 드는 것 같던데요."

* * *

아담의 하루는 보통 7시부터 시작한다.

"안녕하십니까!!"

오늘은 아니었지만.

생글생글 웃으며 인사하는 건 분명 리노였다.

'……?'

아담이 놀라 침대에서 벌떡 일어섰다.

"생각보다 늦게 일어나시네요! 제가 욕실에 물 받아 놨어요!"

아담은 현재 시간이 새벽 5시 반인 것을 확인했다. 리노가 왜 여기에 있는지 혼란스러워하는 중에 리노가 아담의 옷을 끌어 올리기 시작했다.

"제가 벗겨 드릴게요!"

"……!"

아담이 끔찍하게 놀라 도망치듯 욕실 안으로 달려갔다. 그러고는 몸을 노리는 불한당에게서 도망친 것 같은 자신의 꼴에 어리둥절해했다.

'……?'

그런 아담의 마음을 모르는 리노는 준비해 왔던 바구니에서 스펀지를 꺼내 문을 벌컥 열고 안으로 뒤따라가 소리쳤다.

"제가 등 밀어 드릴게요!"

"……?!"

당황한 아담이 전광석화같이 움직여 리노를 욕실 밖으로 밀어냈다. 밀려 나온 리노가 욕실 문 앞에서 덩그마니 섰다.

"……음."

시중이 마음에 차지 않으셨던 걸까? 그냥 내가 마음에 안 드시는 건 아니겠지?

그러던 리노가 돌연 얼굴을 번쩍 들었다.

"난 포기하지 않아!"

확실히 나는 부족해. 그래도 포기하진 않아! 굳게 다짐한 리노가 아담을 기다리며 검을 휘두르는 시늉을 보였다.

"챙! 챙!"

입으로 소리를 내며 손을 휘두르다 손목에 부딪힌 문고리가 퍽 소리를 내며 날아갔다.

"앗!"

그 소리에 아담이 놀라 밖으로 뛰어나오자 리노가 눈을 깜빡였다.

"……죄송합니다."

리노가 울상이 되어 문고리를 다시 집어넣으려고 했지만 문고리는 힘없이 다시 떨어졌다.

* * *

"식사는 주방에서 알아서 한다고 해서 제가 간식 식단을 짜 봤어요."

자신의 실수를 만회해야겠다고 생각한 리노가 비장의 수를 꺼내 들었다.

욕실에서 나온 아담을 맞이한 것은 테이블 위의 알록달록한 도시락 통이었다. 안에는 색깔별로 별사탕과 초코파이가 들어 있었다.

어서 앉으라며 아담을 인도한 리노가 말했다.

"오늘 아침은 별사탕과 초코파이. 점심은 마카롱이에요. 안타깝지만 저녁은 간식이 없어요. 세 끼 전부 디저트를 먹으면 안 돼요. 아버지께서 그건 몸에 좋지 않다고 하셨어요. 그리고 진정한 기사는 참을 줄 알아야 된다고 당부하셨어요."

열심히 말하던 리노가 고개를 갸우뚱 기울였다.

"그래서 누나는 기사가 안 될 거래요. 하고 싶은 걸 하고 싶을 때 다 할 거라고."

리노가 턱을 괴고 그때를 떠올렸다.

"스승님은- 아, 그러니까 이전에 제게 검을 가르쳐 주셨던 제드 스승님께선, 아리아 아가씨는 마음만 먹으면 무로 세상을 호령하게 되실 겁니다, 라고 하셨는데 말이에요."

당시의 아리아는 한 3초 정도 생각하더니 '저는 됐어요.' 하고 고개를 저었다.

"저는 잘 이해가 안 돼요. 스승님께서도 그렇게 생각하시죠?"

리노가 그렇게 이야기를 꺼내는 중이었다.

아담은 이 소꿉장난 같은 상차림 앞에서 새벽같이 일어나 아침, 점심, 간식 식단을 들고 있는 자신을 돌아보고 있었다.

'......?'

왜 이렇게 된 건지 알 수가 없다.

그때, 리노가 멍하니 도시락만 응시하는 아담의 손에 포크와 나이프를 쥐여 주었다. 그리고 어서 먹어 보라며 10살짜리 아들을 보는 엄마 같은 미소를 지었다.

'……?'

아담은 당혹스러웠다. 그러나 그 당혹스러움은 리노에게는 평소와 같은 무표정으로밖에 보이질 않았다.

'……?'

미소를 저버릴 수 없던 아담이 손에 쥐인 식기로 초코파이를 잘라 먹었다. 그에 리노가 눈을 빛냈다.

"그리고 이거 누나한테는 비밀이에요. 절대 말하지 말아 주세요. 알면 큰일 나니까."

리노가 두려움에 몸을 떨며 말했다.

어쩐지 이 손이 많이 갔을 것처럼 보이는 디저트는 아리아에게서 훔쳐 온 모양이었다.

리노가 다시 좌불안석이 되자 아담은 급히 고개를 한 번 끄덕였다.

리노는 제 스승이 생각보다 더 좋은 분이라고 생각했다.

* * *

리노의 기행은 며칠간 계속되었다.

잠자리를 바꾸고 식사 시간도 옮겼지만, 리노는 어떻게든 찾아왔다. 한 저택에서 사는 이상 언제 어떻게든 부딪히기 마련인 데다 그는 대체 어디선가 보고 있었는지 부지불식간에 앞으로 튀어나오곤 했던 것이다.

"어디 가시는 거죠? 계수나무?"

오늘도 갑작스레 나타난 리노가 아담의 뒤를 졸졸졸 쫓아왔다. 아담이 고개만 한 번 끄덕하고는 잽싸게 걸음을 옮겼다.

아담은 그간의 경험으로 알아낸 것이 하나 있었다.

그가 이를 떠올리며 계수나무 위로 훌쩍 올라가자, 리노가 똥 마려운 강아지 같은 눈으로 그를 올려다보았다. 리노는 작아서 이 커다란 나무 위로는 따라올 수가 없었다.

아담은 리노의 시선을 애써 피했다.

대체 무슨 생각인지는 모르겠지만 평소처럼 저렇게 나무 밑을 뱅뱅 돌다 돌아가리라 예상했다.

그러나 오늘은 마음가짐이 조금 달랐던 모양인지, 리노는 돌아가기는커녕 계수나무 아래에 벌러덩 누워 버렸다.

"이것도 수련의 일종인 거죠?"

"……."

아담이 대답하지 않자 리노는 두 팔과 다리를 쭉 펴고 누운 채 하늘을 가만히 응시했다. 파란 하늘에 하얀 구름이 줄지어 움직였다. 리노는 숨을 크게 한 번 들이켰다.

나무 냄새와 풀 냄새…… 자연과의 일체감을 느끼며 리노가 입을 열었다.

"스승님, 바닥에는요."

아담이 아래로 시선을 내리니 리노가 무언가를 참는 듯이 억눌린 목소리로 말했다.

"……벌레가 많아요."

개미떼가 일렬로 줄을 서 아이의 얼굴 위로 올라가는 중이었다.

"……?!"

당황한 아담이 황급히 내려와 리노를 안고 나뭇가지 위로 올라갔다. 그리고 리노의 목덜미를 한 손으로 덜렁 들어 올린 채 개미와

풀떼기를 털어 주었다.

그에 리노는 제 스승이 굉장히! 굉장히! 좋은 사람이라고 마음속 프로필을 수정했다.

그렇게 아담은 리노를 가지에 앉히고 계수나무 기둥에 등을 기댄 채 앉았다.

리노는 아담 옆에 바짝 붙어 앉더니 굵은 가지에 자리를 잡고 누웠다. 그러고는 나뭇잎 사이로 하늘을 바라보았다.

"스승님, 저 구름- 용사 구론이 마왕에게서 되찾은 태양의 검 손잡이에 달린 곰 모양 펜던트같이 생겼어요."

아담이 리노가 가리킨 형이상학적으로 생긴 구름을 응시했다.

"⋯⋯?"

용사 구론이 마왕에게서 되찾은 태양의 검 손잡이에 달린 곰 모양 펜던트라니⋯⋯. 아담이 눈매를 좁히고 뚫어져라 구름을 뜯어보았다. 설명이 상당히 구체적인데도 불구하고, 구름에서는 그 비슷한 것도 보이질 않았다.

"저건 제국의 황제 레오 5세가 창끝에 매달았던 손수건의 사슴 문양 뿔을 닮았고요."

천 년 전에 살았던 제국의 황제가 창끝에 매달았던 손수건의 문양을 대체 어떻게 알고 있는 거지? 이젠 리노에게 누가 그런 걸 가르쳤는지 궁금했다.

"그리고 저건⋯⋯."

리노가 다른 구름을 가리켰다. 아담이 같이 시선을 돌리는데 문득 아이의 손이 눈에 들어왔다. 자그마한 손은 단단하게 굳은살로 뒤덮여 있었다. 쉼 없이 검을 잡고 단련한 이의 손이었다. 이는 굉

장히 많은 시간과 노력을 쏟아붓고 있다는 걸 알기 쉽게 보여 주고
있었다.

"저도 언젠가는 그분들처럼 강해질까요?"

구름을 보던 리노가 아담 쪽으로 시선을 옮겼다.

"책에 나오는 영웅들처럼요. 그분들처럼 멋지고 강해지고 싶어요."

아담에게서 대답이 없자 리노가 쑥스러웠는지 입을 다물었다.

머뭇거리던 아담이 한 번 고개를 끄덕였다. 그러자 리노는 조금
흥분한 듯 얼굴을 붉혔다.

"그럴 수 있을까요?"

아담이 확신을 주는 것처럼 두 번 고개를 주억거렸다. 그에 리노
가 기분 좋은 듯 활짝 웃었다.

하지만 그는 금세 다시 입꼬리를 내렸다.

"그렇지만 저는 재능이 없대요."

제드가 아버지와 자신에 대해 얘기를 하는 걸 몰래 들은 적이 있
다. 아리아의 재능을 썩히는 게 아깝다는 이야기를 하던 제드는 이
어 리노는 아리아에 비해 재능이 떨어진다는 말을 전했다.

처음에는 그게 무슨 뜻인지 알지 못했다.

그러나 아리아가 일주일 만에 해내는 것을 리노는 이 주, 삼 주
란 시간을 쏟아야 했고, 그런 것이 재능의 차이라는 걸 깨달았을
때 며칠간은 제대로 검을 잡지도 못했다.

그동안 리노는 영웅 전기를 탐독했다. 주인공도, 배경도 달랐지
만 결국 말하고자 하는 건 모든 영웅들은 어려움을 이겨 내고 포기
하지 않았다는 이야기의 연속이었다.

쉽게 포기하지만 말자, 리노는 그렇게 생각하며 다시 검을 쥐었

다. 그건 리노에게 꽤 잘 먹혀들었다. 노력을 더 열심히 했고 실력은 일취월장했다.

뭐, 가끔씩은 이렇게 의기소침해지긴 했지만.

'그래도 포기하지 말아야지.'

그때였다.

"그것보다는……."

머리 위에서 들려온 청아한 목소리에 리노가 눈을 동그랗게 떴다.

어떻게 해야 할지, 뭐라고 말해야 할지 쩔쩔매던 아담이 리노의 머리에 손을 얹었다. 그가 민들레 홀씨라도 만지는 것처럼 두어 번 가볍게 머리를 쓰다듬었다.

"재능보다는 노력이, 중요합니다. 더……."

리노가 눈을 깜빡이며 되물었다.

"정말요?"

"정말입니다."

가타부타 말을 더하지는 않았으나 그로서는 최선을 다하고 있다는 건 느낄 수 있었다. 여전히 뭘 생각하는지 모를 무표정한 얼굴이긴 했지만, 그 손길이 아주 다정해서 리노는 입가에 웃음이 새어 나오는 것을 참지 못했다.

아담에게 조금 더 가까워졌을지도 모른다는 생각이 들기 시작한다.

어쩐지 여느 때보다도 뿌듯하고 충만한 기분이었다. 이런 분위기를 타고 아담과 이야기를 더 나누고 싶다. 리노가 잠시 고민하다 재빨리 물었다.

"저, 스승님의 스승님은 어떤 분이셨어요?"

"……."

"스승님?"

아담은 입을 다문 채 눈을 느릿하게 깜빡였다.

리노는 직감했다. 지금이다. 읽자! 리노! 스승님께서 말하고자 하는 바를 읽는 거야! 리노가 눈을 부릅떴다.

"……굉장한 분이셨군요!"

곧 리노가 탄성을 터트리듯 말했다. 물론 아담의 표정은 전혀 읽지 못했다.

"역시, 스승님의 스승님이니까 굉장히 멋진 분일 거라고 생각했어요……!"

"……."

무슨 표정이지?! 전혀 모르겠어!

서로 입을 열지 않은 채 한동안 침묵이 계속됐다.

"……."

"……."

실패했나……?

5분여쯤 어색한 침묵이 감돌자 리노는 다시 하늘로 시선을 옮겼다. 마냥 구름을 보다 졸린 눈을 깜빡거렸다. 아이는 하품을 하고는 서서히 눈을 감았다.

* * *

아담은 잠에 빠져드는 리노를 내려다보았다.

제 스승은…… 스승이라고 칭해야 할지도 모르겠다. 아담에게 처음 검이란 걸 쥐여 준 사람은 굉장히 멋진 사람이 아니라 굉장히 나쁜 사람이었다. 그는 아이들을 데려다 검을 쥐여 주고 적당히 나이가 차면 용병으로 팔아넘겼다.

붉은 계곡의 아이들은 살해당하거나 어떻게든 살아남아서 약탈하는 것이 일상이었으니 그때는 그가 나쁜 줄도 몰랐다.

선왕이 벌인 붉은 계곡 토벌전에서 사망할 때까지, 그는 아이들에게 입에 담지 못할 끔찍한 짓을 많이 저질렀다.

그러니 막상 그런 이야기를 들려줘도 될지 고민스러웠다. 대단한 영웅은커녕 영웅에게 토벌당하는 악당으로도 나오지 못할 텐데.

그래서 입을 열지 못했다. 생각만큼 굉장한 영웅이 아니라 실망스러울까 봐. 누군가가 자신에게 실망할까 걱정하고 고민하는 건 생경한 기분이었다.

"……."

생경하고, 아주 거추장스러운 기분이다.

리노가 숨을 고르게 쉬는 걸 보고 아담이 조심스럽게 몸을 일으켰다. 그 순간이었다. 리노가 눈을 똥그랗게 떴다.

"어디 가세요?"

아담이 리노의 엄청난 반응 속도에 놀라 어깨를 들썩였다. 아이는 벌떡 일어나 다시 아담의 뒤를 쫓았다. 마구간으로 향하는 것을 보고 리노가 손을 맞부딪혔다.

"아, 말이 필요하시군요!"

그러곤 마구간으로 뛰어가기 시작했다.

"제가 준비할게요!"

* * *

"도련님, 여기서 뭐 하세요?"

자신의 애마 썬카이저 2세에게 당근을 주던 앤슬리가 리노에게 물었다. 이쪽 마구간에는 기사들의 말을 두기 때문에 보통은 리노를 여기에서 만날 이유가 없다.

"앤슬리 경!"

낑낑거리며 물통을 옮기던 리노가 그녀를 반겼다. 게다가 저렇게 물을 옮기는 모습은 더욱더 볼 일이 없는데……

앤슬리가 씰룩이는 통통한 볼을 보며 웃다가 리노가 멈춰선 자리의 말을 확인한 후 말했다.

"그건 테일러 경의 말인데요?"

"네! 외출하시는 것 같아서 미리 말을 준비시키려고요!"

"그걸 왜 도련님께서……"

"기사의 마음에 들려면 이렇게 한다더라고요."

대체 누가 그런 소리를……. 앤슬리가 자초지종을 되물으려는데 마구간 창밖으로 아담이 걸어오는 것이 비쳤다.

"그럼 저는 이만!"

리노가 말을 데리고 입구로 후다닥 뛰어갔다.

"마음에 들도록……?"

그리고 남은 앤슬리는 눈동자를 떨었다. 왜 마음에 들도록? 무슨 뜻이지? 내가 생각한 그 뜻인가?

앤슬리가 혼란스러워하는 와중에 휘튼이 경악을 하며 다가왔다.

"으악! 앤슬리! 손! 썬카이저 경한테 먹히고 있잖아."

휘튼이 그녀의 손을 빼냈다. 손에서 썬카이저의 침을 뚝뚝 떨어트리면서도 앤슬리는 정신을 차릴 기미가 보이지 않았다.

"앤슬리, 무슨 일 있어? 어디에다 정신을 빼놓고 다니는 거야?"

"윌론 휘튼."

"이름으로 부르지 말랬지."

"한 아이가 어려운 길을 가려고 하는데…… 네가 우연히 그걸 알게 됐다고 쳐."

"네 얘기야? 뭘 알았는데?"

"내 친구 얘기야. 하여간 네가 그런 상황이라면, 그 아이 부모한테 말할 것 같아?"

"당연한 거 아니야? 그래야 부모가 응원을 하든 뜯어말리든 하지."

"……그렇지?"

앤슬리가 해맑은 리노의 얼굴을 떠올리며 고통스러워했다. 그러고는 결심한 듯 벌떡 일어선 후 당근을 휘튼에게 던졌다.

"나 대신 당근 좀 줘."

썬카이저 2세가 휘튼의 손에 든 당근을 먹으려고 입을 벌렸다. 휘튼이 침으로 범벅이 된 당근 끄트머리를 잡아서 썬카이저 2세의 입에 넣어 주며 다급히 물었다.

"야! 앤슬리! 어디 가는데!"

앤슬리가 입구에서 무언가를 보며 멈춰 섰다. 입구 앞에서는 말을 데리고 나온 리노가 작은 강아지처럼 아담의 곁에 붙어 있었다.

그러고 보니 떠오르는 소문이 있었다. 노아가 레리아나를 만나기 전, 특별히 여자를 만들지 않았던 노아를 둘러싼 흉흉한 이야기들이.

'설마. 유전적 요인이……?'

앤슬리가 휘튼을 되돌아보며 아주 비장하게 말했다.

"마님께 가야겠어……."

*　*　*

세이모어와 로빈, 리노 셋은 저택 근처 아지트에 모였다. 사냥꾼
의 오두막을 개조한 곳으로, 리노는 아리아와 마야가 모르는 곳이
라며 제법 자랑스럽게 소개했다.

세이모어는 오두막을 살피다 불현듯 말했다.

"여기, 무너질 것 같은데?"

그는 건축법 개정이 시급하다며 중얼거렸고 로빈과 리노는 이를
무시하며 이야기를 나누었다.

"테일러 경이랑은 어때? 잘돼 가고 있어?"

"잘되고 있는 것 같아요."

"어떻게? 검술을 봐주시겠대?"

"그렇게 직접적으로 말씀하신 건 아니지만, 곧 그러실 거예요.
직감이 오거든요."

리노가 부끄러운 듯 말하자 가만히 듣고 있던 세이모어가 고개를
갸웃거리며 대꾸했다.

"직감이라니, 넌 그런 거 없잖아."

리노는 세이모어가 재밌는 농담이라도 한 것처럼 하하핫, 하고
웃어 댔다.

그러나 세이모어는 진심이었다.

자신이 진심으로 말한 것도 모르면서 무슨 직감이고, 뭐가 보인다는 건가.

리노는 세이모어가 그런 생각을 하고 있는 줄은 꿈에도 모른 채 밝게 말했다.

"스승님께서 내심 절 마음에 들어 하시는 것 같아요."

"왜 그렇게 생각하는데?"

"절 내치지 않으시니까요!"

그게 전부인가?

세이모어와 로빈은 뭔가 다른 부연 설명이 이어질 것이라 기대했지만, 리노는 그저 대단하지 않느냐는 얼굴을 했다. 그게 전부인 모양이었다.

* * *

점심 식사가 준비되자 식당으로 기사들이 몰려들었다. 긴 식탁에서 앤슬리 맞은편에 앉은 휘튼이 엄지로 뒤쪽의 아담을 가리켰다.

"무슨 일 있는 것 같지 않아?"

"······?"

뒤를 돌아보니 아담은 수저로 스프를 뜬 채 졸고 있었다.

앤슬리가 깜짝 놀라 몸을 일으키자 휘튼이 그녀를 만류했다.

"놔둬. 알아서 일어나니까."

그의 말대로 아담은 그릇 안에 얼굴이 빠지기 전에 언제 그랬냐는 듯 짐승 같은 감각으로 일어나 다시 스프를 뜨고 있었다.

그 과정을 전부 지켜본 앤슬리가 나직이 물었다.

"무슨 일이지?"

"몰라. 요 며칠 계속 저래."

요 며칠? 며칠이라면 짐작이 가는 일은 그것밖에……. 사색이 된 앤슬리의 머릿속에서 사랑과 전쟁이 펼쳐졌다.

"모르긴 몰라도 엄청나게 시달리고 있는 것 같은데."

휘튼의 말에 앤슬리가 측은한 얼굴로 아담을 바라보았다.

한편 수저를 뜨는 둥 마는 둥 하던 아담이 어느 순간 벌떡 일어섰다.

리노가 올 시간이다.

아무리 피해도 리노가 자신을 하루 종일 따라다니는 통에 어쩐지 모범적인 생활을 해야 한다는 강박이 머릿속을 지배하고 있었다.

아담이 리노를 만나기 위해 서둘러 식당을 벗어나는 참이었다.

"어엇!"

빈 그릇 몇 개를 들고 뛰어가던 소년이 아담과 정면으로 부딪혔다. 새로 들어온 주방 보조였다. 소년은 죄송합니다, 라며 붙임성 좋은 투로 말하며 고개를 들었다. 그러다 아담의 붉은 눈을 보자 화들짝 놀라 몸을 움츠렸다.

"죄송합니다! 죄송합니다!!"

아담이 떠나는 소년을 바라보다 가렵기라도 한 것처럼 눈을 비볐다.

* * *

"스승님!"

자그마한 아이가 계수나무 가지 끝에 매달려 있었다.

"저 제 힘으로 올라왔어요!"

겨우 균형을 잡은 리노가 벌떡 일어서며 소리쳤다.

"저도 이제 스승님처럼 잘할 수 있어요!"

리노가 양손을 번쩍 들었다.

아담은 자신처럼 되고 싶다는 아이를 물끄러미 바라보았다. 자신에 대해 모든 걸 알고 나서도 저렇게 되고 싶다 선망하진 않을 텐데.

괜한 망설임에 머뭇거리는 게 아니었다. 리노를 올려다본 아담이 입을 열었다.

"다른 스승을 구하십시오."

"네?"

리노가 눈을 동그랗게 떴다. 네? 라며 재차 되물었지만 아담은 입을 떼지 않고 그냥 무표정으로 바라볼 뿐이었다. 붉은 눈동자가 오늘따라 서늘하게 느껴졌다.

리노가 힘이 빠진 두 팔을 아래로 늘어뜨렸다.

"제가 뭘 잘못했나요?"

순간 균형을 잃은 몸이 기우뚱 앞으로 기울었다. 리노가 자신이 나무 아래로 떨어지려는 걸 눈치채기도 전에 아담이 아이를 안아 들었다.

"저는 스승님이 좋아요."

그러나 아담은 아이를 내려놓고 단호히 고개를 저었다.

"저는 도련님께서 생각하시는 그런 기사가 아닙니다."

그 말이 끝이었다. 그는 더 이상 말을 들으려 하지 않았다. 등을 보이고 떠나는 아담 뒤로 리노가 고개를 숙였다.

＊　＊　＊

노아는 수풀 속에서 빼꼼 튀어나온 구두를 물끄러미 바라보았다. 아무리 봐도 제 부인의 발이다. 오늘따라 어디로 사라졌나 해서 하루 종일 찾았더니 전혀 예상할 수 없던 곳에 숨어 있었다.

요즘 들어 레리아나는 줄곧 무언가 물으려다 얼버무리는 기색이 었기에 신경이 쓰이던 참이었다. 레리아나를 달랑 안고 돌아갈지 말지 고민하던 그가 결국 말을 걸었다.

"뭐 하는 거야?"

"쉿, 쉿!"

노아의 물음에 레리아나가 그를 강하게 잡아 밑으로 끌어내렸다.

"왜 그래?"

노아가 그대로 주저앉아 레리아나의 헝클어진 머리를 가다듬었다. 그러고는 대체 뭘 보기에 제게는 눈길 한 번 주지 않고 집중을 하고 있는지 그녀의 시선을 따라갔다. 그 끝에서는 아담과 리노가 계수나무에서 이야기를 나누는 중이었다.

노아가 둘의 대화를 엿듣는데 레리아나가 제법 진지한 목소리로 말했다.

"우리 결혼 전에, 이상한 소문 있었잖아요."

"소문?"

"그, 왜…… 당신이 남자랑 그렇고 그런……."

레리아나가 말을 끝내지 못하고 눈을 굴렸다.

"누가 당신한테 그런 말을 해?"

노아가 그림 같은 얼굴로 미소를 지었다. 불길한 기운에 레리아나가 시선을 회피했다.

"아니, 딱히 누가 그런 건 아니고."

"누군데."

"아무도 아니야. 그냥 지나가다 들었어요."

"당신이 말 안 해 주면 내가 알아보지."

레리아나가 헛소문이란 거 다 안다고 고개를 저었지만 노아는 알았다며 싱긋 웃기만 했다.

레리아나는 괜히 말을 꺼냈다며 다시 아담과 리노에게로 시선을 돌렸다.

"그보다 당신한테 저 소리가 들려?"

그에 노아가 빙긋 웃으며 손을 내밀었다.

"알고 싶어?"

"응."

"얌전히 따라오면 둘이서 무슨 얘기 했는지 말해 주지."

눈매를 좁힌 레리아나가 불신과 의심에 찬 어조로 물었다.

"뭐 하려고."

"글쎄."

"그냥 말해 줘요."

"얌전히 따라오시기만 하면–"

노아가 어깨를 으쓱이며 레리아나의 손을 들어 올렸다.

"–다 말해 줄 테니까."

응? 노아가 고개를 기울이자 폭 한숨을 내쉰 레리아나가 손을 맞잡았다.

"그럼 가시죠."

"그러시죠."

결국 원하는 것을 얻어낸 노아가 레리아나를 안고 일어섰다. 당연한 수순처럼 제 목을 감싸 안는 팔이 사랑스러워 가볍게 미소를 띤 노아가 물었다.

"그래서, 뭐가 그렇게 걱정되십니까. 부인."

"그게⋯⋯."

바로 말을 꺼내려던 레리아나가 무언가 고민하며 입을 다물었다.

"응?"

노아가 달래듯 재촉하자 레리아나가 단단한 목소리로 경고했다.

"절대 웃지 마요. 진지하니까."

"알았어."

"리노가 아담을 좋아하는 것 같아서. 그런⋯⋯ 의미로."

"⋯⋯?"

아까 아담과 리노의 대화를 떠올리며 노아가 가만히 고개를 기울였다. 그러고는 미간을 살짝 찌푸린 채 숨을 가다듬으며 되물었다.

"⋯⋯그런 의미?"

네가 생각하는 그 의미가 맞다며 레리아나가 고개를 끄덕이자 그가 결국 참지 못하고 품- 실소를 터트렸다.

"아, 정말. 웃을 줄 알았어."

레리아나가 입바람으로 앞머리를 날렸다.

* * *

"리노."

레리아나가 리노를 부르며 방문을 열었다. 침대 아래에 쪼그려 앉아서 영웅 전기를 읽고 있던 리노가 얼굴을 들었다. 아이의 엉망 진창이 된 표정을 보고 레리아나가 부드럽게 말을 걸었다.

"제드 경께서 테일러 경을 스승으로 추천해 주셨다는데, 맞니?"

"네. 그런데 이제는 아니에요⋯⋯."

"왜?"

"제가 잘못했나 봐요. 계속 기분을 상하게 했는데 몰랐던 것 같 아요."

리노가 손가락을 꼼지락거렸다.

"전 원래 그렇잖아요. 말도 잘 못 알아듣고. 상대방이 싫어하는 것도 모르고."

레리아나가 리노의 어깨를 안고 아이의 머리에 입을 맞췄다.

"아니야. 엄마가 잘못했나 봐. 괜히 편견을 가질까 봐 일부러 얘 기 안 했는데. 그러면 안 되는 거였어."

"뭐가요?"

레리아나가 음, 목을 울리며 잠깐 고민하다 입을 열었다.

"친해진다는 건 그 사람에 대해서 점차 알아가는 과정이잖아. 그 사람에 대해 아무것도 모르면서 어떻게 마음을 나눌 수 있겠어."

알아가는 과정. 리노는 어머니의 말을 곱씹었다.

리노에게 아담은 실력이 대단한 기사였다. 무뚝뚝하지만 친절하

기도 하고. 달콤한 디저트를 좋아하고……. 내가 되고 싶은 사람이
될 수 있을 거라 말해 주었다.

"스승님은요. 저한테 용기를 주셨어요."

"다행이네."

"그런데 저한테 자기는 제가 생각하는 사람이 아니라고 하셨어요."

레리아나가 말없이 어깨를 토닥였다. 리노가 자리를 털고 일어섰다.

"그러니 제가 직접 찾아볼래요. 제 스승님이니까."

*　　*　　*

그렇게 떠난 이후, 리노는 근 일주일 동안 아담을 찾지 않았다.
바람이 잠잠하게 부는 가운데 아담은 오랜만에 편안한 휴식 시간
을 즐겼다. 편하다.

그가 눈을 느릿하게 깜빡였다. 계수나무 가지에 기대 누운 그는
흐리게 뜬 시야로 떠다니는 구름이 마왕을 무찌른 유명한 성검처
럼, 어떤 구름은 곰돌이 펜던트처럼 보인다고 생각했다.

"……?"

아담이 고개를 갸웃거렸다. 아마 아직 잠이 부족한 걸지도 모르
겠다.

그때였다.

"스승님!"

밑을 내려다보자 품에 무언가를 안고 있던 리노가 손을 흔들었
다. 그러고는 나무기둥을 뻘뻘대며 타고 오르기 시작했다.

아담이 손을 내밀자 리노가 그 손을 맞잡고 가지 위로 올라타 앉

았다.

"이거요."

그리고 가죽 끈으로 엉성하게 묶인 책 한 권을 내밀었다. 책 겉표지에는 삐뚤빼뚤한 글씨로 '아담 테일러 전기'라는 글씨가 쓰여 있었다.

"······?"

"제가 만든 거예요."

리노가 볼을 붉히며 말했다.

아담이 페이지를 넘기자 그동안 그가 겪은 붉은 계곡과 요람 전쟁, 노아를 만나고 저택으로 온 모든 과정들이 적혀 있었다.

"아직 모르는 게 많지만, 그래도······."

그다음에는 제자 리노에 대한 이야기가 이어졌다. '영웅 아담은 제자에게 친절을 베풀고 용기를 주었다.'라는 내용이 아주 비장한 문체로 담겨 있었다.

"영웅들은 모두 시련과 고난을 거치고 위대한 사람이 됐잖아요. 저는 스승님이 지금 세상에서 제일 대단한 영웅이라고 생각해요."

리노가 눈동자를 굴렸다.

"아니, 아버지 다음으로요······."

그가 눈치를 보자 아담이 가만히 고개를 끄덕였다.

페이지를 펼치자 붉은 눈을 가진 남자와 작은 아이가 검을 들고 같은 방향을 보며 나란히 서 있었다.

아담은 다음 페이지를 넘겼다. 마지막 장에서 둘은 사탕이 잔뜩 쌓여 있는 산으로 전설의 디저트를 찾아 모험을 떠났다.

"제 스승님이 돼 주세요."

리노는 시험 결과라도 기다리는 것처럼 긴장한 듯 손을 모으고 있었다. 아담은 내내 조마조마한 기색을 감추지 못하는 눈을 마주쳤다.

그러자 리노가 다급하게 말했다.

"꼭 같이 전설의 디저트를 찾으러 가요!"

마침내 아담이 웃음을 터트렸다.

이 정도는 굳이 말하지 않아도, 고개를 끄덕이지 않아도 알 수 있다. 리노가 환하게 웃으며 두 주먹을 꼭 쥐었다.

6장

같이 놀자

같이 놀자

"아기가 태어났대!"

리노가 서재의 문을 열고 크게 소리쳤다. 마침 책장에서 책을 꺼내고 있던 아리아가 되물었다.

"아기?"

"왕자님이래!"

"아……."

짚이는 곳이 있었던 아리아가 고개를 끄덕였다. 비비안이 죽고 한참 동안 비를 들이지 않았던 시아트리히는 결국 2년 전 타국의 공주와 혼약을 맺었다.

공주는 결혼 1년 만에 배가 불렀고, 아들일 가능성이 매우 높다는 이야기가 사교계에 도는 중이었다.

"그래서?"

아리아가 제법 뾰족한 투로 답했으나 물론 리노는 전혀 감지하지 못했다.

"보러 갈래!"

"안 돼."

"왜!"

"바보야. 세이모어 왕자님한테는 큰일이 난 거야."

리노가 '큰일?'이라며 되묻자 아리아가 책장에 책을 꽂으며 말을 이었다.

"남자애잖아. 그것도 정비가 낳은 왕자. 우린 원나이트 공작 가문이야. 우리가 그 애랑 논다고 하면 세이모어 왕자님 입지가 좁아져."

아리아가 치맛단을 털며 여상하게 말했고 리노가 어깨를 늘어트렸다.

"그래도, 보고 싶어……."

"보고 싶긴."

아리아가 입을 삐죽였다.

"그래 봤자 애지."

"누나는 갓 태어난 아기 본 적 있어?"

"전에 한 번. 렉시아 가문에 놀러갔다가 멀리서 안고 있는 건 봤어."

"어땠어?"

"그냥, 작았어."

아리아가 어깨만 으쓱 들어 올렸다.

"궁금해."

리노가 책장 앞 스툴에 앉아 맹하게 먼 곳을 바라보며 말했다.

아리아는 그런 리노를 응시하며 못마땅한 듯 입을 삐죽거렸다. 그냥 보고 오기만 해도 원나이트 공작가의 아이들이 새로 태어난 왕자와의 연대니 어쩌니 하며 난리가 날 텐데. 제 동생은 아직 그런 면에서 미숙했다.

"왕자님 눈동자는 황금색일까?"

"글쎄."

"궁금하지 않아?"

"곧 알기 싫어도 알게 될걸. 왕자니까."

"그런가."

리노가 조금 시무룩해진 채로 발을 까딱거렸다. 책장을 둘러보다가 한숨을 푹 쉰 아리아가 리노의 앞에 다가가 섰다.

"가려면 몰래 가야 돼."

           *   *   *

세이모어가 어렸을 적 목숨을 위협 받았던 일 이후, 왕자는 성을 따로 배정받지 않게 되었다. 시아트리히는 자신이 머무는 거처인 성의 심장부에 왕자가 함께 기거하도록 명했다.

아리아와 리노에게는 차라리 호재였다. 아이들은 비밀 통로와 수로로 왕성 안을 쉽게 드나들었고 들켜도 의심을 받지 않았으니까.

그렇게 성안으로 숨어든 리노와 아리아는 왕자가 있는 방의 바로 옆 계단 밑에서 쪼그려 앉아 주위를 살폈다. 계단의 그림자에 작은 몸집이 가려져서 경호하는 기사들의 시야를 쉽게 피해 갈 수 있었다.

"여기서 기다리다 왕자님의 유모가 나오면 들어가자."

"응. 그런데 여긴 어떻게 알았어?"

"난 이런 곳 10군데도 더 알아."

"왜?"

"이럴 때 쓰려고."

이럴 때라니. 리노가 혼란에 빠져 입을 다물었다. 나중에 어머니께 말씀드려야겠다고 생각하는데, 이를 아리아가 어떻게 알아챘는지 어른들에게 알리면 큰일이 날 거라고 웃으며 협박을 해 왔다.

"……말 안 할게."

리노는 시무룩한 얼굴로 고개를 끄덕였다.

"나간다!"

그때 왕자의 유모가 방문을 열었다. 그녀의 뒤로 시녀 몇이 조용히 따라나서고 있었다. 그들은 기사들과 인사한 후에 종종걸음으로 멀어졌다.

숨을 죽이고 있던 리노와 아리아는 기사들이 한눈을 파는 순간 방 안으로 재빨리 숨어 들어갔다.

넓은 방에는 어린아이를 위한 수많은 장난감들이 들어차 있었다. 아리아는 알록달록한 기차 모형을 바라보다가 리노가 뛰어가는 곳으로 시선을 옮겼다. 아기가 있는 요람이었다.

"귀여워!"

아리아가 요람이 있는 곳으로 리노를 쫓아가 타박했다.

"시끄럽게 굴면 깨잖아!"

"이미 일어나 있는데?"

"뭐?"

미간을 찌푸렸던 아리아는 아기를 내려다보고는 눈을 깜빡였다. 왕자는 제 엄마를 닮아 새카만 눈동자에 하얀 피부를 가진 천사 같은 아이였다. 그는 공갈 젖꼭지를 빨면서 호기심 어린 눈으로 리노와 아리아를 응시하고 있었다.

"작다. 그렇지?"

"아기는 원래 작은 거야. 바보야."

"만져 봐도 돼?"

"왜 만져."

리노가 요람 안으로 손을 뻗자 아리아가 손을 치워 내려 했다. 그때 왕자가 아리아의 손가락을 잡아챘다.

아기 고양이처럼 작은 손이 제 손가락을 쥐자 아리아는 소름 돋는 것처럼 몸을 떨었다.

"누나 손을 잡았어."

어떻게 해! 어떻게 해! 머릿속이 혼란해진 아리아가 시선 관리를 못 하고 눈동자를 이리저리 굴리는데 왕자가 아리아의 손가락을 입에 넣었다. 아리아는 빽 소리를 질렀다.

"리, 리노!"

"쉿쉿! 조용히 좀 말해."

리노가 눈을 동그랗게 뜨고 주변을 살피자 아리아가 목소리를 누그러트리며 말했다.

"어떻게 좀 해 봐."

"왜? 아파? 왕자님은 아직 이빨도 없는데."

"그게 아니라……!"

"그게 아니라?"

"그게 아니라! 너무 부드럽단 말이야!"

아리아가 어쩔 줄 모르면서 비명을 지르듯 속삭였다.

아리아의 당황한 모습을 빤히 보던 리노는 '악은 극도의 순수 앞에서 약화되는 거구나.'라는 깨달음을 얻었다.

"부드러워?"

아리아가 고개만 끄덕거렸다.

이에 리노는 아기 왕자에게로 손을 뻗어 왕자의 볼을 살짝 눌렀다.

"진짜 부드러워……!"

리노가 탄성을 내질렀다. 그렇게 얼굴을 조심스레 쓰다듬는데 리노의 손가락도 덥석 잡혔다.

"날 잡았어……!"

리노가 눈을 반짝였다.

"너도 잡히면 어떻게 해! 빨리 빼."

"그렇지만 너무 작은데. 빼다가 다치면 어떻게 해……."

"너…… 이 바보야. 나 잘 봐……."

아리아가 욕심껏 손을 빼려 힘을 줬다가 다시 흐물흐물해지길 반복했다. 리노가 '대체 뭘 보라는 건지.'라고 생각하면서 일단 지켜보는 와중에, 잔뜩 얼굴을 구긴 아리아가 이내 요람에 기댔다.

"우린 여기서 못 나갈 거야……."

"그런 거야?"

"유모가 올 때까지 이렇게 잡혀 있다가 발견돼서 집으로 끌려가겠지. 여기 온 걸 엄마 아빠가 알면 실망할 거야. 아무것도 모르는 철없는 어린애라고 생각할 거라고."

"우린 아직 어린애잖아."

리노가 해맑게 얘기하자 아리아가 빙긋이 웃었다.

"누나가 너랑 나랑 같이 우리로 묶는 거 아니랬지?"

"응……."

아리아가 다시 우중충해진 얼굴로 고개를 숙이는데, 리노가 요람 안에서 사자 인형을 들고 아기 왕자의 얼굴에 대 주었다. 그러자 아기 왕자는 두 손을 놓고 인형을 만지기 시작했다.

"빠졌다."

리노가 웃으며 말했고, 아리아는 떨리는 가슴을 쥔 채 숨을 헐떡였다. 리노를 늘 바보라고 생각했지만 가끔 이렇게 도움이 된다.

"이제 가자. 다 봤지?"

기진맥진해진 아리아가 리노를 재촉하던 그때였다. 누가 들어오려는지 문고리가 철컥거리는 소리가 들리기 시작했다.

아리아가 놀라 뒷걸음질 쳤고 리노는 귀를 쫑긋 세우며 허리를 폈다. 그리고 문이 점차 열리자 리노는 아리아를 잡고 요람 밑으로 잽싸게 기어 들어갔다.

"리-!"

리노가 당황한 아리아의 입과 코를 막고 숨을 죽였다.

숨 막혀! 아리아가 리노의 팔을 두드리는데, 뚜벅뚜벅- 누군가 요람 쪽으로 걸어오는 소리가 들렸다.

요람 밑에서 보이는 다리는 유모도, 시녀도 아니요, 성인의 구두조차 아니었다.

먼저 정체를 알아챈 아리아가 리노를 밀어내고 요람 밖으로 기어 나왔다.

"세이모어 왕자님?"

요람을 보고 있던 세이모어가 밑에서 나온 아리아와 리노를 보며 뒤로 물러났다.

"너희가 여기 왜……."

*　*　*

아리아, 리노, 세이모어 셋은 요람 옆에 다닥다닥 붙어 서서 아기 왕자를 바라보았다. 아기 왕자는 사자 인형의 갈기를 입에 넣는 중이었다. 세이모어가 입에서 갈기를 빼 주다가 손에 침이 묻자 이불에 닦아 냈다.

아리아는 그런 세이모어에게 고개를 돌리며 물었다.

"그래서 여기 왜 오셨어요?"

"올 수도 있지."

"지금은 역사 수업 받을 시간이시잖아요. 땡땡이치신 거예요?"

리노가 침묵을 지키는 세이모어를 응원했다. 세이모어는 우물쭈물하다가 내뱉었다.

"내 동생이잖아……."

세이모어가 왠지 부끄러웠는지 얼굴을 홧홧하게 붉히고 리노가 흐뭇하게 웃는 와중에, 아리아가 말했다.

"미래의 적이잖아요."

"누나는 악마야."

"응, 바보는 가만히 있어."

아리아가 환하게 웃자 리노가 시무룩해진 얼굴로 아기 왕자의 손가락을 만지작거렸다.

"그래도. 내 동생이잖아."

사실 그는 아리아와 리노 같은 형제들이 부러웠다. 정치적인 이유 때문일까. 아버지 시아트리히는 어머니인 소로소와 더 이상의 아이를 가지지 않았다. 그렇게 타국의 공주를 들이고 새로운 왕자를 낳을 때까지 세이모어는 줄곧 혼자였다.

아리아는 입을 꾹 다물었고, 리노는 세이모어에게 물었다.

"아기 왕자님이랑 우린 같이 못 놀아요?"

"나는 그렇겠지."

세이모어가 여상한 투로 답했다.

"내가 내 동생한테 해코지라도 할까 봐 다들 걱정할걸."

아리아와 리노가 눈을 크게 뜨고 세이모어를 바라보았다. 그에 세이모어는 정말 대수롭지 않은 것처럼 말했다.

"아버지도 그게 걱정이었을 테고, 그래서 지금까지 나 혼자였던 거잖아."

인상을 찌푸린 아리아가 세이모어를 끌어안았다.

"왜 그런 생각을 하세요?"

리노도 아리아와 세이모어를 끌어안았다.

"왕자님!"

아리아가 좀 떨어지라며 몸을 들썩이자 리노가 울먹거리며 얼굴을 비볐다.

"왕자님은 안 그러실 거잖아요."

"당연하지. 그리고 좀 떨어져, 둘 다."

세이모어가 난처한 표정으로 밀어내는데 아리아가 볼멘소리를 냈다.

"보란 듯이 친하게 지내면 되잖아요."

"맞아."

리노가 추임새를 넣었다.

"그런 말, 신경 쓰지 마세요."

"맞아."

세이모어가 자신을 꼭 껴안고 있는 둘을 토닥거리며 웃음을 참지 못했다.

"알았어. 그러니까 좀 떨어져."

겨우 아리아와 리노를 떼어낸 세이모어가 요람의 기둥에 팔을 올리고 턱을 괴었다. 리노도 세이모어를 따라 하며 나직이 말했다.

"아기 왕자님이 우릴 좋아하면 좋겠다. 같이 놀면 좋을 텐데. 아지트에도 데려가고."

"그러게."

동조하며 고개를 조그맣게 끄덕이던 아리아가 눈매를 좁혔다.

"아지트? 아지트도 있어?"

순간 세이모어가 입을 다물었고 리노가 뻣뻣한 음성으로 말했다.

"아니, 없어."

"응. 그렇구나. 없구나."

납득하는 척하며 아리아가 웃자, 세이모어가 침울한 표정으로 고개를 절레절레 저었다. 이제 아지트가 어떤 꼴이 될지 걱정하면서.

그때 리노가 아기를 손가락질했다.

"웃는다."

"웃는 거야?"

아리아가 되물으며 눈을 크게 떴다.

"귀엽다."

세이모어의 말에 아리아와 리노도 고개를 끄덕였다.

한동안 아기의 웃음을 보던 리노가 입을 열었다.

"또 보러 와요."

또? 라고 되물으려던 아리아가 결국 입을 열지 않았다.

'그래.'라고 답한 세이모어는 웃으면서 아기 왕자의 손을 잡았다.

"빨리 어른이 됐으면 좋겠다. 내가 왕이 되면 전부 친구가 되도록 만들 거야."

"왕자님, 그거 아세요? 이상주의가 지나치면 병이래요."

"누나는 악마야!"

"응, 바보 말은 안 들어."

티격태격하던 셋이 방을 빠져나간 것은 한참이나 시간이 지난 뒤였다. 그리고 유모와 시녀들이 방으로 들어가지 못하게 명했던 시아트리히는 빠져나가는 아이들을 보며 미소를 지었다.

7장

눈싸움

눈싸움

이 모든 일의 발단은 '오두막'에서부터였다.

결국 리노 일행의 아지트가 오두막이란 걸 아리아와 마야가 알아낸 것이다.

"원나이트 소유의 오두막이니까 내게도 이 오두막에서 지낼 권리가 있어."

아리아의 이 말을 시작으로 로빈을 제외한 넷은 서로 오두막의 소유권을 걸고 다툼을 시작했다.

하지만 그들은 좀처럼 승부를 가리지 못했고, 마침내 오두막은 레리아나의 중재로 인해 중립 지역으로 선포되기까지 이르렀다.

물론 아리아 일행과 리노 일행은 언제나 오두막을 호시탐탐 노렸다. 그렇게 일촉즉발의 상황이 계속되던 어느 날이었다.

왕성의 마법사들은 기후 조종으로 눈을 부르는 실험을 선보였다.

구름이 몰려들고 눈이 내리기 시작하자, 자리에 앉아 이를 바라보던 귀족들에게서 기립 박수가 쏟아졌다. 대단하다는 웅성거림이 끊이질 않았고 귀족들은 눈을 맞으며 하늘을 올려다보았다.

한데 눈은 머리와 어깨에 소복이 쌓일 때까지 멈추지 않았다. 눈을 부르는 것까진 좋았으나 멈추는 법은 떠올리지 못했던 모양이다. 그런 이유로 한동안 왕성 내에서는 한여름의 눈이 내렸다 멈췄다 하면서 광활한 눈밭을 만들어 내고 있었다.

왕성의 사람들은 쌓이는 눈의 처리로 골머리를 앓는 듯했으나 눈밭은 아이들의 놀이터가 되기엔 충분해서 아리아, 마야, 리노, 로빈은 바쁘다며 엄살을 부리는 세이모어를 불러내 눈밭을 구르며 노는 중이었다.

"로빈 형, 몸통 좀 잡아 주세요."

"응."

로빈이 눈사람의 몸통을 잡고, 리노와 세이모어가 함께 만든 눈사람의 머리를 올려놓는 그때.

퍽, 소리와 함께 눈 뭉치 하나가 눈사람의 머리에 총알처럼 빠르게 꽂혔다.

아이들이 근원지를 바라보자 귀마개를 낀 아리아와 마야가 허리에 양손을 올리고 나란히 서 있었다. 마야가 짓궂은 얼굴로 눈짓하자 아리아가 말했다.

"우리 눈싸움해요."

"눈싸움?"

세이모어가 눈사람의 머리를 내려놓은 채 되물었다. 리노는 머리에 박힌 눈 뭉치를 털어 내고는 세이모어를 비호하듯 옆에 붙어 섰다.

그에 아리아가 가소롭다는 얼굴로 리노를 흘긋 바라보며 입술을 틀어 올렸다.

"네, 눈싸움. 뭐든 걸고요."

세이모어가 '뭘 걸어?'라며 고개를 갸웃거리는 동안 리노가 말했다.

"눈이 그칠 때까지 이 정원 독점하기라든가?"

"고작 그걸로 되겠어? 어차피 이 정원은 외진 곳에 있어서 아무도 안 오잖아."

"그럼?"

세이모어가 눈썹을 들어 올리자 마야가 끼어들어 말했다.

"오두막의 소유권을 걸고 해요."

"그거 좋겠다. 오두막을 걸어요."

마야와 아리아가 함께 입을 길게 찢어 웃기 시작했다. 로빈은 '뭔가 꿍꿍이가 있구나.'라는 예감에 고개를 저었지만, 이를 알아차리지 못한 세이모어가 손을 들었다.

"잠깐, 우리끼리 얘기 좀 해 보고."

"그러세요."

아리아가 고개를 끄덕이니 세이모어, 리노, 로빈 셋이 둥글게 모였다.

"리노. 우린 이 눈싸움, 절대 질 수 없어."

"네!"

리노와 세이모어가 주먹을 부딪쳤다.

"음, 뭔가 꿍꿍이가 있을 것 같은데요……."

"있겠지. 그래도 질 수 없어."

"맞아요. 오두막을 되찾아 와야 해요."

둘이 단호한 눈빛을 보내자 만류하던 로빈도 어쩔 수 없이 미적거리며 주먹을 맞부딪쳤다.

"하지, 눈싸움. 오두막을 걸고."

세이모어가 비장하게 제안을 수락하는데, 아리아가 두 손을 들었다.

"잠깐만요, 우린 한 명이 부족하잖아요."

"한 사람 더 데리고 와도 되죠?"

아리아와 마야가 연이어 말했다. 리노가 고개를 끄덕이며 되물었다.

"그래, 그런데 누구를?"

"일단 같이할 건지 물어봐야 돼."

"대신 어른은 안 돼."

아리아가 누군지 밝히지 않은 채 부드럽게 넘어가려는데 세이모어가 눈치를 챘는지 말을 가로챘다. 리노가 '맞아, 안 돼!'라고 추임새를 넣었고 아리아가 '칫─' 하고 혀를 찼다.

계획이 틀어지자 마야가 아리아에게 귓속말을 했다.

"어떻게 해? 이러면 앤슬리 경은 못 넣잖아."

"할 수 없지……. 다른 사람을 데려오는 수밖에."

"에리틸 영애?"

"아니. 그 애는 왕자님한테 눈이 멀어서 제대로 서 있지도 못하는 척할걸."

"그러면?"

"나한테 생각이 있어."

아리아가 안심하라며 마야를 다독인 후에 크게 말했다.

"좋아요. 일단 내일 이 시간에 여기서 봬요."

"어른은 절대 안 돼!"

"알았어요! 대신 절대 무르기 없기예요!"

아리아가 의기양양하게 소리쳤다.

"좋아! 너희도 무르기 없기야!"

세이모어는 다시 한번 강조했다.

"어른은 안 돼!"

＊　＊　＊

다음 날, 히이카는 체이머스 왕성 정원에 쌓인 눈밭을 바라보았다.

이걸 어쩌질 못해 내버려 두다니. 체이머스의 마법사들은 전부 능력도 없고 쓸모도 없고 응용력도 떨어지는 모양이라며, 그가 혀를 차는 중이었다.

그 와중에 히이카 옆에 선 아리아는 리노와 목소리를 높여 싸우고 있었다.

"당연히 안 되지!"

"왜 안 되는데!"

"어른은 안 된다고 했잖아!!"

"어른이 아니라 어르신이거든!!"

히이카는 가만히 서서 아이들이 다투는 걸 지켜보았다. 게이트를 타고 온 아리아가 제발 성하가 필요하다며 조르는 통에 못 이기는 척 몰래 따라온 참이었다.

'일단 오긴 했는데.'

히이카가 흠, 하며 팔짱을 꼈다.

여기에는 큰 문제가 하나 있었으니…….

'눈싸움이 뭐지?'

히이카가 눈싸움이란 놀이를 모른다는 사실이었다. 히이카가 눈살을 찌푸렸다. 히이카 데민트는 전무후무한 성력을 가지고 태어난 인간이었다. 이는 어릴 적부터 신전에서 떠받드는 삶을 살았다는 뜻이고, 결국 어린 시절 또래와 놀아 본 역사가 없다는 뜻과도 상통했다.

그러나 자존심 탓에 아이들에게 대체 눈싸움이 뭐냐는 물음을 던질 수는 없었다. 그냥 추론해 보자면…….

'대충 눈을 사용해서 싸우는 거겠지.'

그는 정답에 꽤 근접해 있었다.

"어른은 반칙이지!!"

"뭐가 반칙이야!! 성하는 쪼끄맣잖아!! 애들 안에 포함된다고!!"

히이카가 갑작스레 날아온 아리아의 정신 공격에 눈동자를 떨었다.

"겉은 쪼끄맣지만 알맹이는 어른이라고!"

"아니야! 겉은 쪼끄맣고 알맹이는 어르신이라고!"

리노와 아리아가 서로 소리를 치는데 마야가 일갈했다.

"일단 시작해! 남자들이 앵앵대지 말라고!"

한숨을 내쉰 리노가 어떻게 할지 세이모어의 의사를 묻자 결국 세이모어가 고개를 끄덕였다.

아무리 히이카 데민트 성하라 해도 신체 조건은 비슷했다. 아니, 사실 신체 조건은 세이모어 팀 쪽이 더 우월했다. 세이모어, 리노, 로빈과 현재의 히이카를 비교해 봤을 때 키로 보나, 팔 길이로 보나, 악력으로 보나 모든 수치가 그를 웃돌고 있지 않던가.

"좋아!"

리노가 시작하자는 사인을 보냈다. 그리고 아이들이 자리에 주저앉아 눈을 끌어모았다. 최대한 눈 뭉치를 꼭꼭 눌러 담는 와중이었다.

홀로 가만히 서 있던 히이카가 지금 시작했다는 것을 알아채고는 돌연 손을 번쩍 들었다. 그와 함께 눈보라가 휘몰아치기 시작했다.

이상한 낌새에 아이들이 하나둘씩 고개를 들어 올렸다.

"……?"

"……?"

그리고 이어진 믿을 수 없는 광경에, 눈을 뭉치던 아이들이 거대한 눈의 소용돌이를 멍하니 바라보았다.

소용돌이를 뒤에 두고 선 히이카의 옷이 펄럭였다.

그는 자신을 물끄러미 바라보고 있는 아이들을 향해 물었다.

"나는 누구랑 싸우면 되는 게냐."

"…… ."

결국 그날은 눈싸움을 할 수 없었다. 두 팀은 다시 전력을 정비해 오는 것으로 합의하고 휴전했다.

그리고 왕성에서는 정원의 눈밭이 한 번에 치워지는 기적이 일어났다며 술렁거렸다. 그 당시 경비를 서던 한 기사는 분명히 돌풍과 함께 눈의 소용돌이를 보았다고 말했지만, 왕성의 누구도 그런 일은 할 수 없다며 조롱을 당했을 뿐이었다.

* * *

"우리, 극단의 조치가 필요해."

오두막의 흔들의자에 앉은 세이모어가 팔걸이를 탕 두드렸다.

"역시 그건 아니었죠."

로빈이 히이카가 일으킨 눈보라와 소용돌이를 떠올리며 나직이 답했다. 다행히 그건 자신만 놀란 게 아닌 모양이었다. 귀족들은 눈싸움을 저런 스케일로 하는구나, 라고 착각할 뻔했다.

리노는 충격이 아직 가시지 않았는지 멍한 얼굴로 고개를 내저었다.

"우리끼리는 성하를 못 이겨요. 이대로는 오두막을 빼앗길 거예요."

"괜찮아. 우리도 그에 못지않은 최강자를 불러오면 돼."

세이모어의 비장한 말에 로빈이 손을 들었다.

"그럼 제가 빠질게요."

"네! 최강자를 불러오겠습니다!"

"그래, 리노. 네게 막중한 임무를 맡긴다."

그러나 리노와 세이모어는 그의 말을 듣지 않았다.

"저한테 맡겨 주세요."

"너만 믿는다."

"제가 빠지면 안 되겠습니까?"

로빈은 무시당했다.

* * *

다음 날, 아담은 히이카를 가만히 바라보았다. 아담이 까딱 인사를 하자 히이카가 손을 내저었다.

그리고 아리아와 리노는 아담을 발견한 이후부터 계속 다투는 중이었다.

"어른은 안 된다고 했잖아!!"

"어른이 아니라 스승님이거든!!"

"스승님은 어른 아니야??"

"그럼 어르신도 어른인 거지!!"

아담은 리노가 '스승님이 꼭 필요하다.'며 사정을 하는 통에 왕성의 정원까지 왔다.

그가 언제나 검이 자리해 있던 빈 허리춤을 만지작거렸다. 검 없이 싸우는 건 그에게 익숙지 않은 일이란 것을 새삼스레 느끼는 중이었다.

아이들과 히이카에게도 무기가 없다는 것을 확인한 아담은 검을 대신할 것을 찾아 주위를 두리번거렸다.

'나뭇가지⋯⋯.'

그가 나뭇가지를 주워 한번 위아래로 흔들었다. 탄력이 있고 강도가 나쁘지 않아 일회용으로는 제법 쓸 만한 검 대용품이었다. 이 정도면 되겠다며 아담이 손잡이 부근을 매끈하게 다듬기 시작했다.

사실 아담에게도 큰 문제가 있었는데⋯⋯.

그도 눈싸움이 뭔지 몰랐다.

히이카와 자란 상황은 달랐으나, 그와 비등하게 또래 아이들과 '놀이'라는 걸 해 본 적이 없던 아담은 눈과 싸움을 조합해, 눈싸움을 눈 위에서의 싸움이라고 지레짐작했다.

"그냥 얼른 시작해서 빨리 끝내죠. 어르신도 계시고, 스승님도 계시는데."

로빈이 의욕 없이 말하며 자리에 앉아 눈을 모았고, 나머지들도 질 수 없다며 다시 쪼그려 앉아 눈을 뭉치기 시작했다.

그리고 그 와중에 멀뚱히 서 있던 '놀이'란 걸 해 본 적 없는 스승님과 어르신이 눈을 마주쳤다.

아담은 나뭇가지의 끝을 바로 쥐며 상대를 응시했다. 히이카가 그 눈빛의 뜻을 알고 소매를 걷기 시작했다.

아담이 나뭇가지를 들고 기를 내뿜자 나뭇가지에 기가 감돌았고, 히이카가 오라는 듯 고개를 까딱였다.

"스승님?"

"테일러 경?"

"어?"

눈 뭉치를 들고 있던 리노와 세이모어, 로빈이 쏜살같이 뛰어나가는 아담의 뒷모습을 멍하니 바라보았다. 그가 향하는 곳에는 히이카가 다시 눈으로 돌풍을 만들어 내는 중이었다.

"……."

아이들의 손에서 눈 뭉치가 툭, 툭, 아래로 떨어졌다.

그때 이를 갈고 경비를 서던 기사가 사람들을 데리고 뛰어왔다. 그는 이것 보라며 제 말이 맞지 않느냐며 소리를 쳤고, 왕성 사람들의 호들갑에 아이들은 그날도 눈싸움으로 승부를 낼 수 없었다.

* * *

"우린 세 명인데, 저긴 네 명이야."

"맞아."

아리아는 속상한 얼굴로 말하며 침대에 엎드렸다. 마야가 침대 맡에 걸터앉은 채 이에 동의하자 아리아가 빼꼼 얼굴을 들었다.

"그리고 성하는 무력형이 아니잖아. 보조형이라고."

"……그때 그게?"

보조형이라고 치기에는 너무 강하지 않았나. 엄청난 소용돌이를 떠올리며 마야가 의아한 기색을 보였다.

"우리도 무력형 공격패가 있어야 돼."

"누구?"

마야가 묻자 아리아가 눈매를 좁혔다.

* * *

다음 날, 노아는 제 옆에 선 히이카를 가만히 바라보았다.

왕성에서 오두막을 걸고 승부를 낸다느니, 무력형 강자가 필요하다느니 아리아가 영문 모를 소리를 하기에 일단 따라와 봤더니 의외의 인물이 서 있었다. 저택으론 오지 않은 걸 보니 지금 레리아나가 없는 걸 아는 모양이었다.

"어른은 안 된다고 했잖아!!"

"어른이 아니라 아빠거든!!"

"아버지는 어른 아니야? 왜 누나는 계속 말도 안 되는 소릴 해!!"

"그럼 스승님도 어른인 거지!!"

아리아가 아담을 손가락질하며 소리쳤고 리노가 말문이 막혀 분통을 터트리는 동안, 노아가 웃으며 히이카에게 인사했다.

"강녕하셨습니까, 성하."

그에 히이카는 보기도 싫다는 듯 눈을 질끈 감고 고개를 돌렸다.

"네놈은 늘 건강한 모양이구나. 꼴 보기 싫게."

"늘 걱정해 주시는 성하 덕분입니다."

"내가 언제 네놈 걱정을 했어!"

잠시 입을 다물었던 아리아가 히이카와 노아를 빤히 바라보다가 소리쳤다.

"잠깐! 기다려! 이거 반칙이야!"

"뭐가 또 반칙이야?"

"우리 팀끼리 싸우고 있잖아!"

아리아가 으르렁대는 노아와 히이카를 가리켰다. 리노는 팔짱을 끼며 고개를 돌렸다.

"그건 누나들 쪽 사정이지!!"

"트레이드해! 테일러 경이랑 아빠를 바꿀 거야!"

"싫어! 스승님은 안 돼! 안 줄 거야!!"

리노가 아담 앞에 선 채 방어했다. 이에 세이모어도 옆에 서서 아담을 빼앗기지 않도록 막아섰다.

그 모습에 아리아가 분한 듯 주먹을 쥐었고 옆에 서 있던 마야가 나섰다.

"그래! 됐어! 테일러 경은 너희 가져!"

그사이 히이카는 방울을 떼려 하고, 노아는 아담에게서 검 대용품인 나뭇가지를 전해 받고 있었다.

그리고 히이카가 매일 왕성에 드나든다는 이야기를 들은 웨이드는 뒤늦게 멀리서 달리듯 걸어오고 있었다.

"서……, 헉, 성하. 안 됩니다……. 허억, 이런 곳에서……."

그때 아리아가 앙칼지게 소리쳤다.

"그럼 내일 이 시간에 여기에서 다시 만나!"

헉헉대며 쓰러지는 웨이드 옆으로, 오늘도 승부를 내지 못한 두 팀이 일사불란하게 흩어지고 있었다.

"여기까진 뭣하러 왔느냐. 쓸모없는 놈."

웨이드가 자신을 흘기며 떠나는 히이카를 보면서 쓰린 속을 부여잡았다.

＊　＊　＊

방으로 돌아온 아리아는 침대 기둥에 관자놀이를 기대앉았다.

"내분이 일어나다니……."

마야는 아리아 옆에 앉아 침대에 누웠다.

"두 분 싸우셨어?"

"아니. 그냥 원래 그러셔."

"왜?"

"아빠는 본능적인 반응이라고 하셨어."

"엄마는?"

"저러는 거 보지 말래."

그렇구나, 마야가 신음하며 고개를 끄덕였다.

"아빠 대신 다른 기사를 불러야 돼."

"누구? 저택의 기사분들?"

"아니. 저택에는 테일러 경에게 맞설 사람이 없어. 다른 사람이 있어야 돼."

"그런 사람이 있나."

"있기야 하지……."

아리아가 손으로 몇 명의 이름을 꼽기 시작하다가 말했다.

"마침 성안에 쓸 만한 강자가 있어."

* * *

다음 날 저스틴은 자신을 무섭게 노려보는 노아를 보며 미소를 지었다.

"공작 부인은 잘 계십니까?"

"자네가 신경 쓰지 않아도 잘 계시지. 내 부인은."

옆에서 이를 지켜보던 히이카가 둘 사이의 미묘한 기류에 입꼬리를 비스듬히 올렸다. 여전히 재미있는 꼴이라고 생각하는 그때.

"기사가 둘이라니, 반칙이잖아요!!"

"너희 쪽에는 성하가 계시잖아!!"

"성하는 어린애에 속한다고요!!"

재차 무방비인 상태에서 정신 공격을 당한 히이카가 눈동자를 떨었다.

"그리고! 우리가 불리해! 아빠는 왜 데려온 거야?"

"누나가 안 한다면서!! 불리할 게 뭐 있어! 누나는 샤말 경도 데려왔으면서!"

"당연히 불리하지! 샤말 경보다 아빠가 가진 게 많잖아! 샤말 경은 권력으로도 사랑으로도 이미 패배했다고!!"

갑자기 날아온 공격에 저스틴의 눈동자가 세차게 흔들렸다.

"그러니까 더 독하게 승부수를 던질 수도 있는 거잖아!"

"바보야! 저 얼굴에, 저 조건에 아직도 혼자인 걸 보면 모르겠어? 정신적으로 재기 불능인 거라고! 완전히 패배한 거라고!!"

결국 저스틴이 황망한 얼굴로 어깨를 늘어트렸다. 노아가 입술을 비틀어 웃었고, 히이카가 혀를 찼다.

재기불능이 된 저스틴 탓에 그날은 결국 결판을 내지 못했다.

그날 눈밭에 누워 하늘을 멀뚱멀뚱 바라보고 있는 저스틴을 찾아 온 것은 네이슨이었다.

"단장님, 죽은 겁니까? 단장님."

네이슨이 손으로 꾹꾹 눌러 대자 저스틴이 아련하게 말했다.

"네이슨. 난 재기 불능 패배자야……."

네이슨은 '한동안 잠잠하더니 이자가 또 왜 저러나-' 고심하며 눈을 굴리다 물었다.

"애들이랑 눈싸움하러 간다더니, 원나이트 공작님 만나셨습니까?"

"만났지."

역시나. 네이슨이 진저리가 난다는 듯 저스틴의 몸 위에 눈을 덮어 버렸다.

"그냥 파묻혀 죽으세요! 죽어요! 구질구질하게 언제까지 그러실 겁니까!"

"패배자라서 그래."

잘생긴 얼굴만 내보인 채로 저스틴이 음울하게 말했다.

퍽이나. 네이슨이 혀를 찼다.

"가시죠. 오늘은 제가 한 잔 사겠습니다."

네이슨은 '난 패배자야.'라고 중얼거리는 저스틴을 어깨로 부축한 채 질질 끌고 돌아갔다.

　　　　　　　＊　＊　＊

　그렇게 오두막을 건 승부가 시작된 지 며칠이 지난 어느 날이었
다. 시아트리히는 정원에 모인 사람들을 휘 둘러보았다.

　"그래서 아리아. 지금 정원에서 한다는 게 뭐라고? 전쟁이랬나,
토벌전이랬나."

　"눈싸움이요."

　"음—"

　시아트리히가 제 손을 잡은 아리아를 내려다보다가 다시 앞을 바
라보았다.

　"눈싸움?"

　"네."

　"이게?"

　"네."

　시아트리히는 서로 마주 본 채로 나란히 선 인간들을 응시했다.

　리노와 세이모어, 로빈을 필두로 선 쪽에는 노아와 아담, 앤슬리
등 공작저의 기사들이 서 있었고, 끄트머리에는 키이스가 대체 영
문을 모르겠다는 얼굴로 서 있었다. 시아트리히는 자신을 발견하
고 무언가 도움을 바라는 듯이 눈빛을 보내는 키이스를 무시했다.

　그리고 아리아와 마야를 필두로 선 쪽에는 저스틴과 히이카, 웨
이드와 성기사단의 기사들이 서 있었다.

　시아트리히가 침통한 투로 말했다.

　"……눈싸움."

"네. 눈싸움이요."

아리아가 명랑하게 대답했다.

자신을 향해 인사하는 이들에게 손을 들어 보이고 히이카와 악수를 한 후에, 시아트리히는 '요즘 아이들은 눈싸움을 이렇게 하나, 내가 모르는 사이에 눈싸움의 정의가 바뀐 건가–'에 대해 고심하는 중이었다.

세이모어가 시아트리히를 보고 아리아에게 소리쳤다.

"남의 아버지를 모셔 오면 어떡해!"

"왕자님도 남의 아빠를 데리고 계시잖아요!!"

아리아의 외침에 리노가 대응했다.

"내 아버지기도 하거든!!"

"내 전하기도 하거든!!"

"그건 나한테도 마찬가지거든!!"

억지 싸움에서 밀리기 시작하자 이를 악문 아리아가 시아트리히의 지팡이를 가리켰다.

"게다가 이 지팡이 안 보여?? 전하는 핸디캡이 있다고!! 전력에 도움이 안 된다고!!"

왕을 저격한 무자비한 공격에 아담과 노아, 히이카를 제외한 선량한 어른들이 안절부절못하며 시아트리히의 눈치를 살폈다. 그에 시아트리히가 괜찮다며 손을 들어 보였다.

"그럼 왜 모시고 온 거야!! 안 모셔 왔으면 됐잖아!!"

리노가 반격하자 아리아가 시아트리히를 방패막이처럼 내세운 후에 말했다.

"전하를 건드리면 반역이야."

"……."

졸지에 최강의 방패가 된 시아트리히는 아리아가 여러 가지 의미로 큰일을 하게 될 아이라고 생각했다.

"반칙이야!!"

"아니야!!"

시아트리히가 노아에게 네 자식들이라며 눈짓했다. 이에 맞서 노아는 합세해서 다투고 있는 세이모어를 향해 네 아이라며 고갯짓했다.

"앤슬리 경 되십니까?"

"말씀 많이 들었습니다, 앤슬리 경!"

그사이 성기사단 중 몇몇 여기사들이 앤슬리에게 다가가 이야기꽃을 피웠다.

그리고 아리아와 리노가 무력형이라며 섭외해 온 무력한 키이스와 웨이드는 서로에 대한 연민과 동정에 공감의 눈빛을 교차하는 중이었다.

"언제나 고생이 많으십니다."

"시련도 여신이 주신 것이니 달게 받고 있습니다."

키이스의 말에 웨이드가 공손히 답했다.

둘은 뜨거운 동질감을 느끼며 차라도 한잔하자며 성안으로 이동했다.

그리고 히이카와 아담은 마주 선 채 재결투를 준비 중이었다. 그들은 아직도 눈싸움의 정의를 모르고 있었다.

* * *

"전하를 모시고 오다니, 이건 반칙이에요."

리노가 흥분하자 세이모어가 침중한 표정으로 고개를 끄덕였다. 그리고 왠지 혼이 빠져 있던 로빈은 반짝 정신이 돌아와 말했다.

"맞지? 이상한 거지?"

세상에 왕을 방패로 삼는 눈싸움이 어디 있던가.

"공격할 수 없으면 이길 수 없어요."

"맞아. 상대는 공격 자체가 불가능한 최강의 방어 카드를 들고 있어. 우리한테는 판을 뒤집을 수 있는 조커가 필요해."

세이모어가 나직이 말했고, 리노가 생각에 잠겨 고개를 숙였다.

로빈은 우리가 지금 하고 있는 게 과연 눈싸움이 맞는 건지 근본적인 고민을 시작했다.

그때 리노가 손뼉을 쳤다.

"있잖아요! 조커!"

* * *

나오미는 노크 소리에 문을 열었다가 빈 복도를 보며 두리번거렸다. 그때 아래쪽에서 아이의 목소리가 들려왔다.

"백작님. 저 리노예요."

"어, 리노. 여기까진 무슨 일이야?"

의외의 손님에 나오미가 눈높이를 맞추며 말했다.

"저희랑 눈싸움하실래요?"

"눈싸움?"

리노가 손을 내밀자 나오미가 손을 맞잡고 아이를 따라 움직였다. 그들은 정원으로 향하기 시작했다.

"다들 기다리고 계세요."

"다들? 누구?"

"전하도 계시고요. 아빠랑 스승님이랑."

"전하?"

전하라니. 그 전하가 자신이 아는 시아트리히라면 이 세상에서 눈싸움과 제일 연이 없는 인간 중 하나인데…….

그때였다. 쩌적 갈라지는 소리와 바람 소리가 들리기 시작하자 나오미는 미간을 찌푸렸다.

"어, 벌써 시작했나 보다!"

리노가 창문을 내다보며 말했다. 그 옆으로 다가가 정원의 상황을 살핀 나오미는 저도 모르게 신음성을 내뱉었다.

"아……."

눈싸움하는 법을 모르는 스승님과 어르신, 그리고 하는 법은 알지만 어르신에게 공격당하고 있는 노아가 평지풍파를 일으키고 있는 가운데, 옆으로 비켜선 시아트리히가 재미있다는 듯 웃고 있었다. 그리고 그 뒤로는 어쩔 줄 몰라 하는 기사들이 줄지어 서 있었다.

리노가 창문에 턱을 걸치고 그들을 바라보다 말했다.

"어른들은 왜 눈싸움하는 법을 몰라요?"

나오미가 리노의 머리를 쓰다듬었다.

"어릴 때 제대로 안 놀고 막 자라면 저렇게 삐뚤어지는 거야. 저런 어른들처럼 크면 안 돼요."

"어머니도 자주 그런 말을 하세요. 저렇게 크면 안 된다고. 어른이면 어른답게 굴어야 한다고요."

리노가 밝게 말하자 나오미가 흐뭇하게 웃었다.

"현명하시네. 어머니는 어디 가셨어?"

"며칠 전에 외할머니랑 이모랑 바다로 놀러 가셨어요."

"그래서 이런 참사가 일어났구나……."

레리아나만 있었어도……. 나오미가 한 손으로 피곤한 얼굴을 쓸었다.

'저걸 어쩐다.'

그녀는 눈 태풍과 그 태풍을 타고 나뭇가지를 휘두르는 이들을 응시하다 혀를 찼다.

"리노, 우리 다 같이 진짜 눈싸움하러 갈까?"

"네!"

리노가 폴짝폴짝 뛰자 나오미가 웃으며 말했다.

"자, 왕자님이랑 누나랑 친구들 다 데려오렴."

"다른 사람들은요?"

나오미가 창밖을 응시했다. 충분히 큰 사람들이, 아니, 남들보다 더 장성하게 큰 사람들이 눈싸움을 한답시고 공중을 날아다니고 있었다. 그녀는 잠시 입을 다물었다가 물었다.

"어머니는 언제 오시니?"

"오늘 오후요."

"그럼 어차피 저녁에 크게 혼날 테니까 저 사람들은 내버려 두자."

나오미가 재촉하듯 리노의 등을 두드렸다. 리노는 히이카의 결계 안에서 어안이 벙벙한 얼굴로 어른들의 싸움을 지켜보고 있는 아이들을 모두 데려갔다.

나오미는 다른 사람들은 그렇더라도 타국의 정상–히이카–은 안전한 곳으로 모셔야 하지 않을까 잠깐 고민했으나…….

"이참에 레리에게 새로운 남편을 만들어 줘야겠구나!"

라는 외침을 듣고 고개를 절레절레 저으며 돌아섰다.

그날 정원은 황폐화되었다. 왕성 내에서는 마물들의 대규모 침공에 대비해 신성국과 함께한 비밀 모의전이 있었다는 둥의 음모론이 불거졌다가 곧 사그라들었다.

* * *

아이들과 나오미는 다른 정원으로 들어갔다.

"진짜 눈싸움은 이렇게 하는 거야."

의미심장하게 웃은 나오미는 아이들과의 눈싸움에서 5:1이라는 불리한 상황에서도 압도적 실력을 내보였다.

"이제 성안에서 눈싸움은 끝이야. 알겠지?"

쓰러진 아이들에게 나오미는 그렇게 말한 후, 유유히 집무실로 돌아갔다.

눈밭에 누워 있던 로빈이 나오미의 위풍당당한 뒷모습을 보며 입을 벌렸다.

"멋있어……."

그 말을 들은 아이들이 로빈을 어처구니없다는 얼굴로 바라보았다.

　그렇게- 진짜 눈싸움은 막을 내렸다.

8장

오다 주웠다

오다 주웠다

레리아나는 크게 숨을 들이켰다. 오랫동안 사람의 손길이 닿지 않았던 숲의 냄새가 풍긴다.

하늘과 나무 사이에서는 그간 좀처럼 볼 수 없던 미지의 생명체들이 그들을 경계하며 움직이고 있었다.

여태껏 '성지'라 불리던 오지는 신비로 가득했다.

바람에 잎을 흔드는 나무들과 그 사이로 본 적 없던 새가 날아가는 걸 물끄러미 바라보던 그녀는 흐린 미소를 지으며 물었다.

"정말 두고 간 거예요?"

레리아나가 노아를 돌아보자 그가 고개를 끄덕였다. 근처에는 기척이 없었다. 정말 현지인 가이드가 둘을 두고 떠났다는 뜻이었다.

이럴 수가. 레리아나는 이 믿을 수 없는 상황에 눈을 질끈 감았다.

* * *

성지로의 여행 계획은 사실 굉장히 충동적이었다.

레리아나는 왕성을 쪼개 버릴 뻔했던 눈싸움 이후로 줄곧 기분이 저조한 상태였다. 주동자와 가담자 전부 그녀에게 혼이 났지만, 제일 나쁜 건 너라며 각방 형벌에 처해진 노아는 그녀의 기분을 풀어주기 위해 특별한 여행을 제안했다.

다이아몬드 광산이 없다는 걸 확인한 이후, 성지를 낀 주변국에서는 비교적 위험하지 않은 성지의 외곽을 개방하는 데에 의견을 모았다.

그렇게 성지는 이제 막 만들어지는 관광지답게 가이드는 서툴렀고, 관광객들에 대한 편의성도 부족했다. 그게 문제라면 문제였다.

특히 가이드는 미덥지 못하게 여행 전 주의 사항에 대해서도 의식의 흐름대로 말하는 타입이었다.

"아, 잊을 뻔했는데. 성지에서는 박수 소리를 내시면 안 됩니다. 근방에 박수 소리에 반응하는 마물이 있거든요. 죽을 수도 있어요."

이런 말을 슬슬 출발하려는 둘을 붙잡아서 덧붙이는 남자였다.

게다가 성지를 잘 안다며 붙여 준 현지인 가이드는 어릴 때 밀렵꾼에게 붙잡혀 밧줄에 묶인 코끼리처럼 시종일관 성지 너머의 먼산을 바라보았다.

내심 불안은 느꼈다. 지금껏 성지에서 두어 명은 죽였겠는데, 라는 생각을 무심코 할 정도로…….

'그게 우리가 될 줄은 몰랐지.'

레리아나가 어깨를 떨었다.

사실 그 미덥지 못한 가이드에게서 현지인 가이드에 대한 주의 사항을 듣긴 했다.

"성지의 원주민들은 기본적으로 유랑 생활을 하는 편이라 정착이 드물어요. 뭐, 그러다 보니 직업을 가져 본 적도 없고 그런 책임 의식도 부족하고요. 그래서 보통 알고 있는 사람들과는 가치관이 다르다 느끼실 거예요. 보통 관광을 오시는 분들께서는 그걸 이해를 못 하시더라고요. 그러니 미리 주의를 드리는 겁니다. 시야에서 멀어지지 않는 게 좋습니다. 예상치 못한 일들을 하거든요. 가끔."

레리아나는 양손으로 물통을 꾹 쥐었다.

잠시 물을 뜨러 갔을 뿐인데. 정말 아주 잠시! 그런데 그 순간 도망쳤다고?!

어쩐지 우리 같은 짐짝을 데리고도…… 짐짝은 혼자뿐이었지만 사실. 하여간 그러고도 발이 빠르더라니.

'내가 물 뜨러 가자고만 안 했어도.'

이 정도로 우리에 대한 책임 의식이 없을 줄은 몰랐지.

으아아아아아! 속으로 비명을 질러 댄 레리아나가 짧은 후회를 거치고 고개를 들었다.

"괜찮아요."

"응."

"당황하지 마요."

"응."

"내가 다 해결할 거니까……!"

"……."

대답이 없다. 레리아나는 노아와 눈을 마주쳤다. 그녀가 네 표정이 맘에 차지 않다는 얼굴로 쏘아보자 그가 말했다.

"난 당신 결정을 존중하잖아."

"보통은. 아니, 가끔. 아니, 드문드문?"

"응. 보통은."

"아니. 때때로 한 번씩."

"그 정도는 아니지."

못마땅하게 입을 꾹 다물었던 레리아나가 건성으로 긍정했다.

"그래서요?"

"당신이 내린 결정을 존중하는 중이지."

"사기꾼."

레리아나의 비난에 노아가 빙긋 웃으며 어깨를 잡고 그녀를 빙글 돌렸다.

"슬슬 패턴을 바꿔야 하지 않을까? 사기꾼 정도는 이제 아무렇지도 않은데."

노아가 귓가에 속삭이자 레리아나가 머리로 그의 못된 입을 툭 쳤다.

"자, 바꿨어요."

"항복."

한 손을 들어 항복 의사를 표한 노아가 다른 손으로 가격당한 입을 감쌌다. 레리아나가 짓궂게 웃으며 한 방향을 손가락질했다.

"여기 말고 저쪽으로 가요."

"정말?"

레리아나가 손가락으로 노아의 얼굴 위를 빙글빙글 돌렸다.

"그거. 그거 하지 마요. 괜히 우왕좌왕하게 만들어서 놀리려고 되묻는 거 아니까."

노아가 웃으며 혀를 찼다.

"가이드가 혹시 떨어지게 될 경우에 모이는 장소가 있다고 했어요. 군데군데 표시를 해 놨으니 그걸 따라오면 된다고."

"언제?"

"당신이 잠깐 장비를 확인한다고 할 때 현지인 가이드랑 얘기했어요."

그때를 떠올리던 노아가 설핏 인상을 찌푸렸다.

"둘이 그렇게 가까웠어?"

음, 음. 레리아나가 콧소리를 내며 손가락을 좌우로 저었다.

"몰아가기 없기. 찾았는데 없었던 건 당신 쪽이니까."

그에 노아가 어깨를 으쓱이자 레리아나가 씩씩하게 앞장섰다.

"우리가 없어졌단 걸 알 테니까. 거기에서 기다리고 있을 거예요. 가요."

＊　＊　＊

레리아나는 바위에 표시된 엑스표를 부모의 원수라도 되는 것처럼 움켜쥐었다.

또야.

아니, 표시만 남겨 두고 대체 집결지가 어디라는 거야!

아리아. 리노…… 엄마 아빠는 언제 너희를 다시 볼 수 있을지 모르겠구나. 레리아나가 하늘을 보며 아이들을 떠올렸다.

'눈싸움했다고 그렇게 혼내지 말걸─'

─은 아니지. 레리아나는 잠깐 마음이 흔들리자 무심코 떠올렸던 생각을 지웠다. 이건 이거고, 그건 그거지. 고개를 끄덕인 레리아나가 문득 어렵게 입을 뗐다.

"……노숙…… 해 봤어요?"

그에 노아가 입술을 비스듬히 끌어 올렸다.

"날 뭘로 보는 거야."

"잘난 척쟁이……."

레리아나가 답을 흐리며 얼굴을 돌렸다. 답이 마음에 들지 않았던 노아가 돌아가는 레리아나의 얼굴을 제 쪽으로 돌렸다.

"잘난 남편이지."

"으응……. 잘난 남편……."

레리아나가 '그래, 네가 그렇다면…….'이라는 투로 동의했다. 노아는 그 정도면 됐다는 듯 얼굴을 놓아주며 말했다.

"오다 동굴을 봤어. 일단 그쪽으로 가야겠는데."

"지금요? 아직 어두워지지도 않았는데."

노아가 하늘을 가리켰다. 하늘은 왜? 설마─ 싶었던 레리아나가 손을 들었다. 그와 동시에 손바닥 위에 물방울 하나가 안착했다.

아, 맙소사.

설상가상으로 비가 내리고 있었다.

　　　　　* 　*　 *

　부슬부슬 내리던 비는 동굴을 찾아 들어가자 장대비가 되기 시작
했다. 동굴 입구에서 빗줄기를 바라보던 레리아나가 젖은 망토를
벗었다. 노아가 이를 받아 들며 물었다.

　"옷은 안 젖었어?"

　"소매랑 바지가 조금."

　"줘 봐."

　레리아나가 겉옷과 바지를 벗어 건네자 노아가 옷을 받아 바위
위에 올려 두었다.

　'음, 이건 챙겨야지.'

　레리아나가 바지에 달아 두었던 총집을 허벅지에 둘렀다. 그러고
는 비가 언제쯤 그칠지 염려하며 동굴 앞에 쪼그리고 앉아 하염없
이 바깥을 바라보았다.

　그사이 노아는 동굴 안쪽으로 들어가 주변을 둘러보는 중이었다.

　그때 레리아나가 돌연 입을 열었다.

　"만약에."

　"응?"

　"아주 만약에. 이대로 가이드를 못 찾은 채 성지 안에서 길을 잃
고, 수색대도 우리를 못 찾으면요. 그래서 어쩔 수 없이 여기에서
살아야 하면…… 어떻게 하죠?"

　어느새 뒤로 다가온 노아가 자리에 앉으며 태연히 말했다.

　"그럼 집을 지어야지."

"오."

그런 생각 말라든가, 돌아갈 수 있을 거야 등의 대답을 기대했던 레리아나가 눈을 동그랗게 떴다.

"몇 층집?"

"몇 층?"

노아도 예상외의 질문에 입을 다물었다.

"많이 높아야 되나?"

잠시 생각에 잠겨 있던 그가 진지하게 되묻자 레리아나가 웃음을 터트렸다.

"단층으로 봐줬다."

"배려에 감사드립니다, 부인."

"집 지은 다음에는 사냥해서 먹고사나."

노아의 옆에 앉은 레리아나가 젖은 머리를 뱅글뱅글 돌려서 물을 짜내며 말했다.

"그래야지. 내가 먹을 식량을 구해 올 동안 집에서 얌전히 기다리고 있어. 알겠어?"

장난스럽게 말한 노아가 벗어 두었던 망토 자락으로 레리아나의 젖은 머리를 털어 냈다. 눈으로 튀는 물방울에 인상을 찌푸린 레리아나가 망토를 빼앗았다. 그녀는 노아의 머리를 털어 주며 대꾸했다.

"당신이 집에 있어야죠."

"왜?"

"나가서 뭐 잡아 올지 모르겠으니까."

별 이상한 거 다 잡아 올 것 같아. 레리아나의 불신과 비난이 뒤섞인 말에 노아가 어깨를 으쓱 들어 올렸다.

"당신은 날 너무 못 믿어."

"사냥은 내가 해야지. 내가 멧돼지 잡아 오면 당신이 집에서 9첩 반상 차려 줘야 돼. 근데 요리해 본 적 있어요?"

"아니. 안 해 봤지만 그래도 잘할걸."

뭐지. 이 남자의 근거 없는 자신감은. 레리아나가 고개를 절레절레 저었다.

"못 믿겠는데. 안 되겠다. 요리도 내가 해야지. 그럼 당신은 뭐 할 거예요. 기둥서방?"

노아가 기둥서방이라는 단어가 심히 거슬렸는지 미간을 좁혔다.

은근 마초적인 구석이 있다며 레리아나가 피식 웃는데 곰곰이 생각하던 그가 말했다.

"난 약탈."

약탈? 레리아나가 어이가 없다는 얼굴로 되물었다.

"누구를."

"여행객들."

"……그럴 거면 여행객들이랑 같이 돌아가면 되잖아요."

"그러니까 당신한텐 비밀로 해야겠지."

참 나. 레리아나가 실소를 터트렸다.

"약탈한 물건들은요? 오다 주웠다고 하려고?"

"그것도 괜찮네."

"참 잘도 속겠다."

날 뭘로 보는 거야. 레리아나가 머리로 노아의 어깨를 가격했다.

"그러니까 잘 말해야지."

싱긋 웃은 노아가 레리아나의 목을 한 팔로 감싸 공격을 막았다.

그러곤 고개를 돌려 입을 맞추려고 하자 그녀가 노아의 턱을 깨물었다. 노아가 항복을 선언하며 놔주니 레리아나가 그에게 짧게 뽀뽀했다.

그는 나직이 웃는 소리를 내며 레리아나의 얼굴과 볼에 연신 입을 맞추다 그녀가 이마를 밀어내자 불만스러운 기색으로 얌전히 자리에 앉았다.

"음–"

문득 그가 품에서 작은 단검 하나를 꺼내더니 바닥에 끄적거리기 시작했다.

"뭐예요?"

"우리 집 설계도."

그럴 듯하게 방과 화장실을 그려 넣자 레리아나가 벽 옆을 두드렸다.

"방 하나 더 있어야지."

"왜?"

"만약에 각방을 쓰고 싶어지면 어떻게 해요. 지금처럼."

"내가 나가서 자야지."

"그럴 생각 없으면서."

"응."

당연하지 않느냐는 뻔뻔한 답에 레리아나가 고개를 저었다. 그럼 그렇지.

"좋아요. 그럼 여긴 드레스 룸."

"옷도 입고 다녀?"

"그럼 벗고 다녀요?"

노아가 답 없이 고개를 기울이자 레리아나가 눈매를 좁혔다.

"와, 상상 이상으로 엉큼하다."

레리아나가 옆으로 슬그머니 피하니 노아가 다시 그녀를 끌어당기며 웃었다.

끌려온 레리아나는 외관에 구름 같은 모양을 그리며 말했다.

"집 앞엔 꽃을 심고."

"꽃? 키울 수 있겠어?"

"으음—"

레리아나가 이전에 자신도 귀부인 같은 취미를 가지겠다며 정원에 손을 댔을 때를 떠올렸다. 정원사들에게 이 구역은 자신이 맡겠다며 의욕 가득한 채 덤벼들었었는데—

"많이 죽였잖아."

—결과는 처참했다.

"많이는 아니죠. 어느 정도지."

"당신이 죽인 정원의 꽃값 대느라 허리가 휠 정도였는데."

"아, 정말!"

"정원사들이 놀라던데. 어떻게 이럴 수—"

꽃 좀 시들게 했다고 10년은 우려먹겠네. 레리아나가 그만 좀 꺼내라며 그의 입을 틀어막자 노아가 피식 웃으며 고개를 끄덕였다.

"그럼 꽃은 기각. 아쉽게도 정원사가 없네."

레리아나가 꽃 위를 지저분하게 긁으니 노아가 웃으며 물었다.

"일 잘할 것 같은 여행객 하나 끌고 올까?"

"집에 오다 우연히 정원사를 주웠다고 하고?"

"응."

"그럼 월급은 어떻게 주지?"

"그것도 오다 주워야지."

"나빴다, 진짜."

"당신 기분 안 좋을 때 필요한 악사도 줍고."

"악기는?"

"가수를 주워야겠네."

"노래 잘하는진 어떻게 알고요?"

"한 대씩 때려 보고 비명을 제일 잘 지르는 사람으로 데려오면 되지."

어이가 없는 나머지 결국 레리아나가 웃음을 터트렸다.

"악당이다, 악당."

그녀가 한결 편한 기색으로 웃자 노아가 레리아나를 다리 위로 끌어 올려 앉혔다.

"걱정돼서 그래?"

잠시 말이 없던 레리아나가 이내 고개를 저었다. 어차피 이쪽도 관광지의 일부이니 상상만큼 끔찍한 일은 벌어지지 않을 터였다. 아마 며칠 불편할 수는 있어도.

"애들이 걱정이죠."

"아리아가?"

"……아리아는…… 아리아가 누굴 괴롭힐까 걱정돼……."

설핏 웃은 노아가 소리 없이 수긍했다.

외출 금지령을 내렸으니 이제 세이모어는 괴롭힐 수 없을 테고.

리노는 괜찮을까?

레리아나가 한숨을 내쉬었다.

노아에게 물으려는데 그가 동굴 안쪽으로 고개를 돌리고 있었다.

"왜요? 뭐 있어요?"

"무슨 기척이 났는데."

노아가 미간을 찌푸렸다.

"기척?"

레리아나가 동굴 안쪽을 빤히 응시했다.

"사람? 마물? 아니면……."

"크진 않아."

"박쥐인가?"

"아마도."

노아는 무언가 신경이 쓰인다는 듯 옆을 흘깃 바라보다가 다시 레리아나와 눈을 맞추었다.

반응을 보아하니 뭔가 있긴 한 것 같은데…….

"가 봐요."

"가려고?"

노아는 레리아나가 일어서는 걸 물끄러미 올려다보았다.

그는 혼자 다녀와야 할지, 아니면 레리아나를 여기 혼자 두어야 할지, 아니면 그냥 기척을 무시해야 할지 고민하는 모양이었다.

그가 동굴 밖으로 시선을 돌렸다. 쏟아지는 비는 당장 그칠 기미를 보이지 않았다.

고민하는 그 앞에 레리아나가 쪼그려 앉았다.

"가요."

그녀가 손을 잡자 노아가 마지못해 일어섰다.

* * *

넓은 동굴은 생각보다 길이가 짧아 10분가량을 걷자 끝이 보였다. 레리아나가 발에 차이는 돌을 옆으로 밀며 고개를 돌렸다.

'아무것도 없는데.'

동굴의 끝은 벽으로 막혀 있었고 기척을 느낄 만한 그 무엇도 보이질 않았다.

레리아나가 '혹시 저거인가–' 하며 고드름처럼 매달린 종유석에서 떨어지는 물을 응시했다.

"저걸 착각한 건–"

노아에게 말을 걸던 레리아나가 순간 눈을 크게 떴다. 노아는 벽으로 손을 내미는 중이었고, 그 팔이 동굴의 벽 안으로 반쯤 빨려 들어가 있었다.

"노아!"

이게 뭐야! 레리아나가 당황해 그의 몸을 끌어안았다. 그리고 눈을 질끈 감은 채 버티려 힘을 주었다.

"……."

"……."

잠깐 그 자리에서 노아를 꽉 끌어안은 채 서 있던 레리아나가 서서히 눈을 떴다.

"……?"

뭐지? 레리아나는 변하지 않는 주변 모습을 살피며 눈을 깜빡였다. 위를 올려다보자 노아가 자신을 마주 껴안은 채 멀쩡히 서 있었다.

"뭐 해요?"

"당신이 안길래."

"……안 빨려 들어가요?"

"응."

노아가 웃으며 손을 뺐냈다가 다시 넣기를 반복했다.

"아…… 그렇구나."

환히 웃은 레리아나가 매몰차게 팔을 풀고 노아를 밀쳤다. 그러고는 자신도 벽 안으로 팔을 넣었다. 딱딱한 벽에 막힐 줄 알았건만, 빈 공간을 만지듯 팔이 쏙 들어갔다.

"환상?"

"마법인가 본데. 그리고-"

벽 안에 팔을 넣었던 노아가 무언가를 쥔 채 팔을 꺼냈다.

"-이건가 봐."

'그것'은 곧 노아의 손가락 사이에서 기어 나왔다. 레리아나가 노아와 같은 표정으로 '그것'을 물끄러미 응시했다.

'뭐야, 이건…….'

두 사람의 시선이 쏠리자 '그것'의 작달만한 날개가 파드득 떨렸다.

'그것'은 주먹을 조금 넘는 크기에 인간 같은 몸을 가지고 있었다. 그러나 머리가 있어야 할 부분에는 노란 부리와 촘촘한 깃털을 가진 새머리가 동그랗고 멍청해 보이는 눈을 굴리고 있었다.

"이게, 뭐……."

"인간?"

그것이 화들짝 놀라 몸을 뒤로 물리며 으르렁거렸다.

"인간 따위가 감히-"

"넌 뭐야?"

"요정님이시다!"

"……?"

레리아나가 얼굴을 와락 일그르트렸다.

'요정? 이런 게?'

레리아나가 탐탁지 않게 요정을 훑어보았다. 이런 게 요정이라면 차라리 알고 싶지 않았는데.

잠깐. 이런 것의 기척도 느껴? 레리아나가 노아를 묘하게 바라보자 그가 왜 그러냐며 고개를 기울였다.

차마 네가 새삼 괴물 같다는 말은 꺼낼 수가 없었다.

이를 다르게 해석했는지 노아가 물었다.

"잡을까?"

"아니에요. 눈을 흐릿하게 뜨고 보면…… 귀여울 것도 같고."

귀여운가? 자기가 말해 놓고도 의문스러웠던 레리아나가 눈을 가늘게 떴다.

'아닌가.'

그 멍청해 보이는 새머리는 레리아나의 머리 위를 맴돌았다.

"너한테서 인간 여자 냄새가 나는군."

"……?"

그러다 날개를 파르르 떨며 종유석 위로 날아올라, 부리 위에 난 점같이 생긴 코를 막았다.

"부정한 냄새가 나."

탕!

총소리가 동굴 안을 쩌렁쩌렁 울렸다.

소리가 그치자 요정이 뻣뻣하게 굳은 채 아래로 떨어져 내렸다.

"아차, 잡아 버렸네."

레리아나가 국어책이라도 읽듯 무덤덤한 목소리로 말했다.

자신을 요정이라고 소개한 그것은 웅크린 채로 부들부들 떨며 어깨를 쥐었다.

"맞을 뻔했어⋯⋯."

가까이 다가간 레리아나는 노아가 앞굽으로 요정을 툭 건드리는 걸 보며 조그맣게 말했다.

"진짜 있었구나."

이런 게, 내 별장에.

'안 믿었었는데⋯⋯.'

처음 별장으로 둘만의 여행을 떠났을 때, 노아는 별장에 있던 누군가의 흔적을 '요정의 짓이다.'라고 말했었다. 당시에는 비어 있던 별장이니 '누군가 숨어들어 지냈나 보다.'라고 대수롭지 않게 넘겼다. 이제 주인이 왔으니 돌아가겠거니, 하고.

그런데 노아는 그 이후에도 별장에 '요정'이 있다면서, 이제 밤에 요정이 떠돌며 발을 건다는 소문이 돌아 고용인들이 선뜻 별장에서 일을 하지 않으려 한다고 주장했다.

레리아나는 내심 '그래, 그 요정 타령 어디까지 하나 보자.'라고 벼르는 중이었다.

레리아나가 쪼그려 앉은 채 요정을 응시하며 턱을 괴었다.

"별장에 약 좀 칠까요?"

"왜?"

"이런 게 있다면서요."

"아아……."

"돌아가면 별장 청소 좀 해야겠다. 박멸해 버려야지."

레리아나가 '그렇지?'라며 동의를 구하듯 그를 바라보자, '응.'이라고 답하며 그린 듯한 미소를 지은 노아가 소리 없이 혀를 찼다.

"그런데 이런 게 뭘 치울 수 있긴 한가? 어지럽히는 거면 몰라도."

레리아나가 의문을 표하며 요정을 잡아 들었다.

"그거 이리 줘."

그에 노아가 레리아나의 손에서 더러운 벌레라도 치우는 것처럼 요정을 건네받았다.

"병 걸려."

"안 걸려!"

말을 가로챈 요정이 몸을 떨었다. 그러자 심기가 굉장히 불편했던 노아가 치욕에 떠는 요정을 서늘하게 내려다보았다.

"……?!"

영문을 모른 채 싸늘한 살의를 받게 된 요정이 놀라 식은땀을 흘렸다.

"이거 팔면 얼마나 받을까요?"

그때, 레리아나가 묻자 노아가 다정한 얼굴로 말했다.

"글쎄. 생긴 걸 보니 그렇게 값이 나갈 것 같진 않는데."

"생긴 건 좀 그렇지만. 희소성은 있어 보이지 않아요?"

나름 전설 속에나 나오는 생물인데. 귀엽진 않지만. 레리아나가 전설 속의 생물을 총구로 툭툭 건드리며 말했다. 이를 보며 노아가 싱긋 웃었다.

"박물관에 기증할까?"

"산 채로?"

"응."

노아가 그것과 눈을 맞추며 말했다.

"아니면, 박제를 해도 좋겠어."

그 정도는 해야 기분이 조금 나아질 것 같으니까. 노아가 뒷말을 삼키며 손에 힘을 주었다.

이에 사색이 된 요정이 필사적으로 고개를 저었다. 그러다 터지겠다며 노아를 만류한 레리아나가 고개를 갸웃거렸다.

"근데 기분 안 좋아요?"

"그럴 리가."

그가 웃으며 다시 요정을 꾸욱 움켜쥐었다.

"잠, 잠깐만!! 좋은 걸 가르쳐 줄게. 이 동굴 안에 보물이 있어. 아주 옛날에 한 마법사와 그 추종자들이 숨겨 놓은 건데-"

"흐응."

콧소리를 낸 노아가 레리아나를 돌아보자 요정이 킬킬거렸다. 역시 욕망덩어리인 인간들이 보물을 그냥 지나칠 리 없었다.

그때 레리아나가 슬렁슬렁 고개를 저었다.

"별로."

노아가 다시 한번 웃으며 물었다.

"박제할까?"

"음-"

레리아나가 고민하자 요정이 동공을 떨었다.

아니, 왜? 왜 관심이 없는데? 이대로는 박제당한다!

"너희들! 요정족의 저주가 얼마나 무서운지-!"

"혹시 성지 바깥 마을로 나가는 길, 알아?"

상냥하게 물으며 레리아나가 총구를 들이미니 요정이 공손히 말했다.

"아뇨."

"박제해요."

"저, 저! 밖으로 나가는 게이트가 있는 곳은 알아요……!"

* * *

"호오."

환상 안으로 걸어 들어온 레리아나가 탄성을 터트렸다. 그곳은 바깥보다 세 배 정도 넓은 공간으로 복잡한 길이 뚫려 있었다.

요정은 마법사가 보물을 숨기기 위하여 인공으로 복잡한 동굴을 만들었고, 다른 인간들에게서 보물을 지키기 위해 곳곳에 바깥으로 강제 추방시키는 일종의 함정을 심어 놓았다고 설명했다.

요정이 날아올랐다.

"저 토끼 구멍으로 들어가면 넓은 공간이 나오는데, 그 중앙에 솟아오른 제단에 손을 대면 저 너머에 바깥으로 나가는 게이트가 열려."

"오."

환풍구처럼 보이는 조그마한 구멍을 바라보며 레리아나가 눈을 반짝였다.

그에 요정이 킬킬대며 빙글빙글 돌았다.

"내가 금방 들어가서 열어 줄 테니까……."

"어딜 들어가?"

레리아나가 요정의 뒷덜미를 잡아채며 물었다.

"방금 말했잖아. 들어가서 문을 열어야 나갈 수 있는데……."

요정이 마른침을 삼켰다. 그냥 안으로 빠져서 도망가려는 걸 들켰나?

'그래?'라고 레리아나가 눈매를 좁히자 요정은 빠르게 말했다.

"내가 열어 줄게. 그리고 저 왼쪽 길로 쭉 들어가면 돼."

그때 노아가 레리아나를 뒤에서 끌어안았다.

"요정이란 게 사람을 웃기는 재주도 있는 줄 미처 몰랐군."

"웃기……."

"수작 부리지 말고 다른 곳으로 안내해. 말을 잘 들으면 기증할 때 그 얕은 꿍꿍이를 생각하는 작은 머리는 보존해 줄 테니까."

그가 레리아나의 어깨에 턱을 올리고는 손을 깍지 껴 잡았다.

"요, 요정은 거짓말을 못해. 정말이야."

그럼 두드러기가 난다며 팔을 내보였다.

"저기가 아니면 위험한 길밖에 없어. 보물을 지키는 마물들이 득실거린다니까."

심드렁한 노아와 달리 레리아나는 퍽 진지한 얼굴로 노아의 품에서 벗어나며 말했다.

"내가 갔다 올게요. 들어갈 수 있을 것 같으니까."

"그냥 주위를 부수면-"

"동굴 무너져요."

레리아나가 '귀찮게 돌아가지 말자, 금방 다녀오겠다.'는 말로 대화를 끝내고는 손을 내저었다.

실랑이에서 진 노아가 요정을 움켜쥐었다.

"내 부인이 무사하길 기도하는 게 좋을 거야."

"……네."

요정이 기어들어 가는 소리로 겨우 답했다.

'괜찮아. 거짓말은 아니니까.'

거짓말은 아니었다. 말하지 않은 게 있을 뿐.

인간이 제단 외의 물건에 손을 대면 마법이 발동한다. 그러면 자동적으로 동굴을 지키는 마물이 나오게 되어 있었다. 아무리 총을 가지고 있다고 해도 저런 가냘픈 인간 여자는 대응하기 힘들 것이다.

'그럼 남자 인간만 어떻게든 하면 돼.'

여자가 한참 동안 나오지 않으면 자신이 안에 들어가 상황을 살펴본다고 하면서 도망가 버려도 될 터였다.

그렇게 레리아나가 사라진 지 어느 정도 시간이 지난 그때였다.

토끼 구멍에서 무언가 꿈틀거리면서 모습을 드러냈다. 이에 노아의 손아귀에 힘이 풀렸고 요정은 잽싸게 날아올랐다.

'뭐야! 마물이 여기까지 나온 건가?'

곧 마물이 빠져나오리라고 생각한 요정이 구멍에서 멀어졌다.

그러나 노아는 토끼 굴에서 무언가를 마주 잡고 있었다. 노아가 레리아나의 손을 잡아당기며 몸을 안았다.

"……?!"

이게 아닌데! 요정이 부리로 손톱을 잘근잘근 씹었다.

제단을 안 건드렸나? 제단 위에는 금으로 된 컵이 올려져 있어서

백이면 백 다들 걸리는 함정인데?

'정말 욕심이 없는 인간인가?'

그녀에게 다친 곳이 없는지 노아가 이리저리 살피는데 레리아나가 괜찮다며 몸을 움직였다.

그때 품 안에서 금으로 만든 컵 하나가 데구르르 굴러떨어졌다.

"이건?"

음, 목을 울린 레리아나가 이내 귀찮은 듯 머리를 쓸어 넘기며 말했다.

"오다 주웠어요."

마물을 잡은 거야? 요정이 몸을 떨었다.

                    *   *   *

"얼마나 더 걸어야 해?"

저기에 바로 출구가 있는 것처럼 말한 것치고는 너무 오래 걷는 거 아닌가. 레리아나가 종아리를 두드렸다.

노아는 레리아나에게 물통을 건네다가 통이 빈 것을 확인하고는 미간을 찌푸렸다.

"물은?"

요정이 저곳에 마실 물이 있다고 한쪽을 가리키자, 노아가 잠깐 기다리라고 말하고는 물을 뜨러 자리를 떴다.

레리아나는 다리를 주물럭거리며 삭막하고 휑한 동굴을 돌아보았다. 마법이 걸려서인지 박쥐나 작은 동물 따위는 보이지 않는 곳이었다.

아, 마물은 있었지. 반사적으로 머리에 총알을 박아 넣었던 마물을 떠올리다 레리아나가 돌연 요정에게 물었다.

"넌 왜 여기에 있어? 요정이 살 만한 곳은 아닌 것 같은데. 다른 요정들도 여기 살아?"

"신경 꺼. 인간 여자."

그래? 레리아나가 웃으며 총을 만지작거리자 요정이 다소곳이 옆에 앉아 말했다.

"나 혼자야. 난 계약 때문에 남아 있는 거고."

"누구와?"

"이 동굴을 만든 마법사의 제자."

마법사의 제자는 함정에 빠져 마물에게 잡아먹힐 뻔했던 자신을 구해 주었다. 당시 동굴에 홀로 남겨진 제자는 마법사의 유지를 지켜야 한다고 순진하게 말했다. 그는 망가진 함정들을 보수하고 침입자들에게 겁을 주어 떠나보내며, 긴 기다림의 시간을 보내고 있었다.

"그렇지만 마법사는 끝까지 제자를 찾으러 오지 않았어. 인간 여자는 그래. 부정하고, 변덕스럽고—"

"마법사가 여자였구나."

레리아나가 말을 잘랐다. 맞아, 라며 요정이 팔짱을 끼고 고개를 끄덕였다.

흠, 그래서 인간 여자가 어쨌느니 하며 얄밉게 굴었나……. 레리아나가 성의 없이 고개를 주억거렸다.

"끝까지라면, 제자는?"

"죽었어. 여기서 그 여자를 기다리다가."

"그럼 너랑 제자와의 계약은 깨진 거 아냐? 왜 안 나가고 여기에 남아 있어?"

그에 요정은 새카만 새눈을 부라리며 눈을 깜빡였다.

"몰라."

"왜 몰라?"

"관계없잖아!"

요정이 앙칼지게 소리쳤다. 그 외침이 메아리처럼 쩌렁쩌렁 동굴을 울리자 레리아나가 흐음, 콧소리를 내며 다리를 쭉 폈다.

"좋아했구나? 제자라는 사람."

새머리도 그런 걸 하는구나. 레리아나가 새삼 놀랍다는 얼굴로 감탄하는데 요정이 고개를 세차게 저었다.

"아니야! 아니야!"

"시끄러워."

음산하게 나타난 노아가 요정을 움켜잡았다. 요정이 켁 숨넘어가는 소리를 내니 레리아나가 그만하라며 고개를 저었다.

못마땅한 듯 요정을 한 번 더 꾹 쥐었던 노아가 이내 힘을 풀었다. 요정이 파르르 떨며 아래로 떨어져 내렸고, 노아는 레리아나에게 물을 건네고는 그녀를 안아 들었다.

"좀 쉬다 가요."

"여기엔 먹을 만한 것도 없잖아. 오래 있어서 좋을 것 없어."

노아가 꽤 단호하게 말했다.

안 되겠네. 놔줄 생각이 없다는 걸 확신한 레리아나가 노아의 품에 머리를 기대며 말했다.

"삼각관계래요. 마법사랑, 제자랑, 요정이랑."

"아니야! 아니야!"

"마법사가 여자였어?"

요정이 필사적으로 부정하는데 노아가 되물었고, 레리아나는 놀라서 눈을 깜빡였다.

"어떻게 알았어요?"

"감으로."

노아가 빙긋 웃자 레리아나가 혀를 찼다.

"제자는 마법사를 사랑해서 평생 동굴에 남아 있었대요. 그런데 마법사는 평생 찾아오지 않았대."

흐응, 노아가 콧소리를 내며 고개를 끄덕였다.

이를 보며 요정이 이죽거리는 미소를 띠었다.

"인간들의 사랑은 그런 거야. 너희도 다르진 않을걸."

이게 정말 저주를 하네. 레리아나가 불쾌한 기색을 드러내는데 노아가 덤덤하게 말했다.

"맞아."

"맞다니?"

이 사람이! 레리아나가 어깨를 두드리자 노아가 왜냐는 얼굴로 눈을 마주쳤다.

"나라도 동굴에서 기다리고 있었을 테니까."

뭐야, 갑자기……. 레리아나가 입을 꾹 다물었다.

"……그런 뜻이 아니잖아요."

그래? 그러거나 말거나 대수롭지 않다는 듯 노아가 웃으며 레리아나의 몸을 추슬러 안았다.

레리아나는 노아의 목을 끌어안았다.

"내 남편분은 가끔 예상치도 못한 말을 불쑥 꺼내시네요."

"칭찬이야?"

"불평이에요."

노아가 흠, 하며 고개를 기울였다.

"왜 제자 혼자 두고 떠났을까요?"

"글쎄."

"같이 집 짓고 살아야지."

레리아나가 저 혼자 고개를 주억이며 중얼거렸다.

"나라면 그랬을 텐데."

그래? 라고 대꾸하던 노아가 기분 좋은 듯이 웃었다.

"집에 드레스 룸 만들어 주면."

"옷은 없어도 돼?"

"안 돼."

그 단호한 대답에 노아가 안타깝다는 듯 혀를 찼다.

"저쪽이야. 저 벽에 손을 대면 밖으로 나갈 수 있어."

요정이 날개를 퍼덕이며 날아올랐다. 노아가 '저걸 잡아서 나갈까?'라는 얼굴로 레리아나를 내려다보자 그녀가 인상을 찌푸리며 고개를 저었다.

"그냥 가요."

노아는 조금 아쉬운 듯 했으나 그녀의 말을 따르며 벽에 손을 내밀었다. 곧 그의 몸이 빨려 들어가듯 안으로 사라졌고, 레리아나가 뒤를 따르기 위해 손을 내밀었다.

그러다 들어가기 직전, 그녀가 문득 요정을 돌아보았다. 요정은 비웃듯 팔짱을 낀 채 레리아나를 바라보고 있었다.

"그래도 넌 사랑하는 사람이 죽을 때까지 같이 있어 줬네."

레리아나의 말에 요정이 눈을 깜빡였다.

"그게, 중요해?"

"외롭진 않았을 테니까."

레리아나가 말을 마치고 벽으로 손을 내밀었다.

그에 요정이 포르르 날아 그녀의 앞을 막아섰다.

"저, 정말 여기로 나가고 싶어?"

"왜?"

"지금이라도 동굴 밖으로 나가서 길을 찾으면—"

"그럼 늦어지잖아. 밖에서 기다리는 사람들이 있어."

집 짓고 살아도 되지만. 레리아나가 싱긋 웃었다.

"잘 있어."

그녀가 마지막 인사를 하듯 고개를 옆으로 까딱이자 요정이 잠깐 기다리라며 날아올랐다. 요정은 어디론가 들어갔다 나왔다 하더니 곧 품 안에 무언가를 안고 다가왔다.

"동굴 안에는 이런 게 많이 있어."

손바닥 위에 엄지손가락만 한 광석 하나가 떨어졌다. 레리아나가 광석을 이리저리 굴려 보았다. 잘 세공하면 꽤 가치 있는 보석일 듯했다.

"예쁘네."

"그렇지?"

밝은 표정의 요정이 조금 다급하게 말했다.

"그러니까 다시 동굴 입구로 가면—"

레리아나가 요정을 빤히 바라보았다.

"이 안에 뭔가 있어?"

요정이 입을 다물었다. 아까도 요정이 말하지 않았던 마물이 있었듯, 여기에도 무언가 장치가 있을지도 모른다. 레리아나가 얼굴을 굳히고 손을 내밀었다.

"가 봐야겠어."

"가면 죽을 수도 있어."

"그러니 가 봐야지."

레리아나가 망설임 없이 손을 뻗었다. 요정은 그녀가 벽 안으로 빨려들어 가는 걸 가만히 응시하다, 비밀스럽게 숨겨진 방으로 들어갔다. 온갖 호화로운 보석이 가득한 방 중앙에는 해골이 하나 덩그마니 앉아 있었다.

요정은 죽은 제자의 어깨에 앉아 날개를 축 늘어트렸다.

'그 문지기가 있는 한, 둘은 결코 빠져나갈 수 없을 텐데…….'

몰라. 둘이 함께 있으니까 죽을 때 외롭진 않겠지. 요정이 콧방귀를 꼈다.

* * *

이럴 줄 알았다면 그 손님들을 받지 않았을 텐데. 성지의 가이드인 오슬로는 한숨을 푹 내쉬며 굽은 허리를 한번 쭉 폈다.

비를 맞으며 몇 시간을 헤매는 중이었다. 이제야 비가 그치는 바람에 겨우 우비를 벗었다 싶었는데…….

"안 움직이십니까?"

앤슬리가 날카로운 눈빛으로 재촉했다. 그와 함께 옆에서 소리

없이 걷던 아담이 검 손잡이를 만지작거렸다.

"가, 갑니다. 갑니다!"

오슬로는 겁에 질린 채 발걸음에 속도를 냈다.

후회가 막심했다. 왜 둘을 다른 이들처럼 투어로 보내 버렸는지.

제기랄. 오슬로가 답답한 가슴을 쳐 댔다. 아무리 몰라도 '걸친 옷가지 하나하나가 고급품인 것 같다, 어쩐지 외모가 어디서 본 것처럼 익숙한데……' 정도는 어렴풋이 생각했다. 이상하다고 생각했을 때 감을 믿었어야 했다.

사무실로 기사들이 잔뜩 찾아와 '숙소로 돌아올 시간인데 제 주인들은 어디에 있느냐.' 묻자, 그제야 아차 싶었다.

그렇지만 신문에서나 보던 체이머스 왕국의 공작 부부가 수수하게 입고 달랑 둘만 여행하겠다며 찾아올 줄은 누가 알았겠는가. 화려한 외모의 젊은 부부가 호위도 없이 둘만 왔으니 단순히 '요즘 젊은이들은 겉치장과 보는 시선들에만 신경을 쓴다니까-'라고 여겼다.

다시 한번 생각해도 후회가 막심했다. 오늘 그들을 못 찾으면 대체 자신은 어떻게 되는 걸까? 오슬로가 마른침을 삼키며 조심스럽게 입을 열었다.

"저어기, 기사님들……. 혹시 오늘 공작 부부를 못 찾는다면……."

스릉.

말이 끝나기도 전에 아담이 검을 뽑았다. 앤슬리와 휘튼이 뒤따라 검을 잡았다. 다른 기사들도 경계의 눈길을 보내자 사색이 된 오슬로가 두 손과 얼굴을 격하게 저었다.

"오늘 찾을 수 있습니다! 정말입니다!"

그러나 기사들의 시선은 그가 아니라 그 너머를 향하고 있었다.

"……?"

왜 저러지? 오슬로가 갸웃하며 고개를 돌렸다.

곧, 어디선가 '쓰윽, 쓰윽–' 하며 소름끼치는 소리가 들려왔다.

"나, 나왔다."

오슬로가 뒷걸음질 쳤다.

"……마, 마물!"

오슬로는 거대한 마물을 올려다보았다. 분명 이렇게 큰 마물은
나타나지 않는 곳일 텐데…….

그때, 긴 갈기가 바람에 흩날렸다.

"히익!!"

겁에 질린 그가 정신없이 도망치려는데 누군가 그의 뒷덜미를 잡
아챘다.

"주군!"

그리고 휘튼이 보이지 않는 꼬리를 흔들며 앞으로 나섰다.

"아?!"

오슬로는 앤슬리한테 잡힌 채 눈을 끔뻑거렸다. 다시 보니 마물
의 눈이 감겨 있다. 죽은 건가?

오슬로가 마물을 끌고 온 검은 머리의 손님을 놀라움과 두려움이
섞인 눈으로 응시했다.

"아…….."

그러자 노아가 빙긋 웃으며 말을 이었다.

"오다 주웠어."

"……?!"

오슬로가 경악을 했고, 뒤에서는 기사들이 제각각 한숨을 내쉬는

소리가 들려왔다.

"마님은……."

그때 자신을 찾는 소리를 들었는지 마물의 위에서 레리아나가 빼꼼 얼굴을 드러냈다. 그녀는 수색에 나선 기사들을 보며 손을 흔들었다.

"여기요!"

저걸 타고 있었어? 당황한 앤슬리가 숨을 들이켰다.

레리아나를 발견한 아담이 마물 머리 위로 훌쩍 올라가 레리아나를 살폈고, 휘튼과 앤슬리는 근처로 다가가 그녀를 올려다보았다.

레리아나는 이 자리가 꽤 따뜻하고 포근하다고, 아담에게 앉아 보라 제안하면서 옆자리를 두드리고 있었다. 아담이 주춤주춤 앉자 휘튼이 자기도 앉아 보겠다며 올라갔다.

'마님께선 이제 익숙해지셨구나.'

레리아나가 자신 또한 부르는 소릴 들으면서 앤슬리는 복잡한 감상에 빠져들었다.

그리고 오슬로는 대체 저들의 진짜 정체가 뭔지 고민했다.

* * *

성지에서 돌아오기까지는 반나절하고도 몇 시간이 더 걸렸다. 이런저런 상황을 설명하고, 가이드들을 어떻게 처리할지를 결정하고, 이런저런 일을 겨우 끝낸 후에야 저택으로 돌아온 레리아나가 침대에서 늘어져 있던 때였다.

아리아가 침실의 문을 벌컥 열었다.

"엄마."

"아리아?"

레리아나가 깜짝 놀라 몸을 일으켰다.

"아직 안 잤어?"

욕실에서 나오던 노아가 아리아를 발견하고는 아이를 안아 들었다.

"아리아, 무서운 꿈이라도 꿨어?"

그에 아리아가 고개를 저으며 노아를 끌어안았다.

"걱정했어요."

"저도요."

어느새 나타난 리노가 문고리를 잡고 있었다.

"리노."

"저 여기 있을래요."

무슨 소식을 들었는지 아리아와 리노는 여기서 잘 거라며 칭얼댔다. 노아가 레리아나에게 어떻게 하느냐 묻듯 바라보자, 어깨를 으쓱한 레리아나가 리노를 침대 위로 올렸고 노아는 아리아를 안은 채 옆에 걸터앉았다.

생각하는 것처럼 큰일은 없었으며, 그보다 성지에서 요정을 봤다는 이야기를 하니 아이들은 금세 흥분해서 물었다.

"데리고 왔어요?"

"보여 주세요!"

"데리고 오진 않았지."

노아의 말에 아리아가 두 손을 포개고 눈을 빛냈다.

"그럼 박물관에 기증했어요? 산 채로? 아니면 박제해서?"

그러자 리노가 몸을 일으켰다.

"누나는 악마야!"

"학술적 호기심이거든?!"

음……. 레리아나는 차마 기증하려고 했다는 말을 꺼낼 수가 없었다. 그때 노아가 부드럽게 웃으면서 입을 열었다.

"사실 머리를―"

상냥하게 뭘 말하려는 거야?! 레리아나가 잽싸게 노아의 입을 막았다.

"요정님도 가족이 있잖아. 자기 터전에서 살게 둬야지."

레리아나의 말에 아리아가 실망한 듯 어깨를 늘어트렸다. 리노는 그렇구나, 라며 고개를 끄덕였다.

레리아나는 쓸데없는 말 하지 말라며 고개를 저은 뒤에야 노아를 놔주었다.

색다른 이야기에 흥분한 리노는 이불을 만지작거리며 물었다.

"요정은 어때요? 아주 작아요? 동화에 나오는 것처럼 착하고 귀여워요?"

"음……."

차마 건방진 데다 못됐다고 말할 수 없었다. 그때 노아가 다시 입을 열었다.

"건방지―"

레리아나가 다시 노아의 입을 틀어막았다.

"건방져요? 못됐어요? 악랄하죠?"

아리아가 들뜬 목소리로 물었다. 레리아나가 어색하게 웃으며 말했다.

"요정님이 엄마, 아빠가 바깥으로 나갈 수 있게 도와줬어."

다시 아리아가 실망한 기색을 보였고, 리노는 역시 그럴 줄 알았다면서 감탄을 내질렀다.

"좀 더 얘기해 주세요."

그에 레리아나가 난 도저히 말할 기력이 없다는 듯 베개에 얼굴을 묻자 노아가 그녀에게 이불을 덮어 주며 말했다.

"성지 안을 헤매다가 비를 피하려고 동굴에 들어갔는데-"

"왜 헤매셨어요?"

"엄마가 길을 잘못 찾아서."

레리아나가 눈만 내밀고 노려보니 노아가 웃으며 손바닥으로 그녀의 눈을 감겼다.

"가이드가 나쁜 사람이라 우리를 버리고 갔어."

"그래서요?"

"동굴 안에 막혀 있는 벽 너머에서 소리가 들려서-"

둘은 아이들이 잠들 때까지 요정과 동굴, 그리고 보물을 지키는 마물에 대해 이야기해 주었다.

9장

완벽한 그녀에게 딱 한 가지 부족한 것

완벽한 그녀에게 딱 한 가지 부족한 것

최대한 구석진 곳에 앉아 있으면 눈에 띄지 않으리라. 아리아는 커피 테이블을 둘러싸고 곳곳에 자리를 잡은 또래들 끄트머리에 앉아 눈을 굴렸다. 이번 모임을 조용히 넘어가기 위해서였다.

영애들은 이야기에 빠져 아리아가 어디에 있는지 신경을 쓰지 못하는 눈치였다.

"저는 자수로 하려고요."

"아, 장갑 끝에 놓았던 이 자수도 영애 작품이라고 하셨죠?"

"정말요? 자수가 참 우아해서 디자이너가 누군지 여쭤보려고 했었어요."

저마다 자신들이 무엇을 준비하고 있는지 담소에 빠진 이들을 보며 아리아는 안도의 한숨을 내쉬었다.

조용히 넘어갈 수 있겠어. 하녀가 준비한 차를 들며 그렇게 생각하는 중이었다.

"원나이트 영애께서는 뭘 준비하고 계세요?"

"읍, 네?"

뜨거운 차를 꿀떡 삼킨 아리아가 화들짝 놀라 되물었다.

"괜찮으세요?"

아리아가 순식간에 그렁그렁해진 눈물을 닦고서 아무렇지 않은 듯 살포시 고개를 기울였다.

"제가 그만 이야기를 놓치고 말았네요. 무슨 이야기 중이셨어요?"

"나눔회에 대해 얘기하는 중이었어요."

"아…… 나눔회요……."

정말 몰랐던 물음의 답을 들은 것처럼 아리아가 눈을 내리뜨며 되뇌었다. 그러다 잘 교육받은 귀족처럼 고개를 꼿꼿이 세우고 부드러운 미소를 띠면서 생각했다.

'빌어먹을 나눔회.'

나눔회는 아리아가 속한 사교 모임에서 대대로 기획하는 자선 행사로, 모임의 일원들이 직접 만든 물품을 판매하고 그 돈을 여러 단체에 기부하는 형식이었다.

"뭘 준비하셨어요? 자수? 아니면-"

"꽃꽂이?"

"디저트인가요?"

"찻잎?"

사방에서 쏟아지는 질문에 아리아는 웃으려고 애를 썼다.

대를 이어 내려오는 빌어먹을 전통이 늪처럼 고여 있는 행사다. 그러다 보니 얼마나 귀족 영애다운 모습을 보이는가, 다시 말해 전통 있는 가문의 신부감에 얼마나 걸맞은가에 참여자들의 평가가 좌우되곤 했다.

그에 모임에서 준비하는 모든 것들이 참한 신부다움을 뽐낼 수 있는 물품들로 고정된 건 자연스러운 흐름이었다.

"어서요, 뜸들이지 말고 말씀해 주세요."

"아, 저는……."

영애들이 아리아의 답을 기대하며 쫑긋 귀를 세웠다. 좀처럼 부담 같은 걸 느끼지 못하던 아리아도 이번만큼은 그들의 시선이 부담스럽게 느껴졌다.

아리아가 주먹을 꼭 쥐었다.

"제가 준비하는 건 나눔회 당일에 가져와 보여 드릴게요. 아직은 고민 중이거든요."

"아-"

맞아요, 원나이트 영애는 뭐든 잘하시잖아요, 기대되네요 등의 칭찬을 들으며 아리아는 손에 난 식은땀을 닦았다.

＊　＊　＊

보통 몇 대를 걸쳐 내려오는 구귀족 가문의 아이들은 가문 내에서 품위 등의 교육을 따로 받는 것이 관례였다. 그리고 그중 대부분의 여자아이들은 훌륭한 신부감이 되기 위한 기초 교육을 받곤 했다.

그러나 원나이트에서는 레리아나나 노아나, 기본적인 교육 외에는 아이들이 원하지 않는 한 간섭하지 않는 편이었다.

해서 다른 가문에서 딸들에게 꽃꽂이나 자수 등을 가르칠 때, 아리아는 좀 더 그 시간을 자유롭게 사용했다.

물론 아리아도 영애들과 함께 어울리면서 이것저것 시도는 해 봤지만 잘하지도 못했고, 그러다 보니 자연스레 재미도 붙이질 못했다.

그런데 나눔회라니…… 그런 걸 여는 줄 알았다면 좀 더 진득하게 앉아서 뭐든 해 보려 했을 것이다. 언젠가 원나이트가의 가주가 될 사람으로서 그런 모임에서 망신을 당하는 일은 용납할 수 없으니까!

'한 달인가?'

아직 시간은 남아 있었다. 아리아는 한 달이면 충분하다며 자신을 다독였다. 그녀는 지금껏 하고자 하는 건 뭐든 해냈으니.

"공작 부인께서는 자수를 참 잘 놓으셨죠. 예전 토벌전에서도-"

"그 용 손수건이요?"

자수를 가르치러 온 부인의 말에 아리아가 눈을 반짝였다.

"아…….""

부인이 뜸을 들였다. 그러고는 '예, 그것도요.'라고 조용히 답했다.

"저, 엄마처럼 멋진 자수를 놓을 거예요."

아리아가 주먹을 불끈 쥐며 다짐하듯 말했다.

예쁘기도 하지. 부인이 그에 흐뭇한 미소를 보였다.

그리고 며칠 후, 아리아는 당당하게 초췌해진 부인 앞에 자수를 내밀었다.

"계속하실 생각이신가요?"

"네, 왜 그러세요?"

양손, 열 손가락에 칭칭 붕대를 감은 아리아가 되물었다.

"아뇨, 그…… 손은 괜찮으세요?"

"이제 좀 감이 잡혀요. 저 이제 바늘에 실 넣는 건 잘해요."

바늘에 실 넣기는 아리아가 며칠 동안 열심히 익힌 수확이었다.

부인은 생애 첫 고난과 마주한 기색으로 입을 다물었다. 큼직하게 덩어리진 모양은 잘 잡는다 생각했더니, 정작 수를 놓기 시작하자 곧 자신과의 싸움을 시작하는 게 아닌가. 그녀가 보기에 아리아에게 섬세한 손놀림은 아예 전무하다고 해도 좋을 수준이었다.

"아니, 아닙니다. 이건 뭔가요?"

"어젯밤에 혼자 자수를 놓아 봤어요. 용이에요. 여기 이건 용 새끼고요. 엄마와 절 뜻하는 거죠."

"아……."

아리아는 자신 있다는 듯 이것저것 가리키며 설명했으나 그럴수록 부인의 얼굴은 어두워지고 있었다.

그 와중에 자수에 놓인 것이 검은 실인지 손때인지를 묻던 부인은 결국 결심했다. 가슴 아프지만 이 질문을 해야 할 때가 왔다고.

"아가씨. 꼭, 나눔회에 자수를 내셔야 하나요?"

"……."

신이 나 이것저것 설명하던 아리아가 돌연 입을 다물었다. 가타부타 더하지 않아도 아리아는 부인이 건넨 질문의 함의를 읽어 냈다.

넌 답이 없다는 뜻이었다.

* * *

"안녕하세요."

"으아! 깜짝이야!"

느릿하게 주방으로 들어서던 주방장이 낭랑한 목소리에 한 발짝 뒤로 물러섰다. 카운터 위 선반에 손을 대려 바둥대던 아리아가 눈매를 접으며 귀엽게 웃었다.

"아가씨, 주방에서 뭘 하고 계십니까? 위험해요, 내려오세요."

주방장이 아리아를 안아 들었다. 덩치 큰 주방장에게 달랑 들린 아리아가 말했다.

"저 쿠키를 구울 거예요. 재료 좀 준비해 주세요."

"쿠키요? 아가씨께서?"

지금껏 주방에 한 발 들인 적도 없던 아가씨의 말에 주방장이 고개를 갸웃거렸다.

"네. 이론은 다 습득했어요."

양 허리에 손을 올리고 선 아리아가 주방 한구석을 눈짓했다. 산더미처럼 쌓인 요리책이었다.

많은 고민 끝에 아리아는 디저트를 택했다. 이전 나눔회에서 호평을 받았던 것들 중 하나가 희귀한 꽃의 꿀로 만든 잼이었던 걸 떠올렸기 때문이다.

외우는 건 자신 있었고, 대부분의 문제에서 응용도 문제없이 해냈다. 게다가 다른 것도 아니고 자신이 그토록 즐겨하는 디저트가 아닌가. 이번에는 잘할 수 있으리라 여겼다.

* * *

창틀에 고개를 얹고 있던 리노가 눈을 굴렸다.

"누나, 주방장님 어디 아프셔?"

실려 가시는데? 리노가 어디론가 실려 나가는 주방장을 보며 물었다.

전쟁터에서 이것저것 다 해 봐서 건강으로는 자신 있다던 주방장이었다. 한데 오늘의 그는 괴로운 얼굴로 배를 부여잡은 채 몸을 뒤틀고 있었다.

"나도 몰라."

아리아가 새침하게 답했다.

"주방장님 얼굴이 초록색이야."

"그래? 아침부터 속이 안 좋으신 것 같긴 하더라."

아리아가 태연하게 어깨를 으쓱이자, 리노가 고개를 끄덕였다.

"근데 손에 든 건 뭐야?"

"보면 몰라? 쿠키잖아."

"응, 보기만 하면 모르겠어. 보통 이런 걸 배설물이라고 부르지, 쿠키라고 부르진 않잖아."

리노는 해맑게 말했다가 '네 눈에 큰 문제가 생긴 것 같은데 한번 꺼내서 살펴보는 게 어떨까?'라는 아리아의 상냥한 물음에 사과를 건넸다.

"……미안."

"응, 됐고. 먹어 봐."

"이걸? 이거 먹는 거야?"

"먹어."

단호히 말한 아리아가 접시를 앞으로 쭉 내밀었고, 리노가 배설물처럼 생긴 쿠키를 한번 쿡 찔렀다. 혹시나 했지만 질감은 다른 쿠키와 별다를 것이 없었다.

"먹고 감상 말해 줘."

빨리, 아리아가 재촉하자 머뭇거리던 리노가 쿠키를 집어 들었다.

"어때?"

"음."

리노가 우물거리며 미간을 찌푸렸다.

"맛없어?"

리노가 답 없이 눈을 굴리자 아리아가 빨리 말해 달라며 발을 동동 굴렀다.

"누나, 여기에 뭐 넣었어?"

"어? 왜?"

하지만 리노는 마지막 말을 잇지 못한 채 코피를 흘리며 쓰러졌다.

* * *

다음 날, 세이모어는 리노가 보낸 편지지를 움켜쥐었다. 다 죽어 가는 사람이 보낸 것 같은 힘없는 글씨가 적힌 편지에는, 절대 아리아를 만나지 말라는 필사적인 전언이 적혀 있었다.

세이모어는 편지를 곱게 접었다. 그리고는 대체 이 상황에서 자신이 어떻게 처신해야 할지를 침착하게 고민했다.

"다 보셨어요?"

눈앞에는 리노가 그토록 피하라고 했던 아리아가 앉아 있었다.

편지가 늦게 도착했든지, 그녀가 일찍 도착했든지. 이유가 뭐든 간에 난감한 상황이었다.

"아리아, 내가 오늘 검술 수업이 있어서 놀 시간이 없는데."

"오늘은 쉬신대요."

"그걸 네가 어떻게 알아?"

"여기 오기 전에 케이크를 들고 갔었거든요."

벌써 당했구나. 죄송합니다, 스승님. 세이모어가 통렬한 슬픔과 안타까움에 아랫입술을 깨물었다.

"시간 많이 빼앗지 않을 테니, 일단 드셔 보세요."

"이, 이게. 그러니까 뭐라고?"

"마카롱이요."

세이모어가 마카롱이라고 칭해진 무언가를 유심히 노려보았다.

마카롱보다는 돌덩이처럼 보였다. 또 장난이 아닐까? 사실은 돌을 가져와서 먹으라고 내민 건 아니겠지?

"어서요."

아리아가 다시 마카롱인지 돌인지를 내밀었다. 세이모어가 떨리는 손으로 하나를 집었다.

'먹어야 한단 말이지. 이걸……'

세이모어는 겉보기와 내용물의 질이 늘 비례하지 않는다는 사실을 알 정도로는 성숙했다.

'그래.'

보기와는 다를 수 있어. 세이모어가 굳게 다짐한 얼굴로 슬쩍 끄트머리를 작게 깨물었다. 마카롱의 겉면이 바삭하고 부드럽게 씹히자 그가 당황하며 말했다.

"바, 바삭해."

그에 아리아의 얼굴이 밝아졌다.

"그렇죠?"

지금껏 주방장과 리노와 집사, 그리고 세이모어의 검술 스승인 이름 모를 기사까지. 4명에게 강제 휴가를 선물한 이후 처음으로 들은 칭찬이었다.

이제 됐어. 아리아가 두근거리는 가슴을 안고 기대감에 찬 목소리로 물었다.

"맛은 어때요?"

아리아도 자신이 만든 마카롱 모양이 그다지 보기 좋지 않다는 걸 안다. 그래도 요리는 맛이 중요하지 않던가.

"맛은-"

입을 우물거리며 미묘한 표정을 짓던 세이모어가 곧 입을 틀어막았다.

"……!"

아리아가 허리를 굽힌 세이모어의 어깨를 잡았다.

"왕자님? 맛이 어때요? 이상해요?"

세이모어가 입을 틀어막고 목소리를 겨우 쥐어짜 냈다.

"무우-"

"네? 제대로 말씀해 보세요. 맛있어요? 맛있죠?"

"물, 무울-!"

세이모어가 눈물을 그렁그렁 담은 채 제발 물을 달라며 소리쳤다.

"……칫."

아리아가 짧게 혀를 찼다.

'또인가.'

아리아는 세이모어 옆에 떨어진 마카롱을 챙겼다. 떨어진 가루도 꼼꼼히 치우고 리노가 보낸 편지까지 수거해서 증거 인멸을 끝낸 후에, 곧 태연히 사람을 불렀다.

시녀들은 친절한 미소를 띠며 들어왔다가 상태가 안 좋은 세이모어를 보고는 혼비백산하기 시작했다.

"왕자님!"

시녀들이 부산히 움직이고 어의를 부르는 걸 무심하게 지켜보던 아리아가 마카롱을 빤히 내려다보았다.

"테일러 경한테 가 볼까."

＊　＊　＊

"테일러 경."

화단 옆으로 난 길을 따라 걷던 아담은 제 앞에서 뒷짐을 지고 선 아리아를 보며 걸음을 멈췄다.

"경께서 디저트를 좋아하신다고 들었어요."

아리아가 귀엽게 고개를 까딱이며 운을 뗐다. 아담이 고개를 갸웃하자 그녀는 등 뒤에서 벨벳으로 싸인 박스 하나를 내밀었다.

"제가 만들어 봤는데, 한번 드셔 보실래요?"

박스를 열어 보니 안에는 꽤 그럴 듯한 포장이 돼 있는 푸딩들이 정갈하게 담겨 있었다. 동그랗고 투명한 베이스 안에 자그마한 꽃잎이 들어간, 아주 예쁜 모양의 푸딩이었다.

"여기에 있어요. 스푼."

아리아가 푸딩 옆에 놓인 스푼을 가리켰다. 그러고는 지금 당장 먹어 보라는 듯 초롱초롱 눈을 빛내기 시작했다.

"드셔 보세요."

그는 그런 아리아와 푸딩을 번갈아 돌아보았다. 잠시간 고민한다 싶던 아담이 곧 스푼을 들었다.

긴장한 아리아가 손을 모아 잡는 사이, 아담이 금잔화 꽃잎이 들어간 푸딩 하나에 손을 뻗었다.

그에 따라 아리아의 눈이 커졌다.

그때였다.

"안 돼!"

아리아가 익숙한 목소리에 고개를 돌렸다. 소리를 치며 둘을 향해 달려오고 있는 이는 리노였다.

어떻게 알았지? 생글생글 웃던 아리아가 표정을 굳혔다.

리노는 양팔을 쫙 펼치고 아담의 앞을 막아섰다.

"리노……."

낮게 말한 아리아가 짧게 혀를 차곤 재차 입을 열었다.

"저리 비켜."

"못 비켜."

리노는 단호한 표정으로 물었다.

"누나, 지금 뭐 하려는 거야?"

"내가 하긴 뭘 해."

아리아가 빙긋이 웃었다. 리노는 아담이 들고 있는 박스를 돌아보며 말했다.

"다 들었어. 궁에서의 일."

"궁?"

"왕자님, 누나가 다녀간 날 이후로 궁 밖으로 못 나오고 계신댔어."

아리아가 입술을 비틀어 웃었다.

"그래서?"

전혀 짚이는 곳이 없다는 것처럼 되물으며 그녀가 서늘하게 웃었다.

"왕자님은 지금-"

리노가 참담한 표정으로 말을 이었다.

"-지독한 설사병에 걸리셨어."

미리 경고를 드렸는데. 분한 듯 리노가 주먹으로 입을 막았다.

그에 아리아가 눈매를 좁혔다.

"그게 나랑 무슨 상관이야?"

"이제 와서 모르는 척하지 마!"

"난 정말 모르는 일이야, 리노."

"누나가 스승님에게까지 손을 뻗치려 한다면, 나도 가만히 있진 않아."

"그래? 해 봐. 나도 내 귀여운 동생이 뭘 할 수 있을지 궁금하던 참이니까."

그리고 뒤에 선 아담은 박스를 들고서 그런 둘을 멀뚱히 주시했다.

"⋯⋯?"

둘이 대체 왜 저렇게 비장하게 말하고 있는지 의아해하면서.

왜인지는 모르겠지만 리노와 아리아는 목숨을 건 마지막 대결이라도 펼치는 양 진지하게 맞서는 중이었다.

마치 배경에 천둥번개라도 치는 듯해서 아담은 눈을 한 번 감았다 떴다.

"⋯⋯."

어찌할까 잠깐 고민하던 그는 결국 교착 상태에 빠진 둘을 내버려 두고 스르륵 걸음을 옮겼다. 외출 준비를 끝낸 레리아나가 마차에서 기다리고 있을 터였다.

아담은 곧 박스를 들고 마차로 향했다.

* * *

한편 마차 안에서 아담을 기다리던 레리아나는 창으로 고개를 내밀었다.

마중을 나왔던 집사 로이드가 저 너머를 흘깃 바라보다가 물었다.

"제가 가 볼까요?"

"음."

그래 달라고 부탁을 할지 레리아나가 짧게 고민하는 사이였다. 불쑥 붉은 눈동자가 그들 가운데로 나타났다.

"일은 다 보셨어요?"

레리아나가 묻자 아담이 고개를 끄덕였다.

"그건 뭐예요? 또 리노가 준 거예요?"

리노는 요새 아담에게 이것저것 가져다주는 것에 재미를 붙인 듯했다. 외출을 할 때면 아담은 언제나 못 보던 사탕 주머니나 과자 박스 같은 걸 들고 왔고, 먹이를 물고 온 고양이처럼 그녀에게 건네주곤 했다.

그러나 리노가 준 건 아니라며 고개를 저은 아담이 손 위에 스푼을 올려 먹어 보라는 듯 내밀었다.

"어머, 예뻐라."

레리아나는 꽃잎이 든 푸딩을 보며 감탄하다가 잠시 고개를 갸웃거렸다.

이런 건 어디서 샀지.

"마침 배고팠는데."

레리아나가 이내 스푼으로 푸딩을 떴다.

"안 돼!"

"엄마!"

아이들이 도착한 것은 조금 늦은 때였다.

레리아나가 푸딩 하나를 듬뿍 입에 물었다. 아담이 화학 병기를 들고 사라졌다는 걸 뒤늦게 안 아리아와 리노가 레리아나를 향해 손을 뻗었다.

"응?"

필사적으로 달려오는 두 아이를 보며 그녀가 꼴깍 푸딩을 삼켰다.

＊　＊　＊

'대체 왜 이렇게까지 하는 건데.'

레리아나는 땀까지 뻘뻘 흘리면서 진찰하는 주치의를 흐린 눈으로 바라보았다. 그의 뒤에서는 노아, 아담, 리노, 아리아가 조마조마한 기색으로 주치의와 레리아나를 지켜보는 중이었다.

아리아가 직접 만든 푸딩이란 건 방으로 실려 와서야 알았다.

요즘 아리아가 요리에 손을 대면서 몇 명을 강제로 휴가를 보낸 전적이 있단 건 알았지만…….

'그렇다고 그 난리를 치고…….'

푸딩을 먹고 헛구역질을 좀 했다고 아담은 놀라서 레리아나를 들고 뛰기 시작했고, 리노와 아리아가 주치의를 부르라며 시끄럽게 구는 바람에 외출도 무산된 상태였다.

노아와 아담이 유난인 건 예전에 깨달았지만 아이들도 똑같아질 줄이야…….

"많이 아프세요?"

레리아나는 거의 울먹거리는 아리아의 어깨를 끌어안으며 살포시 도닥거렸다.

'걱정해 주는 건 좋은데. ……지나쳐.'

이래서 아이는 어른의 거울이라고 하는 건가……. 레리아나는 좀 더 좋은 본보기의 필요성을 실감하며 침음을 삼켰다.

"상태는 어떠하지?"

노아의 물음에 주치의가 침을 삼켰다.

"아, 예. 마님께서는…… 그러니까…….'"

겨우 진찰을 끝낸 주치의는 '지금 그녀는 무척이나 건강한 상태이며 당신들은 무척이나 호들갑을 떨고 있다.'는 말을 꺼내기 어려운 모양이었다.

불쌍한 주치의를 구하기 위해 레리아나가 손을 내저었다.

"괜찮다니까."

그리고 제일 정신 사납게 구는 이를 향해 말했다.

"테일러 경, 저 정말 괜찮으니 그만 앉으세요."

리노에게 자초지종을 들은 아담은 자신의 책임을 통감했는지 내내 비 맞은 고양이처럼 처량한 모습으로 얼쩡대는 중이었다.

그는 이름이 불리자 밤길에 눈이라도 마주친 길고양이같이 놀란 기색으로 뻣뻣하게 굳었다.

레리아나가 고개를 까딱여 의자를 가리키니 그제야 아담이 레리아나의 눈짓에 따라 다소곳이 앉았다.

정말이지……. 레리아나가 작게 한숨을 내쉬었다.

"정말 아무렇지도 않고, 그러니 걱정할 필요도 없어요. 다들."

그러나 노아는 레리아나의 손등을 잡으며 진지하게 말할 뿐이었다.

"성하라도 모시고 올까?"

"제가 갈게요!"

아리아가 손을 들며 일어섰고, 아담은 이미 아리아를 따라 히이카를 부르기 위해 문고리를 잡는 중이었다.

"그만둬. 제발……."

레리아나가 낮은 목소리로 만류했다.

"정말 괜찮으세요?"

"응, 괜찮아."

리노는 레리아나의 허리를 안고 얼굴을 비비는 아리아를 물끄러미 응시했다.

"나한테는 왜 안 미안해했어?"

"바보야! 세상 모두를 실험동물로 써도 상관없지만 엄마는 안 된다고!"

"나 실험동물이었어?"

리노는 드물게 진심이 느껴지는 아리아의 말에 경악했다.

그러나 노아는 그 마음을 이해한다는 듯 부드럽게 아리아의 머리를 쓰다듬었다. 흐엉, 우는 소리를 내며 아리아가 노아의 품에 안겼다.

'어쩜 저렇게 둘이 똑같아.'

레리아나는 리노의 손을 꼭 잡으며 이게 좋은 일인지, 나쁜 일인지 가늠했다.

"다른 사람들은 전부 실험동물로 써도 괜찮아요?"

리노가 그렁그렁한 눈으로 묻자 레리아나가 노아를 노려보며 단호히 말했다.

"아니, 절대 아니야."

"응, 당연히 그러면 안 되지."

레리아나의 눈치를 보며 말한 노아가 아리아를 다독였다.

"그렇지만 아직 완성이 안 됐단 말이에요. 나눔회까지는 얼마 안 남았는데."

아리아가 노아의 품에 얼굴을 묻고 칭얼거리니 리노가 물었다.

"왜 계속해야 돼?"

그에 아리아가 눈매를 가늘게 좁혔다.

"왜냐니."

"안 하면 안 돼? 내가 보기에 누나는 이런 데 재능 없어."

"⋯⋯? 재능?"

재능이라고? 음산하게 되물은 아리아가 생긋 웃었다.

"리노, 내가 누누이 말했잖아. 재능 없다는 소리는 나를 제외한 사람들한테나 쓰는 거라고. 너 같은 애들한테 말이야."

"⋯⋯?!"

리노가 충격을 받았는지 한 대 얻어맞은 얼굴로 말을 잃었다.

"아리아, 말조심."

레리아나가 아리아의 손을 잡고, 노아가 눈짓을 보내자 아리아가 그제야 우물거리듯 작게 말했다.

"미안."

"리노."

노아가 나직이 부르는 소리에 리노 또한 시무룩한 목소리로 말했다.

"나도 재능 없다고 해서 미안해."

아리아가 고개를 끄덕였고, 리노가 침대 옆에 앉자 아담이 머리를 쓰다듬었다.

"……."

"……."

아이들은 서로 사과를 한 후에 입을 조개처럼 다물었다.

레리아나가 작게 한숨을 내쉬자 노아가 웃음을 보였다.

그때 리노가 조용히 물었다.

"그럼 왜 자수니 요리니 하는 것만 만들어? 누나는 못하잖아. 다른 사람들처럼 배우지도 않았고. 사실은 하고 싶었던 거야?"

"그럴 리가. 그래도 그런 걸 잘해야 좋은 신붓감으로 인정받고 좋은 혼처를 찾고. 뭐, 그런 거잖아."

레리아나가 눈을 동그랗게 떴다. 좋은 신붓감에 좋은 혼처라니…….

맙소사. 혹시 네가 그런 말을 꺼낸 거냐며 노아를 흘기자 노아가 곧장 고개를 저었다.

"안 하면 그다음 날 바로 이렇게 되는 거야. 어머, 원나이트 공작부인. 따님께서는 왜 나눔회에 안 나오셨나요? 영애께서 우수하다는 얘기가 사교계에 파다해서 기대 많이 했는데. 이번에 저희 딸은 얼마나 공을 들였던지, 이번 수익금으로 수도 번화가에 땅이라도 사겠더라고요. 호! 호! 호!"

리노가 품 웃음을 터트렸고 아리아가 다시 입을 열었다.

"아빠한테는 이럴걸? 원나이트 공작님! 원나이트 영애께서 참 다

재다능하다는 이야기는 많이 들었습니다. 검도 잘 쓰고 공부도 잘한다면서요. 그래도 자고로 여자애들이란 참하고 여자다워야 하지 않겠습니까. 이번에는 따님께서 괜찮은 신붓감이란 걸 선보일 좋은 기회를 놓쳐서 참 안타까우시겠습니다. 뭐, 기회는 또 생기겠죠. 너무 실망 마십시오. 하! 하! 하!"

아리아가 다리를 굽히고 무릎을 모았다.

"내가 부족해서 엄마, 아빠, 우리 가문, 전부 비웃음 당하는 것도 싫고, 트집 잡히는 것도 싫어. 그렇게 안 둘 거야."

그녀는 한결 풀이 죽은 목소리였다. 그러자 리노 또한 웃음을 멈추고 어깨를 늘어트렸다.

이를 보던 레리아나와 노아가 눈을 마주쳤다. 그러다 작게 고개를 끄덕인 노아가 아리아를 침대 위로 안아 올렸다.

"우리 아가씨는 왜 그런 쓸데없는 걱정을 하실까."

레리아나도 아리아를 옆에 앉히고 말했다.

"아리아. 우리는 그런 말 전혀 신경 안 써."

하지만 아리아는 고집스레 고개를 저을 뿐이었다.

"그래도 엄마가 나쁜 말 듣는 게 싫어요."

아리아의 단호한 말에 레리아나가 눈을 깜빡이다 아이를 꼭 끌어안았다. 귀여워.

"그런 말 하는 사람이 있으면 아빠랑 테일러 경이 혼내 줄 거야."

레리아나가 고갯짓을 하니 노아는 빙긋이 웃고 아담은 고개를 끄덕였다.

"아리아는 아리아가 하고 싶은 걸 하면 돼. 다른 사람들은 신경 쓰지 말고."

그러자 아리아가 나직이 물었다.

"뭐든지요?"

"뭐든지."

레리아나가 아리아의 양 볼을 비비며 웃었다. 그에 아리아도 환하게 마주 웃었다.

그리고 옆에 앉아 있던 리노는 뭐든지 하라고 해도 괜찮은 걸까, 불안한 기색으로 노아에게 눈빛을 보냈다. 노아는 싱긋 웃으며 어깨를 으쓱 들어 올렸다.

* * *

나눔회가 열리는 홀에 입장하면서 세이모어는 시종에게 외투를 건넸다.

'벌써 와 있는 건 아니겠지?'

그는 시종일관 긴장한 채 주위를 살폈다. 홀 안에는 영애들이 예쁘게 꾸며진 물품 몇 개를 내보이며 수다를 떨고 있었다.

이 평화로운 순간은 아리아가 무언가를 들고 나오는 순간 참혹한 현장이 될 것이다. 이를 대비해 궁 안의 의료진도 대기시켜 둔 참이었다.

못 본 사이에 살이 많이 빠지셨군요, 라는 한 영애의 인사말에 가볍게 대꾸하면서 세이모어가 리노에게 다가갔다.

"아리아는?"

세이모어의 물음에 리노가 눈을 내리깔았다.

"누나는……."

"왜?"

그때 누군가 입구를 가리켰다.

"앗, 저기 오셨네요."

자신감 넘치는 얼굴로 문을 열고 들어오는 이는 바로 아리아였다. 그녀의 등장에 영애들 모두 기대에 찬 눈빛이었다.

"원나이트 영애."

"뭘 준비하셨어요?"

영애들이 삼삼오오 아리아 곁으로 모여들자 세이모어는 제 뒤를 따라온 기사에게 눈짓했다. 어서 의료진을 준비하라는 신호였다.

영애들에게 인사를 건넨 아리아는 양해를 구하더니 단상 위로 당당하게 올라섰다.

"어머?"

"원나이트 영애?"

손님들과 영애들이 단상으로 시선을 모으고 고개를 갸웃거렸다.

하지만 아리아는 이에 아랑곳하지 않고 말했다.

"여기서 여러분께 밝히고 싶은 게 있어요. 전 뭐든 잘하는 사람이 아니에요."

사람들은 아리아의 말에 의아한 기색을 띄기 시작했다.

"전 지금껏 제가 하고 싶은 걸 배워 왔어요. 자수나 꽃꽂이 같은 건 선택지에 없었죠. 저는 많이 부족해요. 특히 좋은 신붓감으로는요. 그래서 오늘 나눔회에 저는 제가 만든 그 어떤 것도 가져오지 못했습니다."

그에 영애들이 안타깝다는 듯 곳곳에서 탄성을 냈다.

세이모어는 그 와중에 몇몇 귀족들 사이에서 피식 웃음소리가 새어 나오는 걸 듣고 주먹을 쥐었다. 리노도 화가 났는지 평소와는 다르게 굳은 얼굴로 술렁이는 이들을 지켜보고 있었다.

그러나 아리아는 태연하게 말을 이었다.

"사실 이런 나눔회에 의미가 있는지도 의문스러워요. 저나 영애들이 대체 누굴 위해 자수를 놓고, 꽃꽂이를 하고, 디저트를 만들고 있는지……."

영애들은 전부 아리아의 말을 경청하고 있었지만, 제 아이들과 함께 모임에 참가한 몇몇 귀족들은 금세 수군거리기 시작했다.

"영애께서는 변명이 과하군요."

"원나이트가에서 참, 말도 안 되는 망신이네요."

인상을 찌푸린 세이모어가 수군거리는 귀족들을 향해 다가가려 하자 리노가 세이모어를 급히 말렸다.

술렁이는 분위기에도 아리아는 태연히 자기가 준비한 말을 전부 꺼내고 있었다.

"저희 부모님께서는 제게 하고 싶은 걸 하라고 하셨어요. 그래서 나눔회의 본질에 대해 생각했죠. 그때야 비로소 나눔회란 제가 가진 걸 여러분들과 나누고, 그로 인한 수익으로 어려운 사람들을 돕는 거란 걸 깨달았습니다. 그리고 제가 가진 것들 중에서 여러분과 즐겁게 나눌 수 있는 게 뭘까 고민했어요."

비웃음은 점점 더 거세지고 있었다. 마침내 참지 못한 세이모어가 나서려는 그때였다. 아리아가 시녀에게 눈짓하자 시녀가 아리아에게 만년필을 건넸다.

아리아는 그 만년필을 들고 말했다.

"이건 세이모어 왕자님이 쓰시던 만년필이에요."

"뭐?"

언제?! 세이모어의 동공이 흔들렸다. 그가 리노를 바라보니 리노가 시선을 피했다.

아리아는 씩 웃으며 당당히 외쳤다.

"10골드에 판매합니다."

"저, 저요."

한 영애가 신음처럼 입을 뗐다. 그러다 곧 손을 번쩍 들었다.

"제가 살게요!"

세이모어가 경악을 하며 물러섰다.

'왜?!'

"낙찰됐습니다."

만년필을 낙찰한 영애는 얼굴을 붉히며 해냈다는 듯 주먹을 쥐었다.

'어째서!'

세이모어의 소리 없는 아우성을 뒤로하고, 아리아가 다음 물품을 들었다.

"이건 앤슬리 경의 머리끈입니다. 20골드!"

그러자 옆에 서 있던 또래의 영애들이 무더기로 손을 들기 시작했다.

"저요!"

"제가 살게요! 30골드!"

"35골드!"

세이모어는 경악하는 어른들과, 그 사이에서도 경매에 열을 올리는 영애들을 어안이 벙벙한 얼굴로 쳐다보았다.

"괜찮은 거야? 원나이트 공작님은 안 오셔?"

"누나가 나쁜 소리 듣게 하기 싫으니 오지 말라고 했어요."

"노렸어?!"

리노가 아리아를 바라본 채 침울하게 고개를 끄덕였다.

그 시선 끝에서 아리아는 다음으로 노아의 타이를 들고 있었다.

"이게 무슨 짓이냐! 나눔회는 이런 천박한 곳이 아니야!"

몇몇 나이 많은 귀족들은 아리아가 만든 말도 안 되는 상황에 이의를 제기하려고 했다. 그러나 그들은 아리아가 준비한 물품을 사려는 다른 이들의 열정적인 눈빛과 몸짓에 밀려 목소리를 죽일 수밖에 없었다.

그리고 혼란스러워하던 세이모어는 레리아나가 만들었다는 책갈피를 홀린 듯 구매했다.

이후, 아리아의 이 기상천외한 경매는 나눔회의 전통을 깨부수고 새로운 혁신을 일으킨 초유의 사건으로 기록되었다.

어른들 사이에서는 천박하다느니 통속적이라느니 하는 갑론을박이 들끓었지만 노아와 레리아나는 개의치 않았고, 또래 사이에서 큰 호응을 얻은 아리아는 매우 만족스러워했다.

그녀는 나눔회에서 큰돈을 벌었으며 역대 나눔회 사상 최고의 액수를 기부했다.

그날 저녁, 책상 밑으로 떨어진 만년필을 줍던 세이모어가 문득 아리아의 말을 떠올렸다.

"네가 부족한 건……."

아리아는 자수나 음식 솜씨 등 좋은 신붓감이 되기 위한 요건이 부족하다 말했지만, 그보다는…….

"인격이지."

그는 아리아가 좀 더 괜찮은 사람이 되길 기도했다.

10장

버킷리스트

버킷리스트

"신성국으로 옮기셨다면서요?"

레리아나가 웨이드에게 차를 건네며 말했다.

"예, 잘 봐주신 덕분입니다."

그는 '말하자면 승진한 겁니다.'라고 부끄러운 듯 말을 덧붙였다.

"축하드려요."

레리아나가 웃으며 축하하자 웨이드가 흐뭇하게 웃음을 보였다. 그사이 레리아나가 문을 곁눈질했다.

"그런데, 오늘은 혼자 오셨나요?"

"아, 예. 저 혼자입니다. 부인께 긴히 말씀드리고 싶은 일이 있어서요."

"저한테요?"

"예."

레리아나가 눈을 깜빡였다. 웨이드가 자신을 찾아와 긴히 할 말이라니.

그녀의 의문 섞인 눈빛에 웨이드는 조금 머뭇거리다 입을 열었다.

"어떻게 말씀드려야 할지 모르겠습니다. 정말 있을 수 없는 일이라 여기실 수 있습니다만⋯⋯."

"네, 말씀해 보세요."

"성하께서 말입니다."

"예."

"요 근래, 성하께서 음식을 가리지 않으십니다."

"아, 음식을⋯⋯."

고작⋯⋯. 레리아나는 튀어나오려던 말을 다시 삼켰다.

"예. 평소에는 전날 맛있게 드셨던 것도 다음 날은 싫다고 하시고. 보통 10가지 음식이 나오면 8가지는 가리시는데⋯⋯."

많이도 가렸다. 그래도 지난 신전의 미음을 떠올리고는 그럴 만하지 않나 싶다.

"요즘은 이게 별로다, 저게 별로다, 하지 않으시고 드시더군요."

"그렇군요."

"게다가 얼마 전에는 탈주하려다 잡히셨는데-"

"⋯⋯탈주를 하시나요?"

"예, 좀 자주. 하시는 편인데."

"아, 자주⋯⋯."

레리아나는 150이 넘은 어린 할아버지의 탈주극을 상상하며 말을 줄였다.

레리아나의 짜게 식은 눈을 보지 못한 웨이드는 귀신이라도 보고 온 사람처럼 말했다.

"순순히 잡히셨습니다."

"아, 순순히."

"예. 아주 고분고분하게 돌아오셨죠."

"……그랬군요."

"그날은 비아냥도, 욕도, 폭력도 없었습니다. 표정이 아주……
아주 평온하셨어요."

웨이드가 소름이 끼치는 일이라며 위를 부여잡았다.

그날, 신전 안은 폭풍전야처럼 고요했고, 두려움에 떨던 신관들
의 기도 시간은 평소보다 더 길었다. 웨이드도 그중 하나였다.

음, 레리아나가 나지막이 신음했다.

"그래서 암암리에 퍼지고 있는 이야기가 있어요."

"뭔가요, 그건?"

"성하께서 나이도 있으시고."

"네."

그건 그렇지. 레리아나가 긍정하며 차를 들자 웨이드가 음울하게
말했다.

"죽을 때가 되면 사람이 변한다고."

풉- 레리아나는 뜨거운 차를 겨우 삼키고는 콜록거렸다.

"신관들이 전부 술렁이고 있습니다. 지금 등록된 대신관 후보는
전부 어리고, 성하께서 일단은 대단한 분이시다 보니 그분을 대신
할 만한 이들은 나오지 않고 있고. 그리고 성하께서는 지금도 무척
정정하시기에 '저 노인네, 저 상태로 100년은 더 살아 있는 게 아닌
가?' 하며 신전에서는 두려워하고-"

웨이드가 무심코 뱉은 말을 아무 일도 없었다는 듯 정정했다.

"—아니, 성하께서 100년은 더 정정하실 거라며."

"두려워하고 계시다면서요……."

레리아나가 흐린 눈으로 말하자 웨이드가 고개를 저었다.

"아뇨, 경외심을 가지고 있었습니다."

레리아나가 고개를 주억거렸다. 그의 실언보다는 히이카의 상태가 걱정스러웠다.

"그럼 어떻게 해야 하죠? 어디 아프신 건 아닐까요? 누구한테 무슨 진료라도 받아야 하는지."

하지만 웨이드는 고개를 저을 뿐이었다.

"일반적인 이치를 벗어난 존재니까요. 그분들께서는. 그러니 건강에는 이상이 없으실 테고 그런 이유도 아닐 겁니다."

웨이드가 자신의 고통 받는 위를 쓰다듬으며 말을 이었다.

"그런데 일반적인 이치에서 벗어난 분들이다 보니 또 종잡을 수가 없어요. 역대 대신관들께서는 예기치 않게…… 가셨죠."

가셨죠, 라고 말하며 그가 검지로 하늘을 가리켰다.

"아."

레리아나는 천장을 바라보며 입을 벌렸다. 역대 대신관들이 예기치 않게 어딜 갔는지는 굳이 묻지 않아도 알 수 있었다.

웨이드는 전대 대신관이 갑자기 세상의 평화를 위해 어업에 종사하겠다며 바다로 떠나더니, 어느 날 해안에서 미역을 껴안고 가셨다고 말했다.

레리아나는 정말 예기치 않게 가셨구나, 라고 안타깝게 생각했다.

"그런 상황이다 보니 지금 신전 내에서는 두 의견이 대립하고 있습니다."

신전 내에서는 두 파로 의견이 나누어진 상태였다.

히이카가 이대로 명을 달리하면 신성국의 지위가 낮아질 것은 분명한 바, 지금 그를 마지막까지 굴려서 신도들의 믿음을 돈독히 하고 신성국의 지위를 공고히 해야 한다는 파와─

신전의 소속된 자들로서 대신관에 대한 예우를 다하기 위해 그의 마지막은 원하는 삶을 살도록 배려해 주자는 파로.

노인네가 이러니저러니, 신전 재정이 어쩌니 저쩌니 해도 웨이드는 후자였다. 히이카가 어업에 종사하고 싶다면 바다로, 농업에 종사하고 싶다면 밭으로 보내 줘야 한다는 게 그의 의견이었다.

그러나 고위 신관들 대부분은 전자에 속해 있었다.

"그래서 성하께서는 지금 신전에서 한 발자국도 나가실 수 없는 상태고요."

맙소사.

레리아나가 주먹으로 탁자를 두드리며 자리에서 일어섰다.

"아니, 지금 그게 말이 되는 일입니까?"

그녀가 소리를 높이자 웨이드는 꼬리를 잡힌 다람쥐처럼 놀라 눈을 굴렸다.

당장 예기치 않게 가 버릴 수도 있다는데 마지막까지 그를 이용만 할 생각이라니. 이게 과연 신의 이름하에 있는 사람들의 생각인지 의심스러울 정도였다.

"피는 섞이지 않았으나 제 가족 같은 분입니다. 지금 당장 항의하러 가겠어요. 이제 성하는 제가 모실 겁니다."

레리아나가 지금 당장 외출 준비를 하겠다며 기디언을 불렀다. 그러자 의자에서 쪼그라들어 있던 웨이드가 입을 열었다.

"저어, 그래서 부인께 부탁드리고 싶은 게 있습니다만……."

* * *

"성하, 알현실로 가실 시간입니다."

돔을 바라보던 히이카가 새파란 눈동자만 돌려 제 옆으로 시선을 던졌다. 시선이 맞부딪치자 말을 걸었던 성기사는 긴장한 듯 어깨를 굳혔다. 히이카의 사색을 방해했으니 그가 곧 모진 말을 던질 타이밍이었다. 언제나처럼.

뒤에 선 이들은 둘을 지켜보며 카운트를 세기 시작했다.

3.

히이카가 완연히 몸을 돌렸다.

2.

그러고는 입을 떼기 시작했다. 마음이 여린 신관들은 끔찍하고 폭력적인 언사를 예상하고 고개를 돌리는 중이었다.

1!

"그래."

"예?"

성기사가 멍청히 되물었다. 그러나 히이카는 들어 처먹지도 못하는 귀는 왜 달고 다니느냐는 등의 폭언 대신 침묵으로 답하고는 유유히 자리를 옮겼다.

이럴 수가. 성기사는 아직도 펄떡거리는 심장을 가라앉혔다. 그러다 주변의 신관들과 눈을 마주치며 고개를 끄덕였다.

"역시."

"때인가."

그러나 이 모든 것에 관심이 없는 히이카는 휘적휘적 신전 안으로 들어가 알현실을 가로지를 뿐이었다.

"인사드립니다. 성하께 여신의 손길이 닿으시길."

히이카가 무심하게 상대를 응시했다. 여우 털로 감싼 화려한 망토를 걸친 남자는 그의 앞에 무릎을 꿇었다. 소헨인가, 소한인가 하는 왕국의 왕이라 했나.

남자는 부유한 섬나라의 왕으로 늘 큰 액수를 신전에 갖다 바치는 열성 신도 중 하나였다.

히이카는 그를 멀뚱히 보며 의자에 앉아 등을 기댔다. 그러고는 제게 다가오는 왕을 보면서 생각에 잠겼다.

'요즘따라 방문자가 많은데.'

대체 무슨 생각들을 하는 건지. 평소 같았으면 적당히 쳐 냈을 인물들을 코앞으로 들이밀지 않나, 성기사들은 화장실까지 따라오질 않나. 간섭은 심해지고 일은 과해졌다.

'뭐, 신경 쓸 필요 없는 일이지.'

히이카가 눈을 게슴츠레 뜨고 하품을 했다.

어린 것들의 어리석은 짓이 한두 번이던가. 멍청한 짓을 비웃는 것도 길고 무료한 삶을 보내는 즐거움 중의 하나지. 그렇게 생각하며 히이카가 축복을 내리려 손을 들 때였다.

"할아버지!"

그가 눈을 반짝 떴다.

"레리?"

세로로 긴 창문 너머에서 예쁘장한 레리아나의 얼굴과 초췌한 웨이드의 얼굴이 보였다. 히이카가 재빨리 다가가 창문을 열었다.

"여긴 어쩐 일이냐."

레리아나는 그녀를 반기는 히이카를 보며 눈물을 삼켰다.

"당연히 뵙고 싶어서 왔죠."

레리아나가 창틀을 넘었다. 히이카는 그녀의 손을 잡아 넘는 것을 도와주고, 뒤를 따라 어설프게 창문틀로 올라오는 웨이드는 무시했다.

"오면 온다고 늘 연락을 하더니."

"그게, 오늘은요–"

창문을 넘으면서 말하던 레리아나는 멀뚱히 자신을 바라보는 왕을 보며 몸을 굳혔다.

"……?!"

누구지.

창틀에 어정쩡하게 자리 잡은 레리아나는 히이카와 정체불명의 남자를 한번 돌아보고는 손으로 입을 막았다.

'설마.'

'할아버지.'

'일을 하시나!'

지금까지의 히이카였다면 빈 알현실에 앉아 일을 하는 척 손가락만 튕기는 중이었을 텐데, 손님이 있을 줄이야.

'역시. 평소랑 달라.'

레리아나가 히이카의 자그마한 정수리를 바라보며 눈시울을 붉혔다.

'이렇게 열심히 사는 분이 아니셨는데.'

자칫 눈물을 흘릴까 히이카에게서 시선을 떼던 레리아나는 손님과 눈을 마주치자 애써 감정을 추슬렀다.

"죄송합니다. 손님이 계실 줄은……. 저희는 옆방에 가 있겠습니다."

레리아나가 다시 창밖으로 넘어가려 하자 히이카가 가지 못하도록 그녀의 손을 붙잡았다.

"괜찮다."

"아니, 그래도……."

"괜찮다니까."

"아니……."

레리아나는 난처한 기색으로 눈치를 보았고, 갑작스러운 상황에 모난 돌처럼 끼인 왕은 눈을 굴렸다. 반면 그를 알아본 웨이드는 사색이 되어 연신 허리를 굽혔다.

그에 히이카가 웨이드를 향해 미간을 찌푸렸다.

"웨이드. 넌 근신 중 아니냐."

"그게…… 그렇게 됐습니다. 성하."

구겨진 얼굴로 웨이드가 배를 짚었다.

"그게 그렇게 됐다니. 엔토로 그놈이 가만히 있지 않을 텐데."

히이카가 고위 신관의 이름을 들먹이자 웨이드가 힘없이 비틀거렸다.

히이카는 혀를 찼고, 레리아나는 둘 사이에서 다시 한번 눈을 굴렸다.

불쌍한 웨이드 님. 승진한 지 얼마나 됐다고……. 레리아나는 그를 조금 변호하기 위해 입을 열었다.

"웨이드 님은 저 때문에 오신 거예요."

그러곤 히이카의 두 손을 꼭 잡았다.

"저, 할아버지를 납치하러 왔거든요."

"납치?"

"네!"

레리아나가 고개를 크게 끄덕였다.

웨이드는 언제 그렇게 된 거냐며 눈을 크게 떴고, 어느 순간 들러리로 밀려난 왕은 왜인지 흥미진진하게 둘을 바라보았다.

"할아버지, 어디 가고 싶은 곳 있으세요? 저랑 가요. 어디든요."

"가고 싶은 곳?"

"산이든 들이든, 어느 나라든."

말을 잇던 레리아나가 아차, 하며 다급하게 물었다.

"혹시 바다에 가고 싶으신 건 아니죠?"

혹여나 그가 세계 평화를 위해 어업에 종사하려고 할까 두려웠던 것이다.

그에 히이카가 대체 이게 무슨 상황인지 가늠하기 위해 머리를 굴리던 때였다.

"바다라면 소헨 왕국이죠!"

돌연 소헨의 왕이 끼어들었다. 그는 커다란 눈망울을 과하게 반짝였다.

레리아나가 그러고 보니 저 사람 대체 누구냐며 히이카에게 눈짓을 하자, 히이카는 별거 아니라며 손을 내저었다.

"바다에 가십니까? 그럼 제가 두 분을 모셔도 되겠습니까?"

*　*　*

소헨 왕국은 작지만 부유한 나라였다.

소헨은 세 가지로 유명했는데- 이는 다름 아닌 바다에서의 휴양, 축제, 그리고 도박이었다.

그런 독실함과 건전함과는 제일 거리가 먼 나라에서…….

'왕이 저렇게 독실한 신자라니.'

"성하께서 저희 소헨에 꼭 한번 들러 주셨으면 했는데, 이렇게 기회를 맞게 될 줄이야…… 정말 영광입니다."

레리아나가 히이카를 납치하는 데 지대하게 기여를 한 소헨의 왕, 버나드는 매우 들떠 있었다. 그는 납치범들과 히이카가 자신의 일행에 섞여 소헨으로 가는 자신의 마차에 탈 수 있도록 배려했고, 신전 내의 검문을 피하기 위해 큰 기부금까지 던져 시선을 분산시켰다.

"그렇게 됐군."

그러나 이런 도움에도 히이카는 심드렁하게 답할 뿐이었다.

"레리, 포도 먹으렴."

히이카가 레리아나의 입에 포도를 한 알 떼어 먹이자 버나드가 부럽다는 눈빛으로 레리아나를 응시했다.

'부담스러워.'

고개를 푹 숙이고는 포도를 우물거리며 먹던 레리아나는 문득 든 생각에 급히 얼굴을 들었다.

"송구합니다, 전하. 소개가 늦었습니다. 저는-"

"알고 있네. 원나이트 부인 아니신가."

그가 히죽 웃었다.

"모를 수가 없지. 교인들 내에서는 아주 유명 인사이신데."

"예?"

레리아나가 불길한 생각이 엄습함을 느끼며 되물었다.

"성하께서 신전 내에 벽화를 그릴 정도로 애지중지하는 손녀로."

"……!"

"벽화보다 실물이 낫군."

제발, 그만해. 얼굴을 새빨갛게 붉힌 레리아나가 두 손으로 얼굴을 가렸다.

왜 부끄러움은 나의 몫인가.

"애지중지하실 만해, 하하핫!"

레리아나가 능욕 아닌 능욕을 당하고 있는 사이, 히이카는 조그맣게 웨이드를 불렀다.

"웨이드."

"예, 예, 성하."

"납치?"

"아니, 그게…… 저는 납치에 동의한 게 아니라……."

"레리까지 데려와서는 뭘 꾸미고 있는 게냐."

"예에? 제가 뭘 꾸민다니요!"

웨이드가 펄쩍 뛰자 버나드와 레리아나가 그에게로 시선을 돌렸다.

웨이드는 쩔쩔매며 고개를 저었다. 그러고는 히이카에게 귓속말을 했다.

"제가 그런 사람이 아니란 건 성하께서 더 잘 아시잖습니까."

흠, 눈을 가늘게 뜬 히이카가 손을 내저었다.

"됐다. 이제 곧 알게 되겠지."

*　*　*

마차는 신성국에서 소헨으로 이어지는 게이트를 지나 왕궁으로
바로 진입했다.

궁에 도착한 소헨의 왕은 혹여 누군가 알아보는 이가 없도록 인
적이 뜸한 곳으로 일행을 안내했고, 그들이 다른 옷으로 갈아입을
수 있도록 배려했다.

버나드가 고갯짓을 하자 시녀들이 그들에게 고개를 숙여 예를 표
하고는 일렬로 방을 떠났다.

그와 함께 히이카가 있는 방으로 들어온 레리아나가 히이카를
보고는 눈을 크게 떴다. 매번 흰 신관복을 입었던 그는 오늘 파란
색 소헨 식의 정장을 입고 긴 머리는 하나로 묶어 옆으로 넘긴 채
였다.

누가 저 사람이 150이 넘었다고 생각할까. 역시 패션의 완성은
얼굴이지.

"역시, 성하! 무얼 입어도 태가 나십니다."

버나드는 옷가게 직원처럼 호들갑을 떨어 댔다. 물론 그의 말을
대충 흘려들은 히이카는 목에 맨 타이를 만지작거리며 설핏 미간
을 찌푸릴 뿐이었다.

"한데 소헨의 인간들은 왜 이렇게 여기저기 만져 대는 게냐."

여기저기 주물럭주물럭, 히이카가 가볍게 툴툴거렸다. 딱히 누

구라 소개하지 않았고 겉보기에는 상당히 아름다운 청년이었으니 살짝 손길이 과했던 모양이었다.

"가, 감히……."

그에 버나드가 새파랗게 질려 중얼거렸다. 레리아나는 버나드가 히이카를 위해 시녀들을 내친다고 할까 봐 재빨리 화제를 돌렸다.

"할아버지! 옷은 안 불편하세요?"

"못 입을 정도는 아니구나."

"저 깜짝 놀랐어요. 오늘 정말, 정말, 멋지시거든요."

그녀가 진심을 가득 섞어 말했다. 사실은 사실이니까. 히이카는 칭찬이 듣기에 나쁘지 않았던 듯 슬쩍 입꼬리를 올렸다.

"이 정도야 뭐. 편치 않긴 해도 가끔은 입을 만하겠지."

"그렇죠? 파란색 정장이 이렇게 잘 어울리실 줄이야."

레리아나가 버나드를 향해 웃으며 말했다.

"안목 좋은 시녀들을 두시다니 주변에서 자주 부러움을 사시겠습니다, 전하."

그는 언제 그렇게 창백해졌냐는 듯 다시금 미소를 지었다.

"그런 편이지."

이를 본 히이카가 가볍게 웃으며 레리아나의 머리를 쓰다듬었다. 레리아나는 마주 보며 배시시 웃음을 지었다.

"저, 할아버지. 웨이드 님께 들었는데, 요즘 자주 나가신다면서요. 바깥에."

정확히는 '나간다.'가 아니라 '탈주한다.'였지만.

"무료한데 바람이라도 좀 쐬야지."

"나가면 뭘 하세요?"

"다른 신전에 가지."

"거기서는요?"

"바람을 쐬다 다른 신전으로 가지."

"⋯⋯신전만요?"

히이카는 대체 그럼 뭐가 더 있겠느냐는 얼굴로 고개를 기울였다. 그러다 고개를 끄덕였다.

"신전 옆에 있는 숲에도 가지."

"아⋯⋯."

건전하다.

누가 평생 신전 생활을 한 신관 아니랄까 봐. 뒤는 듣지 않아도 알 것 같았다.

"그다음에는 바람을 쐬고 또 다른 신전으로 가지."

그러나 묻지 않았음에도 히이카는 제법 친절하게 말해 주었다.

으음. 이전 대신관이 생의 마지막에 잔뜩 비뚤어져서 어업에 종사하러 갈 만도 하다. 레리아나가 고개를 모로 기울였다.

"뭔가 하려고 밖에 나가진 않으세요? 신전 말고."

"뭘 하다니?"

히이카가 멀뚱히 눈을 깜빡이자 그 순진한 얼굴에 레리아나가 입을 다물었다.

⋯⋯어렵다.

레리아나는 난처한 기색으로 손짓을 해 가며 설명했다.

"그, 런것들 있잖아요. 맛있는 걸 먹으러 간다거나, 신기한 걸 보거나, 재밌는 일을 한다거나."

"맛있는 거라니. 아아, 그 이상하게 생긴 꼬치 말이냐?"

그건……. 설마 그게 150년 인생에서 맛있는 음식의 최대치는 아니었겠지. 레리아나가 입을 꾹 다물었다.

"아니 뭐, 그런…… 그런 것들이요."

"그건 왜 묻는 게냐?"

"저, 할아버지와 그런 걸 하려고요."

"갑자기?"

히이카가 팔짱을 끼며 고개를 기울였다.

"제가 살던 곳에서는 버킷리스트라는 게 있었는데……."

'죽기 전에 해 보고 싶은 것들에 대한 목록'이라는 설명을 덧붙이자 히이카가 눈을 게슴츠레 뜨며 되물었다.

"호오, 죽기 전에?"

"네. 죽기 전에."

둘이서 뭘 꾸미고 있나 했더니. 히이카가 자그맣게 중얼거리면서 미소를 지었다.

그의 미심쩍은 미소에 레리아나가 고개를 갸웃거리던 그때, 갑작스레 문이 열리고 웨이드가 들어왔다.

"성하."

히이카에게 인사한 웨이드는 버나드에게도 예를 표했다. 그도 평복으로 갈아입은 채였다. 히이카는 웨이드를 훑어보고는 쯧, 혀를 찼다.

"넌 옷이 아니라 얼굴을 갈아야 쓰겠다."

"예?! 제가 그 정도는 아닙-"

볼멘소리를 내던 웨이드가 돌연 입을 다물었다. 그러고는 그렁그렁한 눈으로 히이카를 응시했다.

"쓴소리를 하시다니……. 성하, 이제 정신이 좀 드십니까?"

"네놈이 드디어 미쳤구나."

"제가 누군지 아시겠습니까?"

웨이드가 얼굴을 들이밀자 히이카가 얼굴을 일그러뜨렸다.

"당장 떨어져라. 네 얼굴을 보면 속이 울렁거리니까. 레리, 이리 오거라. 이놈이랑 붙어 있으면 못생긴 게 옮아."

히이카가 레리아나를 끌어당겨 안고는 뒤로 물러났다. 그러고는 저놈이랑 얼마나 말을 섞었냐면서 혀를 차는 게 아닌가.

웨이드는 히이카가 돌아온 것은 아주 조금 기뻤으나, 그보다 훨씬 더 많이 서러웠다.

"성하께서는 어찌 제게만 그런 험한 말씀을 하십니까!"

"시끄럽다! 다 네게 피가 되고 살이 되는 말이야!"

피를 토하게 하고 살을 에는 말이겠지! 저 고약한 노인네. 웨이드가 제 위 부근을 부여잡으며 무릎을 꿇었다.

그에 약해 빠진 놈이라며 혀를 찬 히이카는 어느새 자상한 할아버지로 돌아가 레리아나의 손을 잡았다.

"그래, 레리. 버킷리스트라고?"

레리아나는 불쌍한 웨이드에게 한번 연민의 눈빛을 보낸 후에 말했다.

"네, 네!"

히이카는 잠시 고심하는 듯하더니 웨이드를 흘겨보았다.

"웨이드, 너는? 죽기 전에 하고 싶은 일이 무엇이 있느냐."

"예? 그렇게 물으셔도 딱히 생각해 본 적이 없어서……. 아, 죽기 전에는 분쟁 지역에서 봉사나 하며 살까 합니다."

"재미없는 꿈이구나. 뼛속까지 신관이야."

웨이드가 선량하게 웃으며 수줍게 말했으나, 히이카가 이를 단호하게 일축했다.

"성하께서 그렇게 말씀하시면……."

그렇게 따지면 자기는 기어 다닐 때부터 대신관 아니던가!

웨이드의 짜게 식은 표정에 아랑곳하지 않고 히이카는 느릿하게 고개를 돌리며 말했다.

"멍청한 것. 지금껏 전혀 상상도 안 해 봤던 걸 해 봐야지 않겠느냐."

그에 레리아나와 웨이드가 놀라 고개를 들었다.

"예?"

"상상도 안 해 봤던 거라면?"

"예를 들어서-"

히이카가 창문 커튼 사이로 눈을 돌렸다. 오는 동안 눈여겨보았던 커다란 원형 건물 하나가 시야에 들어왔다.

"-저런 거 말이다."

* * *

커다란 경기장 아래에서는 푸르릉거리는 말들을 진정시키고 있었다.

버나드의 배려로 귀빈석에 앉은 레리아나가 돈주머니를 흔들었다.

"전하께서 돈을 너무 많이 주셨는데, 어디에 걸까요?"

버나드는 오늘 저녁 성대한 무도회를 열 테니 꼭 와 달라고 신신당부를 하며 그들을 밖으로 내보내 준 참이었다.

"말이 달리는 걸 보면서 왜 돈을 거는 건지. 어리석다, 어리석어."

히이카가 혀를 차자 레리아나가 난처한 얼굴로 고개를 내저었다. 막상 오니 마음에 안 드셨나. 하여간 변덕은…….

반면 문화 충격을 받은 선비처럼 어깨를 움찔거리던 웨이드는 그제야 안도의 한숨을 쉬었다. 그는 연신 고개를 끄덕이며 히이카의 말에 동조하고 있었다.

"그렇지요? 향락에 눈이 먼 자들입니다."

웨이드가 저들을 위해 기도하겠다며 다짐하던 그때, 히이카가 문득 손을 뻗었다.

"저놈에게 걸자."

"……예?"

레리아나는 말이 입은 옷과 문양, 그리고 설명이 쓰인 카탈로그를 훑었다.

"이름이 폭풍 질주래요. 폭풍 질주?"

저렴한 이름인데. 레리아나가 고개를 기울이며 돈을 거는 와중, 웨이드가 히이카에게 매달렸다.

"성하! 천벌을 받습니다!"

천벌? 이라고 되물으며 웨이드를 본 히이카가 부드럽게 말했다.

"웨이드, 손 내보거라."

미심쩍은 표정의 웨이드가 주춤주춤 손을 내밀자 히이카가 그의 손을 꼭 잡고 금화 한 개를 손바닥 위에 올려 주었다.

웨이드가 멀뚱히 돈에 시선을 두니 히이카가 경주마 하나를 가리켰다.

"비실비실해 보이는 게 네놈과 닮았구나. 내 돈을 줄 테니, 저 말에 걸고 네 자식이 뛴다 생각하면서 열심히 응원이나 해라."

이 노인네가 대체 뭔 소리를 하는 건지. 히이카가 가리킨 말을 보며 웨이드는 입을 벌렸다. 레리아나는 그들을 따라 말을 살펴보곤 말했다.

"저 말 이름은 강철 위장이래요. 소화 기관이 건강한가 봐요."

그런데 이게 과연 경주와 관계가 있는 걸까. 레리아나는 상식을 뛰어넘는 경주 세계에 눈을 게슴츠레 떴고, 웨이드는 맹한 얼굴로 내뱉었다.

"……예?"

경주마의 소화 기관 건강 따위…… 그는 결코 알고 싶지 않은 정보였다. 그러나 빙긋 웃은 레리아나가 그의 손바닥 위에서 돈을 수거한 후 배팅 도우미에게 건넸다.

"이건 저 강철 위장에 걸어 주세요."

"부인!"

펄쩍 뛴 웨이드가 레리아나에게 바짝 다가가 말을 이었다.

"아니, 같이 나쁜 짓을 하란 부탁은 드리지 않았잖습니까. 성하께서 원하는 일을 할 수 있게 도와주십사, 요청드린 건데."

"성하께서 원하는 일인데요. 도박."

레리아나가 눈을 깜빡였다. 그때 하얀 손이 레리아나와 웨이드 사이를 가로막았다.

"떽떽. 떽떽. 떽떽. 너는 언제 입 다무는 법을 배울 생각이냐."

"성하, 그래도 도박은 좀……."

"시끄럽다!"

히이카가 빽 소리를 지르자 웨이드가 입을 다물었다.

이럴 바에는 히이카가 신전에서 식물처럼 지내던 이전이 나을지도 모르겠다는 생각이 움트고 있었다. 아니면 어업에 종사하겠다며 바다로 뛰어들거나.

적어도 도박보다 건전하긴 할 테니⋯⋯.

* * *

"들어왔습니다!! 이름대로 폭풍처럼 1위를 차지한 폭풍 질주!"

"맞았어요!"

레리아나가 박수를 쳤고, 입을 벌린 웨이드는 두 손으로 머리를 짚었다.

히이카가 입매를 비틀어 웃으며 팔짱을 꼈다.

"뭐, 이런 것도 나쁘지 않구나. 다음은 저 말에 걸겠다."

웨이드는 비실비실 마지막으로 들어온 강철 위장을 보며 허탈한 웃음을 보였다.

연이은 승리가 계속됐다. 몇 번 더 말리던 웨이드는 자포자기했는지 나중에는 강철 위장이 제 자식인 양 열심히 응원하기 시작했다. 그 꼴을 보며 피식 웃은 히이카가 레리아나에게 물었다.

"평범한 사람들은 이렇게 거하게 돈을 따면 뭘 하지? 신관답지 않은 일 중에 말이다."

"음⋯⋯."

레리아나가 눈을 굴리다 마침내 입을 뗐다.

"즐기죠."

그러곤 히이카의 한쪽 팔에 팔짱을 끼고 앞장섰다.

*   *   *

웨이드는 등골이 오싹한 느낌에 고개를 번쩍 들었다.

"왜 그러세요?"

"어디서 부르는 소리를 들은 것 같아서요."

"어디서요? 아무 소리도 안 들렸는데."

"그렇습니까?"

들은 것 같은데……. 웨이드가 괜스레 어깨를 움츠렸다. 왠지 무서운 생각이 들었다. 어쩌면 여신이 경고를 하는 것일지도 모른다. 그들은 전혀 신관답지 않게 도박을 하고, 이제는 전혀 신관답지 않게 사치를 시작하는 중이었으니까.

레리아나는 둘을 관광객이 많은 도심의 거리로 데려갔다. 아무래도 눈에 띄는 외모의 소유자들이다 보니 히이카와 레리아나에게 쏠리는 시선은 막을 수가 없었다. 웨이드는 이를 몸으로 차단하면서 뒤를 쫓았다.

거리에는 관광객을 대상으로 한 가게들이 줄을 서 있었는데, 레리아나는 히이카와 웨이드를 부지런히 데리고 다니면서 쇼핑을 시작했다.

"할아버지는 이거. 웨이드 님은 이거요."

히이카와 웨이드가 등 떠밀려 탈의실로 들어갔다.

곧 탈의실에서 나온 둘은 서로를 아래위로 훑어보았다.

히이카의 목에는 커다란 보석이 박힌 목걸이가, 그리고 양손에 비싼 반지 열 개가 끼워져 있었고, 망토에는 금실로 현란한 수가 놓여 있었다.

이를 보며 웨이드가 참담한 목소리로 말했다.

"……속세에 찌든 졸부 같지 않습니까. 성하께서 제일 싫어하시는……."

반면 히이카는 웨이드를 보면서 혀를 찼다. 꽃문양의 커다란 모자를 쓰고, 주먹만 한 생화가 줄지어 있는 목걸이를 건 웨이드는 누가 봐도 관광객 티가 났다.

"너는 꼴이 그게 뭐냐. 천벌을 받고 있는 중이냐?"

"……!"

웨이드가 후다닥 거울로 얼굴을 돌렸다. 그리고 소리 없이 비명을 질렀고, 히이카는 제 앞에 선 거울을 보며 몸을 이리저리 돌렸다.

"난 이것도 나쁘지 않다."

"저도 그렇게 나쁘지만은—"

하지만 히이카는 웨이드의 말을 무시하며 휙 몸을 돌릴 뿐이었다.

"레리! 다음은 어디냐!"

그러곤 성큼성큼 걸어 나갔다.

"성— 아니, 기다려 주십시오!"

성하라 부르려던 웨이드가 말을 바꾸고는 모자를 추스르며 그의 뒤꽁무니를 쫓았다.

                    *　*　*

"여기냐?"

히이카가 3층으로 된 커다란 술집으로 들어서며 주위를 두리번
거렸다.

"신전에서 빚은 술 외에는 안 드시죠?"

안내에 따라 자리에 앉자 양옆 테이블에서는 떠들썩한 술꾼들이
잔을 맞부딪치고 있었다.

"신전의 술은 밍밍하지."

레리아나가 술 몇 가지를 주문했다. 주문을 받은 종업원이 금세
술잔을 들고 테이블 위에 올렸다.

안절부절 못하는 웨이드를 두고 히이카는 싸구려에 독하디독한
술을 입에 댔다. 그의 미간이 곧장 찌푸려졌다.

"입에 맞지 않으시죠? 이런 건 됐습니다. 이제."

웨이드가 술잔을 빼앗으려 하자 히이카가 입맛을 다시며 말했다.

"너도 마셔 봐야지."

"이런 술은, 별로⋯⋯."

그때, 히이카가 강제로 웨이드를 붙들고 입에 술을 붓기 시작했
다. 웨이드는 눈물과 함께 술을 삼켰다. 이를 레리아나가 안타깝다
는 눈으로 쳐다보며 동정했다.

"맛이 어떠냐."

눈물이 그렁그렁한 웨이드가 이내 입을 막았다. 레리아나가 '뱉
으세요, 뱉으세요!'라고 말하자 그제야 뛰어나갔다.

"제가 가 볼게요."

레리아나는 비틀거리는 웨이드를 뒤따라갔다. 그는 술집 구석에서 쓰레기통에 술을 뱉고 헉헉거리면서 입을 닦아 내고 있었다. 한참을 그렇게 서 있자 종업원이 깔깔거리며 그를 비웃은 채 지나갔고 레리아나가 괜찮으시냐며 등을 두드려 주었다.

"이제 괜찮습니다. 그런데 성하께선 지금 뭘 하고 계신 거죠⋯⋯."

"아, 적성을 찾으신 것 같은데요⋯⋯."

둘의 시선이 히이카에게로 향했다. 히이카는 카드를 든 사람들 사이에서 거만하게 앉은 채 산더미같이 쌓인 지폐를 끌어모으고 있었다.

웨이드가 다시 눈물을 머금고 히이카에게로 달려갔다.

그 와중에 히이카는 시비가 걸렸는지 테이블의 사내들과 말싸움을 벌이고 있었다.

"너희들이 머리를 못 쓰는데 내가 어떻게 하란 말이냐!"

"이 비리비리한 자식이-!"

순간 히이카가 미간을 찌푸렸다.

"누가 비리비리하다는 게냐! 비리비리한 건 이 녀석이지!"

웨이드는 자신을 가리킨 손가락을 보며 몸을 휘청거렸다. 뒤늦게 따라온 레리아나가 이제 자리를 옮겨야겠다며 히이카를 데리고 일어섰다.

"뭐야, 이 여자도 일행이었어?"

그들은 휘파람을 불며 레리아나를 훑기 시작했다.

그에 히이카가 눈살을 찌푸렸다. 웨이드가 참으라는 신호를 보냈지만 그는 전혀 보이지 않는 모양이었다.

"머리가 나쁘면 몸이 고생이지."

이내 히이카가 손을 들어 올렸다.

"……이, 이게 뭐야!!"

그와 함께 사내들의 몸이 붕 떠올랐다.

"이게! 야! 잠깐! 뭐야!"

그들이 허둥지둥하며 소리를 지르자 그들에게로 시선이 모이기 시작했다.

"신력?"

"신관님?"

손님들이 하나둘 자리에서 일어섰다.

"이런 곳에?"

수군거림이 커져 갔다. 허공에 떠오른 사내들은 3층 꼭대기까지 올라가는 중이었다.

심상치 않은 위기감을 느낀 레리아나가 히이카의 팔을 잡고 뒤로 물러섰다. 여기서 누군가 히이카를 알아보기라도 하면 큰일이었다.

"할아버지, 뛰어요!"

*　*　*

해가 져 사람들이 빠져나간 해변으로 들어선 웨이드가 조그맣게 속삭였다.

"왜 여기로 오신 겁니까."

"저도 모르게 그냥 도망치다 보니까……. 빨리 다른 곳으로 갈까요?"

둘은 히이카가 혹시 바다를 보고 이상한 생각에 빠지는 게 아닐까 걱정하며 이야기를 나누었다.

히이카는 가만히 바다를 응시하며 서 있었다. 이를 바라보던 웨이드가 문득 입을 열었다.

"신관답지 않은 일을 해 보고 싶다고 하실 줄은 몰랐습니다."

"저도요."

도박에, 사치에, 술집에서 싸움까지 할 줄은 전혀 몰랐는데. 레리아나가 피식 웃었다. 그러자 웨이드가 나지막이 말을 이었다.

"이제 신전에는 진저리가 나신 걸까요?"

생의 마지막이 다가오자 이제 전부 부질없다고 느낀 게 아닐까. 어업에 종사하겠다던 전대가 그랬듯이.

레리아나는 뭐라 답하지 못한 채 손을 모아 잡았다. 웨이드는 히이카가 우는 아이에게 다가가는 것을 눈으로 좇으며 침울한 표정을 지었다.

"이렇게 대신관 자리에서 물러난다고 하시면……."

"성하께서는 어릴 때부터 신전 생활을 했다고 하셨죠."

웨이드가 고개를 끄덕였다. 그때부터 150년 동안 쭉 그런 생활을 해 왔다면 진저리가 날 만도 하다.

"처음에도 말씀드렸지만, 할아버지가 물러나길 원하시면 저는 환영이에요."

신전 생활은 외로워 보였고 히이카에게 진심으로 마음을 다하는 이들도 몇 있는 것 같지 않았다. 그런 곳에 마지막까지 히이카를 두고 싶진 않다.

"제가 모실게요."

레리아나가 못을 박듯 말하자 웨이드가 가만히 고개를 끄덕였다. 그게 나은 일일 테니.

"꺄아아악!!"

그때, 곳곳에서 비명 소리가 들리기 시작했다.

히이카가 신력으로 바다를 가르고 있었다. 그는 갈라진 바다 사이로 들어가 아이의 장난감을 찾아 주었다. 말도 안 되는 상황에 딱딱하게 굳은 아이는 장난감을 받아 들 생각도 못 하는 중이었다.

이를 보며 레리아나가 조용히 말했다.

"일단 궁으로 돌아가요."

"그래야겠습니다."

웨이드가 히이카에게로 달리기 시작했다.

＊　＊　＊

버나드는 처음 봤을 때와는 많이 달라진 그들의 모습을 보며 할 말이 많다는 듯 입을 열었다가 다시 다물었다.

우선 옷을 갈아입고 나오는 게 좋겠다며 그들을 시녀들과 함께 방으로 되돌려 보낸 버나드가 다시 멀쩡한 모양새를 하고 돌아온 이들에게 말했다.

"밖에서 기적이 일어났다며 큰 소동이 이는 중입니다."

"죄송합니다……."

버릇처럼 웨이드가 사과했고 레리아나도 고개를 숙였다. 그러나 버나드는 아랑곳없이 히이카의 손을 덥석 잡았다.

"소문을 듣고 관광객들이 몰려들 겁니다!"

……그런 거였군. 레리아나가 잠자코 고개를 끄덕였다.

버나드는 그들을 무도회장으로 안내했다. 그가 문을 열라 지시하는데 시종장이 급하게 달려왔다.

"전하! 성기사들이……."

"뭐?"

버나드가 되묻는 사이, 무도회장의 문이 열렸다. 연회의 참석객들 사이에서 성기사들이 줄지어 서 있는 모습이 먼저 눈에 들어왔다.

그리고 곧 성기사들 사이로 고위 신관 몇몇이 모습을 드러냈다.

"모시러 왔습니다, 성하."

"누굴?"

히이카가 팔짱을 끼며 묻자 고위 신관 중 하나가 소리를 높였다.

"당연히 성하를 모시러 온 겁니다. 아직 대신관 후보께서는 어리시지 않습니까. 성하께서 가르칠 게 많으신 분입니다."

다른 신관이 그 너머에 선 웨이드를 응시했다.

"웨이드 님. 오늘 일은 돌아가서 얘기하도록 하지요."

어쩌지. 이대로 확 엎어 버리고 도망쳐야 하나? 레리아나가 웨이드에게로 시선을 돌렸다. 그의 의견을 따를 셈이었다.

한데 웨이드는 무언가 결심했는지 주먹을 꾹 쥐고 있었다.

그가 뭘 하려는 건지 고민하는 그때, 웨이드가 비장하게 외쳤다.

"가십시오, 성하! 성하의 마지막은 제가 지키겠습니다!"

그가 히이카 앞에 서서 양팔을 쭉 펼쳤다. 이에 고위 신관들이 미간을 찌푸렸다.

"부인! 빨리 성하를 모시고 가십시오!"

"웨이드 님……."

레리아나는 그의 희생에 감동을 받아 눈시울을 붉혔다.

반면 성기사들은 신관들을 돌아보며 지시를 기다리는 일촉즉발의 상황이던 그때였다.

"정말 못 봐주겠구나."

히이카가 조용히 말했다. 그러고는 웨이드를 거칠게 옆으로 밀쳐 냈다.

"마지막은 무슨. 네 망상병이나 고치고 오거라. 꼴값이다, 이놈아."

"예?"

히이카의 신랄한 말에 웨이드가 눈을 끔뻑였다. 그러나 어처구니가 없던 것은 레리아나와 신성국에서 온 이들도 마찬가지였다.

"지, 지금껏 묘하게 행동하셨잖습니까. 죽음이라도 앞둔 것처럼!"

"뭐든 내 마음대로 하지도 못하게 하는구나! 소름 끼치니 신경 끄거라!"

"저는 걱정을 한 것뿐입니다!"

레리아나가 흐린 눈을 한 채 발끝으로 시선을 내렸다.

'그렇다면 전부 별것 아닌 심경의 변화일 뿐이었나…….'

둘이 말싸움을 하는 동안 신관 하나가 물었다.

"그럼, 성하. 돌아가시는 게 아닙니까?"

그 말에 히이카가 혀를 쯔쯧 찼다.

"나는 너희보다 오래 살 예정이다. 너희 머저리들 장례식에 참가해서 침이라도 뱉어 줄 생각이니 기대하거라. 죽음에 대한 헌사로, 네놈이 생전에 머리 한번 제대로 써 본 적 없이 깨끗한 상태로 갔다고 말해 줄 테니까."

신랄한 말을 들은 고위 신관이 얼굴을 일그러트리며 뒤로 물러섰다.

"그래도 성하, 신성국은…….."

"돌아갈 테니 입 다물고 거기서 기다리거라."

히이카가 몸을 돌리며 악기를 멈추고 있던 음악가들에게 손짓을 했다. 버나드가 이를 눈치채고 고개를 끄덕이자 무도회장에는 다시 음악이 흐르기 시작했다.

"돌아가기 전에 내 버킷리스트에 있는 걸 해 보고 가야지."

버킷리스트? 의문스러워하는 신관들을 두고 히이카가 레리아나 앞으로 다가갔다.

"레리."

그리고 그녀에게 손을 내밀었다. 잠자코 상황을 살피던 레리아나가 그 손을 맞잡자, 그가 레리아나와 함께 연회장의 중앙으로 나섰다.

평소처럼 아래를 보며 말을 걸려던 레리아나는 문득 고개를 위로 들어 올렸다. 순간 보이는 히이카의 웃음에 레리아나가 씨익 입꼬리를 당겨 웃었다.

"죄송해요."

"죄송하다니?"

레리아나가 주변을 살피다 까치발을 하고 그의 귓가에 속삭였다.

"제가 오해하는 바람에 일이 커진 것 같아서요."

"그거야 멍청한 웨이드 탓이지."

으음, 레리아나가 슬쩍 웨이드를 바라보았다. 웨이드는 영문 모를 위통에 어리둥절해하며 몸을 굽히고 있었다.

"괜찮으실까요. 자리를 옮긴 지 얼마나 되셨다고."

"내가 알아서 할 테니 넌 신경 쓸 것 없다."

다행이다. 레리아나는 웨이드를 다시 따뜻한 눈길로 응시했다.

"오늘은 즐거웠다. 네 덕에."

작게 웃은 레리아나가 여전히 자신들을 가만히 노려보고 있는 신관들의 눈치를 보며 말했다.

"돌아가지 않으셔도 돼요. 저희 집으로 가요."

그에 히이카가 피식 웃음을 터트렸다.

"네 애물단지는 어쩌려고."

"노아도 이해할 거예요. 겉으로만 그러는 거예요. ……아마도."

"넌 그놈의 음흉한 속내를 몰라도 너무 몰라."

음흉하긴 하지. 레리아나가 미소를 짓자 마주 웃은 히이카가 흠, 소리를 내며 먼 곳을 바라보았다.

"눈싸움."

"네?"

눈싸움은 왜……. 그때 그건가? 레리아나가 머리를 굴렸다.

"그때 눈싸움이란 걸 처음 알았지."

"그러실 것 같았어요."

그 참상……. 왕국에 재난을 내리고 싶었던 게 아니라면 단순히 알지 못했던 거겠지.

"돌아보니 이 나이 되도록 해 본 게 별로 없더구나."

히이카는 못마땅하다는 듯 혀를 찼다. 대신관으로서 이룰 건 거의 다 이뤘다고 생각했다. 그러니 예상치 못했다. 이 나이가 돼서야 인생에 회의감이란 걸 느껴 볼 줄이야. 고작 눈싸움이라는 애들 장난질 하나 때문에.

그간의 이상 행동들은 제 자신에 대한 생경한 자괴감과 혼란 때문이었다. 큰 오해가 있었다는 건 알았지만, 그래서 바로 신전으로 돌아가기보다는 해 보고 싶었다. 그동안 경험하지 못했던 일들을.

"신관답지 않은 일들은 마음에 드셨어요?"

마음을 읽은 것 같은 레리아나의 물음에 히이카가 미소를 지었다.

"그럭저럭."

"앞으로 같이 더 해 봐요. 저희 집에서 같이 지내면서."

"좋지."

긍정적인 답에 레리아나가 얼굴을 활짝 폈다.

"그렇지만 나중에. 오늘은 돌아가야 하지 않겠니. 더 이상 신전을 비우는 것도 저 멍청이들 때문에 걱정이니까. 못난 것들."

"신전, 지겹지 않으세요?"

걱정스러운 물음이 들려오자 빙긋 웃은 히이카가 음악에 맞춰 레리아나와 함께 빙글 돌았다.

"급하게 굴 것 없다. 아직 남은 시간은 많으니까."

문득 히이카가 눈을 감았다. 그에게는 앞으로 있을 긴 미래가 언뜻언뜻 모습을 보이고 있었다.

"네가 더 나이를 먹고, 아이들이 크고, 더 많은 걸 같이 해 볼 수 있겠지."

"뭘 할까요? 왕국은 곧 뱃놀이 철이니 강으로 갈까요?"

"그래, 가자."

뭘 하든 너와 함께한다면 전부 즐거울 테니.

(그녀가 공작저로 가야 했던 사정 – 외전 2부 완결)

그녀가 공작저로 가야 했던 사정 외전

1판 1쇄 발행 2018년 8월 17일
1판 11쇄 발행 2024년 2월 29일

지은이 밀차
펴낸이 최원영
편집장 예숙영
책임편집 이혜영
편집디자인 한방울
영업 김민원 조은걸
물류 이순우 최준혁 박찬수

펴낸곳 ㈜디앤씨미디어
출판등록 2002년 5월 1일 제117-90-51792호
주소 서울시 구로구 디지털로 26길 111 JnK디지털타워 503호
대표전화 (02)333-2513 팩스 (02)333-2514
전자우편 dncbooks@dncmedia.co.kr
디앤씨북스 블로그 http://blog.naver.com/dncbooks

ISBN 979-11-6268-650-8 03810